KB237297

데몬 카이저
Daemon Kaiser

데몬 카이저 2

토돌 판타지 장편 소설

초판 1쇄 찍은 날 § 2006년 2월 28일
초판 1쇄 펴낸 날 § 2006년 3월 8일

지은이 § 토돌
펴낸이 § 서경석

편집장 § 문혜영
편집책임 § 유경화
편집 § 심재영

펴낸곳 § 도서출판 청어람
등록번호 § 제1081-1-89호
등록일자 § 1999. 5. 31
어람번호 § 제1-0683호

주소 § 경기도 부천시 원미구 심곡1동 350-1 남성B/D 3F (우) 420-011
전화 § 032-656-4452 팩스 § 032-656-4453
http://www.chungeoram.com
E-mail § eoram99@chollian.net

ⓒ 토돌, 2006

ISBN 89-251-0016-9 04810
ISBN 89-251-0014-2 (세트)

빛) 오름, 그리고 빛
FANTASY FANTASY SPIRIT DIDIT 드느마기가기꺼저

2

성검전설

Daemon Kaiser
데몬 카이저

도서출판
처어람

CONTENTS

Chapter 1
얼음의 땅으로

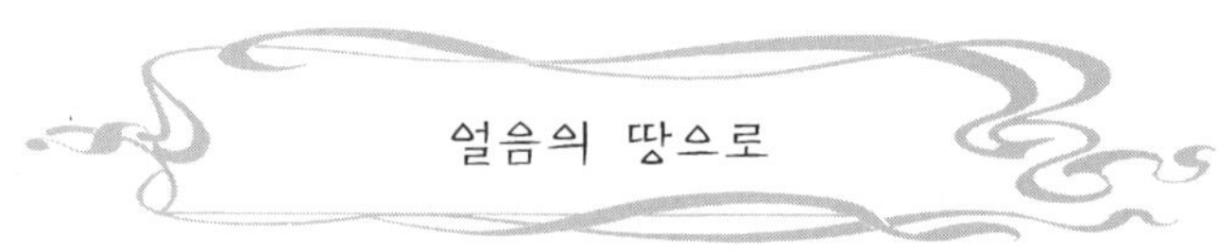

"성하."

로사미어 추기경이 알바트로 7세에게 황송하다는 듯 허리를 숙였다.

"포 다크 윙즈 전원 사망인가?"

그 표정을 보고 교황이 음울하게 중얼거렸다.

"그게 일단 전원이 무사히 퇴각했습니다."

"전원이 무사히? 쯧. 그나마 다행이군. 후우. 늙으니 셈이 완전 어두워지는군. 다크 윙즈로 충분할 줄 알았더니."

교황이 혀를 찼다. 로사미어가 다시 허리를 숙였다.

"제 불찰입니다. 상대의 전력을 잘못 판단했습니다."

"어땠던가? 들어보지."

"휘네인은 대충 예상한 정도였습니다. 하지만 카플레스가 알렉스 못지않은 소드 마스터라는 건……."

"전혀 염두에 두지 않은 건 아니겠지. 다른 요인이 더 있었겠지?"

명색이 에테인 대공가의 적자다. 있을 수 없는 일이다라고 말할 계제도 아니었다.

"당초 마도사로 보이던 소년 쪽은 위장이었습니다. 그 진짜 정체는 새도우 가드(그림자 수호자). 그것도 트레버가 역으로 당하게 만드는 최고위 수준이었습니다."

"허, 트레버도 어쌔신(암살자)으로서 대단하다 들었건만. 어느 왕가에서 길러낸 것인가. 아니면 대공가인가."

교황이 눈살을 찌푸렸다. 이단의 무리가 뛰어남은 실로 불쾌한 일이었다.

"하지만 이 모든 것을 능가하는 건."

"하는 건?"

"아크메이지가 저쪽에 있습니다."

알바트로 7세가 의자를 쥔 손에 힘이 들어갔다.

"아크메이지?"

"네. 하이 위자드가 아니었습니다. 마지막 순간 엄청난 마력 역류를 일으키며 둘을 동시에 날려 버렸습니다. 마나 무효화장을 펼쳐 유도해 놓고 역습하는 솜씨가 실로 깨끗했습니다."

"허어. 아크메이지라. 누구라 생각하나?"

모습은 의미없다. 대마도사에게 있어 겉모습이란 심심하면 바꿀 수 있는 것이었다.

"태양왕과 이스파나의 별은 아닙니다. 둘이 자기 왕좌를 비우고 돌아다니기는 힘듭니다."

"그리고?"

"하늘의 주시자는 분명히 저희 측이니 아니고, 남는 것은 북해의 패자 유그테일입니다."

로사미어가 자신의 결론을 말했다.

"10년 전부터 모습을 드러내지 않아서 여신 곁에 간 줄 알았더니 아니었군."

"물론 제5의 존재일 가능성도 배제하지는 않겠습니다. 확실한 건 하나 이상의 아크메이지까지 교단에 반역하고 있다는 것입니다."

"과연……."

교황이 고개를 끄덕였다. 휘네인의 운명이 결정되어 갔다.

"로사미어 경, 어이하여 다른 보고는 올리지 않는 것이오."

보고 있던 가르디엘이 끼어들었다.

"다른 보고라니 뭘 말이오?"

로사미어가 모른 척 되묻자 가르디엘이 어조를 높였다.

"휘네인이 성하께 전할 것을 부탁한 말이 있잖소. 자신도 성물을 찾으려는 신탁을 받았으니 성하께서 기다려 달라는 요청 말이오."

"참람된 거짓임이 분명한 그런 말을 뭐 하러 전한단 말이오."

"판단은 성하께서 하실 일이오."

"그만! 둘이 내 앞에서 뭐 하는 건가."

"송구하옵니다."

두 추기경이 같이 고개 숙였다. 알바트로 7세가 로사미어를 보았다.

"로사미어 경, 휘네인이 정말로 그런 말을 했는가?"

"그렇습니다."

"성하, 휘네인은 거짓말을 할 아이가 아닙니다. 아마 그녀는 너무 간절히 기도하다 나름의 환상을 보았을 뿐일 것입니다."

가르디엘이 재빠르게 변호했다. 교황이 그런 그를 지그시 보았다.

“예전에야 그랬겠지.”

“성하, 넷이 무사히 퇴각할 수 있었던 것은 휘네인이 그들을 치유해서 돌려보냈기 때문입니다!”

“끌. 제법 그럴듯한 위장책이군. 위선은 진실된 선과 구분하기 매우 힘든 법이지.”

“성하…….”

가르디엘은 두 주먹을 꼭 쥐었다. 세상은 교황이 사제보다 뛰어난 정치가에 가깝다고 말하지만 그건 뭘 모르는 소리다. 그야말로 굳건한 믿음이 있기에 수단을 자유롭게 고르는 자였다.

“아니면 가르디엘 경, 그대는 지금 내가 틀렸다는 것인가? 신탁으로 내려온 성전을 준비하는 이 내가?”

교황이 노기 서린 목소리로 묻자 가르디엘은 물러섰다.

“그런 것이 아니오라.”

“북쪽으로 간다고 했지? 유그테일의 근거지에서 그럴듯한 마법 아이템이라도 하나 만들어서 성물이라 사기 칠 준비를 하는 모양이군.”

“하오나 성하, 진정한 성물은 아크메이지라 하여 만들 수 있는 것이 아닐진대 내버려 두면 알아서 착각을 깨닫고 돌아올 수도 있습니다.”

“아니면 모르지. 진짜로 성물이 묻힌 곳을 어둠의 힘을 빌려 알아냈는지.”

“…….”

교황이 자리에서 일어났다.

“어느 쪽이든 용납할 수 없는 것은 마찬가지. 로사미어.”

“네, 성하.”

"파악된 상대 전력을 비밀리에 움직이는 자들로 제거 가능하겠나?"

"송구하오나 힘듭니다, 성하. 4대 추기경 모두 다 나서기라도 하면 몰라도, 시간상 그럴 여유가."

"다른 수가 없군. 차라리 처음부터 이럴 것을. 휘네인 아네시스를 파문하겠네."

"성하……."

가르디엘이 알바트로를 불렀으나 더 이상 말을 잇진 못했다.

"그녀와 그녀를 감싸는 모든 무리는 이단으로서 죄를 물을 것이니, 네프티알 왕국에 전하라. 군대를 움직여서 그녀를 죽이라고."

"명을 받듭니다."

로사미어가 바쁘게 움직였다.

신성사제의 파문 소식은 일파만파로 퍼져 나갔다. 그렇게 파문당한 사유에 대해서도 각종 억측이 난무했다. 그 와중에 진실을 비교적 정확히 아는 왕가나 그에 준하는 대귀족들은 촉각을 곤두세웠다. 누구인가? 대체 누가 교단에 맞서기 위해 이런 일을 꾸몄는가. 고양이 목에 방울을 달기로 결심한 용감한 이가 누구인가.

반교황 세력은 어느 정도 결집되어 있는가. 모두가 정보망을 최대로 가동했다. 하지만 에테인 대공가라는 절대적인 용의자를 제외하면 어느 쪽도 꼬리를 밟히지 않았다. 애초에 꼬리가 없었기 때문이지만.

에테인 대공은 피곤함을 느끼며 보고를 들었다.

"휘네인 아네시스 일행은 현재 본국에 잠입한 것으로 알려졌습니다. 하지만 위치 추적이 끊긴 상태라 정확한 것은 아닙니다."

"그리고?"

“공식적으로 밝힌 바에 따르면 본국을 가로질러 북쪽 빙원을 갈 거라고 합니다만, 알 수 없습니다.”

“빙원? 그 끝없는 얼음 지대에 무엇이 있단 말인가.”

“성물이 있다고 합니다만.”

“무언가 있었다고 주장하기는 딱 좋은 곳이군.”

다른 모두가 그렇게 생각한다는 게 문제지만.

“왕가는 교단의 명을 받고 신이 나서 토벌군을 조직하고 있습니다. 본 가에도 병력을 보낼 것을 명했는데.”

“보내줘야겠지. 아주 다들 신이 났겠군.”

패배를 인정하고 고개 숙였던 반대 세력이 뜻하지 않은 기회에 쾌재를 부르며 결집했다. 반대로 그의 편에 붙은 세력은 이대로 괜찮은 건지 불안해하며 셈을 다시 했다. 교황은 유능하지만 의심스러운 대공가를 언제 버리려 들지 몰랐다. 단지 적절한 모양새를 갖출 기회를 재고 있을 뿐일지도.

‘누구냐. 이번 일의 흑막이 있다면 이제는 내게 접근할 때도 되지 않았나?’

다들 그렇게 생각하고 그를 탐지하고 있었다. 대공가는 또 누구와 손잡고 이번 일을 꾸민 것인가. 아니면 철모르는 아들을 볼모로 잡힌 것인가. 그로서도 답답했다. 최소한 뭐를 알아야 대책을 제대로 세우려만.

“대공 전하, 이대로 두고 보고만 있어도 괜찮겠습니까?”

“아니면 이단을 구하기 위해 움직이기라도 하란 말인가?”

“하오나…….”

“왕가의 토벌령에 응할 부대나 편성하도록. 가문까지 같이 파문당할 수는 없는 일이다.”

살아남는 건 아들이 스스로 해내야 할 일이었다.

파문당한 휘네인 아네시스를 찾아 네프티알의 군대는 신나게 움직였다. 하지만 그들의 흔적은 어디서도 발견되지 않았다. 하기야 아크 메이지와 소드 마스터가 함께하는 일행이 손쉽게 발견되리라는 기대는 파문한 교단에서조차 했을 리가 없었다. 단지 공식적으로 그들을 묶어 놓는 것, 그 효과가 일차적이었다. 이차적으로는 넓게 펼쳐진 그물에 결국은 그 조직의 한 꼬리가 걸려들기를 기다리는 것이었고.

대공이 우려하면서도 기다리던 손님은 그로부터 이십 일 뒤에 찾아 왔다.

*   *   *

에테인 가의 영지는 네프티알 왕국 내에서 북쪽에 자리잡아 왕국령의 거의 절반 가까이를 차지하고 있었다. 사실 그 위로 펼쳐진 게 빙원이다 보니 전체 넓이라는 게 모호했고, 인구 밀도는 남쪽보다 상당히 낮았지만 그래도 대공가의 위세를 반영하는 넓이였다.

그건 지리적인 의미에서 이곳만 휘네인 일행이 통과해 들어가면 제대로 된 저지선은 더 이상 없다는 뜻이었다. 물론 절대적인 강자들이 연합해서 앞을 막을 수도 있겠으나, 아무리 교단이라 해도 거기까지 강요할 수는 없었다. 지도상에는 나와 있지 않은 길, 엄밀히 말해 길이나 있지 않은 지역을 휘네인 일행은 힘으로 뚫고 지나갔다.

앞장서서 길을 만드는 카피에게 휘네인이 걱정스러운 얼굴로 물었다.

“그냥 이대로만 나갈 건가요?”

"아니면?"

"그러니까, 대공을 만나보지 않을 거냐고요."

원래라면 아버지라 하고 싶었지만 휘네인은 살짝 말을 바꿨다.

"만나볼 거다. 그가 지닌 세력은 우리 계획을 훨씬 더 매끄럽게 진행하게 해줄 테니까."

"그렇군요."

휘네인은 빙긋 웃었다. 그런 이유를 대서라도 부자가 다시 만난다면 좋은 일이었다. 화해까지 한다면 더 좋겠는데.

"위험하지 않을는지요?"

켈스가 조심스럽게 물었다.

"도박적인 부분이 분명히 있지. 하지만 충분히 해볼 만한 도박이다. 감수해야 하는 위험보다 성공시 얻을 이득이 더 크니 속행한다."

"네."

일행은 대공이 머무르고 있는 본성까지 들어갔다. 그 다음의 잠입을 맡은 것은 로이였다. 조용히 모습이 사라지는 로이를 보며 켈스는 고개를 절레절레 저었다.

"정말 어떻게 저러는 건지. 그 뭐냐, 투명화 마법이라도 쓰는 겁니까?"

자기가 외운 주문 목록 중에 그런 마법이 있었다라는 걸 떠올리며 켈스가 묻자 카피가 고개를 살짝 저었다.

"원리는 유사하지만, 마법이라기보다 자연스러운 기술이다. 물고기가 수영하고, 새가 하늘을 나는 것처럼."

"거 대단하군요."

"근위기사들에게는 기본 소양이지."

로이는 그중에서도 단장이고 말이다.

서재에서 책을 읽고 있던 대공은 소리도 형체도 없이 잠입해 들어오는 자를 느꼈다.

"누구냐?"

그의 가문을 지키는 새도우 나이트들은 아니었다. 그들은 자신 앞에 나타날 때는 먼저 뚜렷이 기척을 흘리며 인사를 올렸으니까.

검을 잡은 대공 앞에 상대는 모습을 드러냈다. 뜻밖에도 10대로 보이는 소년이었다.

'허. 1호와 맞먹을 정도로 자신을 숨길 수 있는 자가 소년이라고?'

아니면 마법의 힘을 빌려 그런 모습을 취한 것뿐인가? 어느 쪽이든 간에 상대는 그를 똑바로 바라보며 말했다.

"내 이름은 로이, 마스터의 전령으로서 찾아왔다."

"마스터? 네 마스터가 누구냐."

"카피. 그분의 전언이다. 일단 현재 내 육체는 그대와 혈연관계가 있으니 한 번 만나고 싶다라고."

'아들놈이 보내서 왔구나.'

언제 저런 수하까지 거두었단 말인가. 역시 집을 뛰쳐나가도 에테인 대공가의 피가 흐르는 자다웠다.

"좋다. 하지만 남들의 이목은 조심해야겠지. 내 말을 전해라. 내일 밤 페흘라 거리의 선술집 레드 옥스에 있으라고. 이 반지를 가져가 끼고 있으면 안내자가 나타날 거다."

"알겠다."

대공에게 건네받은 반지를 쥐고 로이는 다시 사라졌다. 대공이 천장을 보며 물었다.

“그대와 비교하면 어떤가.”

“장담할 수 없습니다.”

“그렇겠지. 다크 윙즈의 하나를 쓰러뜨렸다니까.”

“그렇다면 저보다 위일 가능성이 높습니다.”

“어딘지 궁금하군. 저 정도 그림자를 길러낼 수 있는 곳이.”

정답은 마계 만마전이었지만.

“어떻게 해야 하는지는 알겠지?”

“네. 도련님을 모시고 오겠습니다.”

또 하나의 기척이 사라졌다. 대공은 읽던 책을 던지고 와인을 찾아 잔에 따랐다. 이제 승부를 걸 때였다.

‘내가 너를 살릴 수 있는 방안을 들고 오너라.’

다음날 밤, 달이 구름에 가려 버린 짙은 어둠 속에서 성의 비밀 통로로 일행은 안내되었다. 비밀 통로 끝, 역시나 대다수 이들은 모르고 있을 밀실에서 대공은 기다리고 있었다.

아버지와 그 육신만은 아들인 자의 눈이 마주쳤다.

“그래도 건강은 잃지 않았구나.”

소드 마스터임이 밝혀진 자에게 묻는 것치고는 좀 썰렁한 인사였다. 신성사제까지 옆에 붙어 있는 상황에서 건강 걱정이라니. 카피는 무뚝뚝하게 대답했다.

“불필요한 인사는 관두고 본론으로 들어가지.”

휘네인이 그런 카피를 얄밉다는 듯 바라보았다. 사이 안 좋다는 건 들었지만 그래도 얼마 만일 텐데 좀 안부 인사라도 하면 어디가 덧나.

“카피, 그게 무슨 말이에요! 아버님은 건강하십니까, 그런 식으로 안부 인사부터 올려야죠.”

“그는 내 아버지가 아니다.”

“그럼 당신의 그 몸은 하늘에서 황새가 물어다 준 거예요?”

“그런가. 확실히 육신의 빚은 있군.”

카피가 인정한다는 듯 고개를 살짝 끄덕였다. 그 모습을 보며 대공이 즐겁게 웃었다.

“크하하핫. 휘네인 아네시스 양? 굳이 예하라 하지 않고 편하게 불러도 되겠는가?”

이미 편하게 불러 버린 셈이지만 휘네인은 방긋 웃었다.

“그러세요. 처음 뵙겠습니다, 에테인 대공 전하.”

“저 녀석에게 억지 인사를 시킬 필요는 없다네. 나도 내 아들은 죽었다 생각한 지 오래고.”

그렇다면 대체 왜 웃는 건가요라고 휘네인은 묻지 않았다.

“하지만 여기 살아 있잖아요?”

“죽었다. 그 영혼이 죽은 시점에서 이미 죽은 거다. 지금의 난 카피지 카플레스가 아니다.”

“카피라.”

대공이 살짝 미소 지었다. 죽은 아내가 아들을 부를 때 쓰던 애칭이었지. 그걸 신성사제가 자신을 부르는 이름으로 쓰게 한단 말이지?

“좋아, 좋아. 본론으로 넘어가지. 교황에게 맞설 정도면 나름대로 준비해 둔 게 많겠지? 대체 아가씨의 뒤에는 누가 있는가? 내 정보망을 총가동해도 도무지 모르겠더군.”

“제 뒤에는 여신이 계십니다.”

휘네인은 성표를 잡으며 맑고 잔잔하게 웃었다. 봄날의 깨끗한 햇살 같은 그 웃음을 대공은 잠시 바라보다가 그만 어이없다는 듯 고개를 저었다.

"그래, 하늘의 여신께서 당연히 그대의 뒤에 있어야겠지. 하지만 지상에서는 누가 그대의 뒤에 있는가?"

"나다."

카피가 간단히 잘라 말했다. 대공이 살짝 눈살을 찌푸렸다.

"그리고?"

"더 없다. 내가 현재 그녀의 유일한 동맹자다."

"무슨! 휘네인 양, 그대가 대답해 주겠나? 달리 누가 그대의 뒤에 있지?"

"현재로서는 정말로 여신과 여기 있는 카피예요."

켈스야 자기가 데리고 다니지만 솔직히 전력이라기에는 뭐하고, 로이는 애초에 대공가에서 카피를 위해 키워낸 자니까 휘네인은 제외했다.

대공이 입을 쩍 벌렸다. 이 나이 되도록 쌓아온 평정심이 무너지고 있었다.

"그러면 정말로 넷이서 교단에 대항하고 있단 말인가?"

"넷이 아닙니다. 여신께서 제 뒤에 계시니까요."

"허. 어허허. 어허허허. 여신께서 뭘 해주신단 말인가. 이 싸움 승산이 0 아닌가."

전 정보망을 돌려도 아무것도 나오지 않을 때 상대가 참 잘 숨는다고 생각했다. 하지만 정말로 없었을 줄이야. 아니지. 그럴 리는 없지.

"그러지 말고 말해보게. 나도 뭘 알아야 그대들을 돕든지 말든지 할 거 아닌가. 이미 그대들과 얘기를 나누는 자체로 내가 엄청난 위험을 무릅쓰고 있다는 걸 알 텐데?"

"교황 성하께서도 그렇게 오해하고 계시지만 정말로 더 없어요."

휘네인과 대공의 눈이 한참이나 마주쳤다. 결국 휘네인의 말이 '진실'이라는 걸 깨달은 대공이 허탈하게 몸을 의자에 묻었다.

"대체 무슨 생각인가. 죽고 싶은 건가?"

"신탁이 내렸는데 그걸 따르는 걸 주저할 사제가 있을까요?"

휘네인은 여전히 밝은 얼굴로 말했고, 대공은 다시 한 번 굳었다.

"신탁? 설마 정말로 신탁을 받았다는 건가?"

교황도 자신이 신탁을 받았다면서 지금의 사태를 일으켰다. 각국은 교황이 속권의 기를 꺾어놓기 위해서 만들어낸 명분일 거라고 추측했지만, 정면으로 반박할 길도 없어 일단은 몸을 낮춘 상황이었다. 그런데 교황도 아닌 신성사제가 정말로 신탁을 받았다고?

"네. 천사께서 제 앞에 나타나셔서 성물이 있는 위치를 알려주며 찾으라 하셨어요."

'이걸 믿어야 하는가 말아야 하는가.'

무조건 거짓말이라고 할 수는 없다. 단 두 번, 혹은 세 번, 어쨌든 정말로 신탁에 따라 성물이 나타난 적은 있었다. 그보다 천 배는 많은 엉터리 신탁과 가짜 성물이 나돌긴 했지만 말이다.

합리적으로 따지면 승산이 전혀 없는 이 일에 그래도 신성사제인 휘네인이 저리 자신있게 나갈 수 있다는 건 어쩌면 그 신탁이 사실일지도 모른다.

"승산? 물론 지금은 없다고 모두들 생각하겠지. 하지만 우리가 가져오는 성물이 진짜라면 어떤가?"

카퍼가 자신있게 물었다. 다룬 인간의 기량도 뛰어났다 해도 마계 군단장의 목숨을 가져갈 수 있게 해준 에테르 블레이드(빛의 검)다. 개인용 무기로서 천계 최강의 물건이었다.

"……."

대공은 침묵했다. 복잡하게 얽힌 현실의 문제에 난데없이 나타나는 고대 신화 속의 성물이라니, 뜬금없다면 뜬금없지만 그게 정말이라면? 정말로 그 옛날처럼 기적을 일으킬 힘이 있다면?

"찾아오는 건 우리가 하겠다. 성물에 신탁, 신성사제. 그 세 가지를 가지고 어느 정도를 우리 쪽으로 돌려세울 수 있겠나?"

"진짜라는 건 어떻게 알 수 있는가?"

"자신의 이익이 걸려 있지 않은 상황에서 객관적으로 본다면 누구도 부인하지 못할 거다."

"과연……."

대공이 다시 한 번 셈을 했다. 정말로 신탁이 내렸다면? 신실한 신자라면 여신의 뜻이 함께할진대 무조건 승리는 우리의 것이다라고 하겠지만 대공은 현실파였다. 그러나 세상에는 감상적인 이들도 많았다.

'그리고 그 다음에는 현실적인 자들도 움직일 수 있지.'

교단의 간섭에서 벗어나고 싶어하는 권력자들은 넘치도록 많았다. 다만 누구도 앞장서지 못할 뿐이지. 하지만 교단도 천 년 전 교단은 아니었다. 대놓고 대결은 못해도 이미 상당히 뻗대고들 있지 않은가. 그런 상황에서 기폭제가 되어줄 성물만 있다면?

"승산이 전무한 도박은 아니로군. 하지만 너무나 위험해."

"그대로서는 지금이라도 우리를 교단에 넘겨 버리는 편이 안전하겠지."

"허허. 거기까지 안다면 뭘를 가지고 나로 하여금 이 도박을 하게 할 건가?"

"이번 일이 마무리되면 네 아들이 돌아올 거다. 덤으로 네프티알의 왕좌에 앉겠지. 왕위를 세습하는 진정한 왕으로서 말이다."

카피는 여전히 무표정했다. 반대로 루페스 대공은 격동을 숨기지 않았다.

"하. 아하하하. 그거 대단히 감미로운 선물이로군. 좋다. 승부를 걸어보지. 진짜 성물을 찾아와라. 현 교황의 위세도 그 끝을 고하게 해보겠다."

'참, 두 남자 다 어렵게 화해하네.'

그래도 일이 잘되어서 다행이라 생각한 휘네인은 성표를 잡고 감사 기도를 올렸다. 여신께서 카피를 자신에게 인도한 것은 단지 성물을 함께 찾을 이만을 주기 위해서가 아니었던 것이다.

'그나저나 뭐, 이번 일이 끝나면 아들이 돌아올 거라고? 이제 보니 이 남자.'

멀쩡히 제정신 가지고 미친 척했던 거 아닌가.

'괘씸하지만 좋은 날이니까 용서해 주자. 그런데 어떻게 일이 이렇게 풀릴 줄 알고 내게 접근한 거지?'

신탁에 자신이 반발하리라는 건 자기 성격으로 유추했다고 치자. 하지만 교황 성하가 신탁을 받을 줄 미리 알고 있었어야 하지 않은가?

'설마?'

"거래 성립이군. 그러면 한 가지 물건만 부탁하지."

카피와 루페스가 악수했다.

“무엇을 말인가?”

“원거리 탐지를 막는 마법 물품을 내어다오.”

“아크메이지가 곁에 있다 들었는데?”

“불필요한 낭비는 원하지 않는다.”

사실 이제 차단용 스크롤도 다 떨어졌고 말이다.

“좋아. 그 정도야 어려울 것 없지.”

둘의 말을 들으며 휘네인은 속으로 꿍얼댔다.

‘결국 그런 마법이 정말로 있다는 걸 나만 모르고 있었다는 거네. 하아, 스승님이 바로 말해줬다면 차단하는 방법을 배웠을 건데.’

대체 교단은 그녀에게 또 뭐를 속인 걸까. 교황이 받은 신탁은 진짜인가?

“그만 나가지. 시간이 없다.”

카피가 돌아서 움직이자 휘네인이 뒤에서 외쳤다.

“먼저 나가서 잠시만 기다려요. 전 대공 전하와 둘이서 따로 할 얘기가 있어요.”

“알겠다.”

세 명이 사라지고 밀실에는 둘만 남았다.

“그래, 휘네인 양. 할 말이 뭔가?”

좀 전까지와 전혀 다른 부드러운 미소를 띤 루페스 대공에게 휘네인은 망설이다가 물었다.

“카피를 사랑하세요?”

“사랑하냐고? 글쎄. 필요하면 자식을 버릴 수도 있는 게 귀족의 삶이지. 하지만 그러면서 가슴 아프지 않았을 부모야 있을까. 그나저나 아가씨 대단하구만.”

“네?”

“나도 못 부르게 하던 애칭을 아가씨에게는 허락하다니. 죽은 아내가 그렇게 불렀지. 그때는 그 녀석도 잘 웃었는데.”

“아…….”

“휘네인 양은 저 교황과 달리 진짜 신탁을 받은 거겠지?”

그 질문에 휘네인의 얼굴은 어두워졌다.

“성하의 신탁이 가짜라고 생각하시는 건가요?”

“아가씨 것이 진짜라면 더 더욱 가짜겠지. 그렇다 해도 지금의 교단에 있어 둘도 없는 무기지만.”

설마 성하가 거짓말을 했을까라고 생각했다. 설마 교단에서 암살자 조직 같은 걸 키울까 생각했다. 설마 교단에서 나쁜 마법이라 가르친 걸 익히고 사용할까 생각했다.

“…….”

만약에 그 신탁조차 교단의 위세를 떨치기 위해 만들어진 거라면 대체 얼마나 큰 죄가 행해지고 있는 것인가. 휘네인은 두려웠다.

“솔직히 지금도 믿기 어렵지만 모든 걸 걸어보겠네. 진짜 성물을 찾아와 주게. 나 같은 불신자들도 무릎 꿇게 만들 그런 성물을.”

“네. 찾아서 보여 드릴게요.”

이 여신의 이름을 사칭해 벌어지고 있는 범죄를 막기 위해서라도.

신성사제 혹은 이단에 빠진 마녀 휘네인 아네시스는 끝내 더 이상의 흔적을 드러내지 않은 채 사라졌다. 대공가가 가로막지 않고 보내준 것이 아니냐는 의혹은 들끓었지만 그렇다면 그전까지는 다른 이들이 통과시켜 준 거냐는 말을 하며 루페스 에테인 대공은 극구 부인했다.

대신에 다른 소문이 떠돌기 시작했다. 신성사제는 신탁을 받고 성물을 찾기 위해 나선 것이다. 현 교황은 악마의 꾀임에 빠져 여신의 이름으로 살육을 벌이고 있다. 교황이 받은 신탁은 가짜다. 진짜 신탁은 신성사제가 받은 것이다. 그 증거로 머지않아 신성사제가 성물을 찾아서 나타날 것이다.

무엄하기 그지없는 소문은 꼬리에 꼬리를 물고 계속 퍼져 나갔다. 당연히 교단에도 그 소식은 들어갔고 높으신 분들의 공분을 샀다.

알바트로 7세가 보고를 듣고 기막혀했다.

"아주 제대로 나오는군. 허허. 내가 받은 신탁이 가짜다? 이단의 무리가 겁도 없이 혀를 놀리는군."

천사를 본 순간 그가 얼마나 큰 환희로 가득 찼는지 참람된 무리는 결코 알지 못할 것이다. 신성사제가 진짜 신탁을 받았다고? 그럴 리 없다. 여신의 명을 수행하는 자신에게 반대하는 자에게 왜 또 여신이 신탁을 내린단 말인가.

"휘네인 아네시스는 어디로 숨었는지 아직 못 찾았나?"

"송구하옵니다, 성하."

로사미어가 고개를 숙이자 교황이 손을 저었다.

"자네가 사과할 일이 아니네. 꼭꼭 숨어버린 자를 멀리서 찾는 게 본디 힘든 법이니. 처음에 쉽게 추적될 때 오히려 이상하다 느꼈어야 하는 것을. 이제 머지않아 어디서 뭐 하나 들고 나타나서는 성물이라 주장하겠군."

"하오나 그런 엉터리 물건 따위."

"엉터리가 아닐지도 모르지."

교황이 낮게 중얼거렸다.

“네?”

“여신께서는 지고하시지만 최후의 심판 날까지 그에 대적함을 허락받은 강대한 존재들이 있지. 안 그런가?”

“그 말씀은······.”

“진정한 선과 악을 구분하는 것은 오직 그분만이 가능하신 것. 그 사악한 무리가 잠시 우리의 눈을 현혹할 만한 물건을 휘네인에게 주려 했을지 누가 알겠나?”

상대는 만만한 자들이 아니다. 그 엄중한 감시의 눈길을 피해 비밀리에 세를 모으고 각종 준비를 마치고 마지막으로 휘네인 아네시스를 내세워 자신에게 도전해 오고 있었다. 그런 자들이 내세울 상징은 처음 생각처럼 단순한 내부 단속용 상징이 아닐지도 모른다.

“왜 생각하지 못했을꼬. 분명 천사께서는 저 동의 마왕, 검고 거대한 흑룡과의 싸움을 대비하라 하셨거늘.”

“그 말씀은.”

가르디엘과 로사미어 둘 모두 침을 꿀꺽 삼켰다.

“시간이 없네. 휘네인이 나타나고 그녀를 중심으로 이단의 무리들이 떨쳐 일어나기를 기다려서는 늦어. 지금 확고히 밝히게. 그녀가 찾아내는 것이 분명 강대한 힘을 지닌 물건이긴 하겠으나 그건 성물의 탈을 쓴 마물에 불과하다고. 저 흑룡이 내려준 마계의 물건이라고.”

“알겠습니다, 성하.”

로사미어가 허리 숙여 알바트로 7세의 인장에 입을 맞추었다. 하지만 가르디엘이 반발했다.

“성하, 그러나 휘네인이 마족과 손잡았다는 증거는 어디에도 없습니다.”

"증거? 신탁을 수행하는 이 내게 반기를 들었다는 게 증거일세. 그녀는 마족과 손잡은 게 틀림없네. 아니, 무조건 그래야 하네."

그래야 교단의 이름으로 그녀와 그녀를 따르는 세력을 모두 다 심판할 수 있으니까. 다른 자들이 감히 아무 말 못한 채 교단에 엎드릴 테니까.

"성하의 뜻대로 하소서."

현재 떠도는 소문을 부인하고 정확한 진실이 무엇인지 알리는 교황청의 포고가 발표되었다. 그건 교단이 의도한 효과와 의도하지 않은 효과 양쪽 모두를 불러일으켰다.

교단을 따르는 이들은 이제 제대로 된 진실을 접하고 안도하며 뭉쳤다. 교단을 두려워하던 이들도 이 진실을 받아들이고 휘네인을 이단의 표상으로 삼았다. 하나 또 다른 한쪽의 세력에서는.

"에테인의 대공 루페스가 삼가 이스파나의 별, 존귀하신 여왕, 엘리자나 2세를 뵙습니다. 더욱더 아름다워지신 모습을 보니 제 가슴 실로 기쁨으로 충만합니다."

"네프티알의 맹호, 에테인의 루페스 대공시여. 나 또한 그대의 강건한 모습을 보니 기쁘기 그지없습니다. 어떤 일로 나를 뵙기를 청했는지요?"

화려하게 보석이 박힌 왕관을 쓰고 부채로 살짝 얼굴을 반쯤 가린 여인은 이스파나의 여왕 엘리자나였다. 그 앞에서 예장용 갑옷을 입고 옆구리에 검을 찬 채 허리를 숙여 예를 표한 남자는 에테인 대공 루페스였고, 둘은 서로를 마주 보며 노련한 웃음을 지었다.

"존귀하신 여왕이시여. 이스파나를 나눠 다스리는 것을 슬슬 끝낼 때가 되었다고 느끼지 않으시는지요."

"나눠 다스린다라? 그 무슨 불쾌한 말씀인지요. 제대로 된 변명을 늘어놓지 않는다면 그대라 해도 봐주지 않겠습니다.”

“송구하옵니다. 지금부터 설명드리지요.”

화나지 않으면서도 화난 척한다. 미안하지 않으면서도 사과한다. 여우와 너구리의 만남.

“왕궁에서 나온 칙령과 교단에서 내려온 칙령이 상충될 때 양민들이 어찌할지 모르는 일이 얼마나 잦습니까. 분명 이스파나의 주인은 폐하이실진대 관청보다 신전이 더 많은 상황은 문제가 있지 않습니까?”

“위험한 발언을 하는군요, 대공. 교황 성하는 여신의 대리인으로서 만인의 영적 지도자이시거늘.”

마음에도 없는 소리를 참 쉽게도 하는 여왕을 향해 에테인 대공은 미소 지었다.

“하오나 현실의 문제는 여왕께서 처리하셔야 제대로 된 역할 분담이라 할 수 있지요. 지금은 그것이 흩뜨려져 있지 않습니까?”

“호호. 맞는 말이긴 하군요. 확실히 매력적인 이야기예요. 하지만 얻는 것에 비해 위험이 큰데, 다른 얘기는 더 없나요?”

‘과연 이 정도로는 안 된단 말이지.’

그래서 달리 준비한 게 더 있었다.

“대륙의 패자가 이스파나인지, 프렌즈인지 그만 가릴 때가 되지 않았습니까?”

여왕이 부채를 접었다.

“누가 또 이 계획에 흥미를 보이고 있죠?”

“바다도 갈라가지기는 너무나 좁은 곳. 에일랜드가 최근에 배를 무척 많이 건조했지요.”

“교황 성하는 신탁을 등에 업었는데?”

“신성사제도 신탁을 받았지요. 어느 쪽이 진짜인지는 믿는 이에게
달린 것 아니겠습니까?”

“격이 다르지 않을까요?”

“성하께서 손수 대적자로 지정해 주셨는데 모자랄 게 무어 있겠습니
까.”

교황청이 지불한 대가는 그것이었다. 공식적으로 크게 박해하면 그
만큼 상대도 큰 상징이 되어버리는 법이었다.

“이야기가 길어질 거 같군요. 다행히 오늘은 한가하니 부담없이 해
보지요.”

“저 또한 폐하와의 접견을 위해 다른 일을 다 비워두었습니다.”

기나긴 회담이 끝나고 여왕의 영상이 사라지자 대공은 피곤한 듯 뒤
로 누웠다.

“에일랜드 쪽은 조금 쉬었다가 만나봐야겠군.”

일단 한 발쯤은 걸치게 하는 데 성공했다. 하지만 조금만 아니다 싶
으면 상대방은 도로 발을 빼버릴 것이었다. 결국 관건은 신성사제가
얼마나 화려하게 데뷔하냐에 달려 있었다.

‘아들 녀석은 그 신탁을 수행하는 용사가 되는 셈인가. 후후. 멸문
이냐, 용사의 건국이냐. 내 일생 최대 최후의 도박이군.’

＊　　　＊　　　＊

휘네인은 카피를 보며 혼자 낮게 웃었다. 상당히 수상쩍은 웃음이어
서 켈스에 로이까지 저 여자가 왜 저래라며 쳐다보았지만 카피는 홀로
꿋꿋하게 무시했다.

결국 휘네인 쪽에서 카피에게 붙으며 물었다.

"카피, 카피. 있잖아요, 아버지를 만나본 소감이 어때요?"

"그는 내 아버지가 아니다."

"하지만 카피 당신의 몸은 그분에게서 물려받은 거잖아요? 인정해 놓고 잡아뗄 거예요?"

휘네인이 카피의 옆구리를 쿡쿡 찔렀다. 장난기 잔뜩 어린 행위였지만 카피는 여전히 무뚝뚝하게 받았다.

"그러나 근원적으로 내 영혼은 그와 무관하다."

"이봐요!"

휘네인이 딱 부러지게 인상 쓰면서 카피의 앞에 돌아가 얼굴을 들이밀었다.

"왜 그러나?"

"그건 세상 모든 아버지와 아들이 다 그래요. 중요한 건 그 따로따로이던 영혼이 지상에 오게 되면서 아버지의 피를 받아 자식의 몸이 영그니 그로써 부자지간이 되고 세상에 다시없이 귀한 사이가 되는 거라고요. 아니라고 할 거예요?"

"으음."

카피가 심각하게 고민했다.

"맞죠? 맞죠? 남자답게 인정해요."

"그렇군. 그런 의미에서 본다면 그는 내 아버지가 되는 셈인가."

"그러니까 다음번에 보게 되면 좀 잘해 드리라고요. 내 말 알겠죠?"

"흐음, 그래. 그게 도리에 맞겠군."

"오호호호. 잘 생각했어요."

휘네인이 승자의 웃음을 흘렸다.

'거짓말쟁이. 이제 보니까 에테인이라는 성이 싫어서 마황이라고 사기 친 거지? 하긴 너무 터무니없어서 절대 남이 안 속을 거짓말이었긴 하지만. 그래도 괘씸하니까 두고두고 빚을 갚아야지.'

자기는 그런 줄도 모르고 얼마나 걱정했던가. 카피를 위해 그동안 올렸던 수많은 기도를 정말 이자 붙여서 청구하기라도 해야 억울함이 가실 텐데 말이다.

켈스는 식은땀을 흘렸다.

'하아. 초장부터 저렇게 꽉 잡혀서야, 저 녀석도 앞날이 훤하군.'

그 옆에서 로이는 음울한 오오라를 뿜어냈다. 인간 따위가, 일개 인간 따위가 마스터의 아버지가 되다니. 애초에 자신이 제대로 보필을 못한 탓에 어쩌다 이런 지경에까지 빠뜨렸단 말인가.

'크윽. 내 불충함이 여기까지 닿았단 말인가.'

그렇거나 말거나 카피는 묵묵히 빙원 탐험에 필요한 장비들을 챙겼다.

"북극의 추위가 인간의 육신에 있어 어느 정도로 가혹한 생존 조건인지, 나도 이론적으로밖에 모른다. 실제로 부딪쳐 보면 예상 이상으로 어려울 가능성은 대단히 높다."

카피의 설명에 다들 고개를 끄덕였다. 로이를 제외하고 나머지 둘은 지금도 충분히 추운 참이었다. 대공가의 영지 경계를 벗어나 본격적으로 사람이 살지 않는 얼음의 땅을 가로지르려면 얼마나 추울지 짐작도 안 갔다.

"신성 마법의 힘을 빌려 체온을 보존할 수도 있겠지만, 이 경우에는 대공이 준 반지도 소용없어 적에게 위치를 노출하게 된다. 현 시점에서 위치 노출이 그다지 치명적인 실패를 불러오지는 않을 거라 생각하지만 조심하는 쪽이 역시 좋다."

"그건 그렇겠죠. 결론은 그래서 이 무지막지한 털옷을 꼭꼭 입으라는 거죠?"

무게만 해도 상당한 복슬복슬한 털옷을 휘네인이 들어 보였다.

"그렇다."

"뭐, 아무리 춥다 해도 설마 하니 볼일 보는데 얼어서 땅에 떨어지거나 하진 않겠지요?"

켈스가 나름대로 농담을 던졌다.

"글쎄."

카피가 어느 쪽으로도 대답하지 않았다. 그게 정말로 그럴 가능성이 높았기 때문이라는 걸 켈스가 깨달은 건 일주일 후였다.

"으으으으."

켈스는 온몸을 부르르 떨었다. 웃자고 해본 소리가 정말일 줄이야. 어떻게 다리 높이를 낙하하는 사이에 얼음 알갱이가 되어 떨어진단 말인가. 춥다 춥다 해도 밥 먹기 위해 입을 가린 마스크 내리는 게 두려울 정도의 추위란 정말 상상 밖이었다.

"카피, 우리 얼마나 더 가야 하는 거죠?"

휘네인이 도저히 못 참겠다는 듯 한마디 묻고는 도로 마스크를 올렸다.

"한 달쯤 더 가면 될 거 같은데."

한 달! 하루도 힘든데 한 달이라고?

"카피, 우리 조금만 따뜻하게 가면 안 돼요?"

이번에는 마스크를 내리지도 못한 채 한 말이었기에 꽤나 웅얼거렸음에도 카피는 용케 알아들었다.

"남은 스크롤 개수를 감안하면 가는 것만 생각한다 해도 지금 쓸 여유는 없다."

"추위를 몰아내는 건 내가 하면 되잖아요. 그 정도는 나도 할 줄 알아요."

"말하지 않았나. 적에게 위치가 노출되어 좋을 게 없다고. 참아라."

"하아, 하아. 그렇지만."

"성물을 찾기 싫나?"

"알았어요."

휘네인은 눈물을 머금고 승복했다. 여신께서 신탁을 내렸거늘 추위서 포기했다라니. 희대의 웃음거리가 될 일 아닌가. 자기가 돌아오기만을 기다리고 있을 많은 사람을 생각해서라도 참아야 했다.

일주일간의 강행군 끝에 휘네인이 이러다 성물을 찾기 전에 여신께 불려가는 거 아닐까라는 생각을 백스물두 번째 했을 때 마침내 카피가 구원의 말씀을 내렸다.

"아무래도 체력 회복이 필요하겠군. 켈스, 여기다가 쉘터를 만들어라."

"저 어떻게 만듭니까?"

"이 멍청아! 가르쳐 줄 때 뭘 들은 거냐! 제5장 4절 3편, 컨베니언트 쉘터다!"

켈스가 멍하게 되묻자 로이가 바로 소리쳤다.

'으, 얄미운 녀석 같으니. 좀 곱게 가르쳐 주면 어디가 덧나. 사람이 까먹을 수도 있지.'

사실 아직도 외우고 있는 게 거의 없었지만 말이다. 아무튼 켈스는 스크롤을 찢었고 빙원 위에는 때아니게 아담한 집이 생겨났다.

집 안은 따뜻했다. 다른 여러 가지 특징이 더 있었지만 그건 아무래도 좋았다. 중요한 건 따뜻했다.

"따뜻해."

"네. 따뜻하군요."

봄 햇살 아래 고양이마냥 휘네인과 켈스는 그대로 드러누웠다.

"눕고 싶은 거라면 저기 침대가 있다."

"몰라요. 그냥 이대로 일단 있을래요. 행복을 누리는 데 방해하지 말고 저리 가 있어요."

"알겠다. 지친 것 같으니 식사는 내가 준비하지."

"어머나, 친절하셔라. 그래 주면 고맙죠."

휘네인이 그대로 누운 채 고개만 까닥해서 감사 인사를 했다.

"로이, 식사를 준비해라."

"네, 마스터."

"당신이 한다고 하지 않았어요?"

휘네인이 묻자 카피는 일말의 거리낌도 없이 대답했다.

"그래서 내가 로이를 시켰잖은가."

"……."

휘네인은 그냥 아무 생각 안 하기로 했다. 따뜻하지 않은가. 그런데 무엇을 더 바라랴.

한 시간쯤 뒤 어느 정도 기운을 되찾은 일행은 식탁 앞에 모여 앉았다. 보글보글 끓는 스튜를 앞에 두고 휘네인은 감격의 눈물을 흘렸다.

"아아, 여신이시여. 이런 음식을 맛볼 수 있는 게 얼마나 크나큰 은총인지 일찍이 몰랐던 어리석은 저를 용서하세요. 따뜻한 스튜와 구운

빵의 이름으로 참회합니다."

"흐음. 그런 기도가 있었던가."

"시끄러워요. 진정 어린 기도에 핀잔 놓지 말아요."

이때만큼은 켈스도 휘네인에게 동감했다. 누가 죄인을 참회시키는 가장 빠른 방법을 묻는다면 여기에 던져 놓고 일주일 후 회개하면 집에 넣어준다고 하면 된다라고 대답할 수 있었다.

"어쨌든 기운을 회복한 거 같으니 다행이군. 추위가 그렇게 참기 힘들었나?"

"당연하죠! 물론 사명이 있으니 어떠한 고난이라도 참고 견뎌야 사제의 도리겠지만 그래도 추운 건 추운 거라고요. 그러고 보니 카피 당신은 참 존경스러울 정도로 잘 참았네요. 안 추웠어요?"

"그렇다."

간단명료한 카피의 대답을 들으며 휘네인은 생긋 웃었다. 그래도 남자라고 허세는. 하지만 확실히 아무 불평도 없이 묵묵히 앞장섰던 건 사실이니까 조금은 인정해 줘야 할 것이었다.

'남자라 다른가. 음, 하지만 켈스 씨는 마찬가지로 추워했으니까 역시 카피 쪽이 인내심이 강한 거야. 조금은 멋있기도 해.'

점수를 10점쯤 올려줘야 할 모양이었다.

"대단해요. 어떻게 그 추위를 안 춥다고 할 수 있어요?"

"그야 기를 이용해 몸을 감쌌으니까."

휘네인의 질문에 카피는 성실히 대답했다. 다음 순간 휘네인이 굳었다.

"뭐라고요?"

"기를 이용해 몸을 감싸서 보온했다. 그러니 나는 안 추웠을 수밖에."

“……”

휘네인은 3초간 침묵했다. 그리고 폭발했다.

“이… 이 인간아! 왜 그 말을 안 했어!”

“물어보지 않았잖은가. 설명할 가치도 없는 일이었고.”

“없긴 왜 없어! 나는 추위에 떨게 놔두고 너만 따뜻하게 갔다는 거잖아!”

“그렇지는 않다. 로이도 유사한 방법으로 추위를 막았으니까.”

“으아아악! 날더러는 추위 막는 신성 마법 쓰지 말라며!”

“그랬다.”

“왜 그랬어?”

휘네인이 카피를 잡고 마구 흔들었다.

“설명했잖은가. 그대의 위치가 적에게 노출된다고.”

“너는 기를 이용해서 몸을 보호하면서? 나는 어떻게 해줘야 하겠다는 생각 안 들었어?”

“가르쳐 준다고 금방 익힐 수 있는 기술이 아니다. 네가 참는 게 최선이라는 결론이었다.”

카피는 끝까지 침착했다.

“설명하지 말아요! 납득하기 싫으니까.”

“흠. 그건 현실 도피인가?”

조금 가라앉던 휘네인의 화가 도로 폭발했다. 그녀는 있는 대로 인상 쓰며 카피를 노려보았다.

“누가 누구더러 현실 도피라는 거야, 이 인간아. 당장 내일부터 나랑 켈스 씨도 다 추위 막고 갈 테니까 그렇게 알아.”

“적에게 위치가 노출될 텐데.”

“별 위험도 없다며!”

“없지는 않다. 하지만 굳이 해야겠다면 알겠다. 일의 성공 가능성을 낮추더라도 중간에 지불해야 하는 대가를 줄여야겠다면 어쩔 수 없지. 뜻대로 해라.”

“으으…….”

휘네인은 성물을 찾고 나면 카피를 그 자리에 묻어두고 돌아오는 방안을 심각히 연구했다.

다음날 휘네인과 켈스는 다시 추위에 떨었다.

“으덜덜덜. 이 얄미운 인간.”

신성 주문 한 번만 외우면 어떤 추위라도 막을 수 있는데. 정말 신탁 수행만 아니라면 이까짓 것쯤.

“아가씨, 잠시만 몸을 녹이면 안 될까요. 후우. 후우.”

켈스가 눈물, 아니, 눈얼음을 흘리며 호소했다.

“차… 참아요. 성물을 찾을 가능성이 낮아진다잖아요.”

“현명한 판단이다.”

“당신은 닥치고 있어요!”

가는 말은 분명 고왔는데 오는 말은 매우 거칠었다.

“그러지.”

역시 통계에 기반한 속담 수준의 법칙은 예외가 많다라고 카피는 결론 내렸다.

Chapter 2
던전 탐사

던전 탐사

끝없는 악전고투 끝에 일행은 마침내 목적지에 도착했다. 카피의 손에 들린 나침반이 땅 아래를 향해 똑바로 섰다.

"다 왔군."

"여기예요?"

나침반이란 자석으로 만들고 자석이란 땅 끝에 묻힌 거대한 자석에 끌려 북쪽을 향한다라는 것 정도는 휘네인도 알고 있었다. 그러니 그런 자석이 아래쪽을 향한다는 것은 여기가 바로 여신이 정한 북쪽의 끝이라는 말. 어떤 성지 못지않게 특별한 이곳의 땅을 휘네인은 입 맞출까 하다가 참았다. 너무 추웠다.

"음, 이 근처라고 해야 되겠지. 자극의 위치가 처음 마계군이 기지를 세웠을 때와는 달라졌을 테니까 찾아봐야겠지만."

"그럴 수가. 그럼 여신께서 정하신 북쪽의 끝이 때에 따라 움직인다는 거예요?”

“여신은 자극 이동과는 아무 상관 없다.”

카피의 대답에 휘네인은 머리를 싸맸다. 생각해 보면 성서에는 북극에 대한 이야기는 딱히 나와 있지 않았다. 움직이지 않는다는 말이 없으니까 움직여서 안 된다는 법도 없긴 했다.

‘그런가?’

휘네인이 결론을 못 내리고 갈팡질팡하는 사이 카피는 무언가를 계산했다. 한참 동안 사고하던 그는 마침내 만족스럽게 고개를 끄덕였다.

“좋아. 자극의 위치 변동은 검색 범위 이내로 추정된다. 켈스, 숨겨진 공간으로 통하는 문을 찾아라.”

“저기, 로이. 그건 몇 페이지냐?”

“정말 소리치는 것도 지치게 만드는 멍청이로군. 제7장 8절 29편 디선 디멘전 세버런스다.”

“아, 그렇군.”

켈스가 스크롤을 발동시키자 마법이 풀려났다. 마력의 올은 촘촘하게 짜여진 공간의 틈에 살짝 숨겨진 엇나감을 찾았다. 희미한 틈이 걸려들자 마력은 그대로 빛을 발하며 위치를 알렸다.

“저기다. 가자!”

땅에서 하늘로 솟은 빛의 기둥을 향해 카피가 걸어갔다. 뒤를 따르며 휘네인의 가슴은 감격에 벅차올랐다.

‘아아, 정녕 신탁의 성물이 이 앞에 있다니. 감격에 벅차 쓰러질 거 같아.’

“문을 열어라, 켈스.”

"제6장 3절 18편이다."

"고맙다."

미리 알려주는 로이에게 켈스는 윙크를 날리며 스크롤을 찢었다. 빛이 갈라지며 그 사이로 거대한 문이 나타났다.

"이 문을 열면 마침내 성물을 볼 수 있겠군요."

"그건 아니다. 들어간 후에 성물이 있는 곳까지 가는 것도 쉽지 않을 가능성이 높다."

방범 장치를 무리없이 해제 가능할지 카피도 자신없었다.

"아, 그렇군요. 뭔가 던전이 있을지도."

확실히 옛이야기를 떠올려 봐도 용사들이 뭔가 찾으려면 으레 그런 게 따라붙는 법이었다. 휘네인은 납득했다.

"그런데 이 문 어떻게 여는 거죠? 미는 거야, 당기는 거야?"

손잡이라 할 만한 게 없는 걸 보니 당기는 건 아니고, 밀어봐도 문은 끄떡도 안 했다.

"가만히 있어봐라. 지금 장치를 찾고 있다."

"네."

이번에는 휘네인 쪽이 얌전히 카피를 따랐다. 카피는 곰곰이 생각했다. 이 기지가 세워진 건 3차 성마대전 와중, 그는 아직 마황 후계자이던 어린 시절, 그 시절의 기지 건조 양식이라면 문의 수동 개폐 장치가 있는 곳이.

"여기군."

문 오른쪽 아래 장식처럼 숨어 있는 인식용 마법진이 있었다. 카피틀리온은 오랜 세월 동안 잊혀져 있던 요새를 일깨웠다. 어떠한 침입자도 없이 아무런 변화도 없는, 사실상 시간조차 정지된 채 잠들어 있었던 공간이 깨어났다.

　웅웅웅웅.

　실로 오랜만의 생명 반응을 인지한 장치가 다시금 가동되었다. 마계의 문자가 떠오르며 일행의 눈앞을 채웠다.

　현재 이 요새는 긴급 명령 SR—37에 의해 폐쇄되어 있습니다. 통상의 인증키로는 진입이 불허됩니다.

　"카피, 이거 뭐죠? 제대로 된 거 맞아요?"

　"마계 문자다. 모르나? 배우는 걸로 알았는데."

　'윽! 이 인간이 내가 고대 문자 수업 시간에 제대로 안 들은 걸 어떻게 알고.'

　천계 문자와 마계 문자도 엄연히 교양 과목의 하나로 고위 사제라면 배우는 것이었지만 사실 제대로 배우는 이는 거의 없었다. 그리고 휘네인은 이 문제에 있어 대세를 추종하는 쪽이었다.

　'그래도 대공가의 적자라 뭐가 다르긴 다르네. 나도 모르는 마계 문자도 다 알고.'

　그렇다면 전문가가 알아서 하게 할 일이다. 휘네인은 물러서서 조용히 기다렸다.

　절대의 지배자. 정점에 서 모든 어둠을 굽어보는 자. 빛이 오롯한 곳이 아니라면 내가 닿지 못할 곳 없으니 이제 어둠 속에 자리잡은 요새여. 그 문을 열라.

카피가 또 다른 마계 문자를 띄워 올렸다. 장치가 또다시 반응했다.

삐. 절대 인증키를 입력받았습니다. 2차 인증에 들어갑니다.

파르륵.
눈앞에서 엄청난 속도로 문자들이 스쳐 지나갔다. 문자는 점점 빨라져서 나중에는 그냥 검게 깜박이기만 했다. 휘네인은 눈이 휘둥그레졌다. 저걸 어떻게 읽는단 말인가.

오직 어둠을 모두 보는 눈만이 이 어둠 속에 숨겨진 더 짙은 어둠을 보리니, 나의 주인이시여. 이제 무릎 꿇나이다.

마황의 눈이 아니고서는 볼 수 없게 숨겨진 글자를 이어 카피는 입력했고 장치는 반응했다.

3차 인증. 이제 그 영혼의 인을 검증합니다.

불허! 왕의 기록은 누구도 알 수 없다!

카피가 검을 들어 장치를 내려쳤다. 수정구가 그대로 박살났다.
"카피?"
뭐가 잘못된 건가 해서 휘네인은 다급히 불렀다.

3차 인증을 완료합니다.

부서진 수정구가 다시 결합하며 인정했다. 검색을 거부하고 장치를 부수는 것. 그게 마지막 키였다.

문을 열라.

지시 이행.

문이 스르륵 열렸다. 휘네인은 만세를 불렀다.
"야호! 해냈네요. 이제 성검이라는 거죠?"
휘네인이 즐거워하며 열린 문안으로 들어섰다.
"잠깐! 아직 함정 해제가."
"꺄악!"
급작스럽게 어둠이 삼켜오자 휘네인은 비명을 질렀다. 순간 뒤에서 손이 뻗어오며 그녀를 감쌌다. 그리고 무언가에 빨려 들어가며 둘은 함께 뒹굴었다.
"대체 여긴 어디지?"
어두워서 휘네인은 작게 주문을 외었다.
"홀리 라이트(Holy Light)."
그녀의 손 위로 작은 빛덩어리가 떠오르고… 그리고 아무것도 없었다.
'에?'
이럴 리가 없다. 홀리 라이트는 단순한 조명 주문이 아니라 약하지만 정화의 힘까지 지녔다. 당연히 어둠을 밝혀야 하는데, 오히려 삼켜져 버리다니.

'이 어둠 단순하지가 않아?'

그러고 보니 기분이 나쁘다. 몸속으로 무언가 차갑고 서늘한 기운이 밀고 들어오는 게 느껴졌다.

"여신의 자애 아래 나 이제 보호를 간구하니, 하늘의 빛을 이어 수호의 장막을 만든다. 성스러운 빛이 여기에 깃들어 모든 어둠을 파하리니, 불도 물도 우리를 해치지 못하리라. 홀리 배리어(Holy Barrier)."

강렬한 빛이 일어나 주위의 어둠을 밀어냈다.

"대체 이거 뭐지?"

"프라임 보이드(Prime Void). 내부에 들어온 것을 지워 버리는 마계의 결계 중 하나다."

옆에서 갑자기 말소리가 들리자 휘네인은 깜짝 놀랐다.

'아, 맞아. 내가 떨어진다고 느낄 때 감싼 게 그럼…….'

"곤란하게 되었군. 쉽게 부술 수 있는 결계가 아닌데."

"프라임 보이드라니. 그거… 마왕들의 궁전을 감싸고 있는 깊은 허무의 어둠이라고 성경에 묘사된 그거요?"

"4대 마왕의 궁전에 기본적으로 설치된 결계의 하나긴 하다."

"그런! 엄청 위험한 거잖아요! 그러고 보니까 이 어둠."

홀리 배리어를 쳤는데도 무서울 정도로 압박해 들어온다. 자만이 아니라 자신의 홀리 배리어는 정말로 강한 방어막인데.

"어떡하죠?"

"샤이닝 포스를 쓸 수 있나?"

고위 신성 공격 주문의 하나. 아무나 못 쓰는 주문이지만 휘네인은 아무나가 아니었다.

“전력을 다한다면 쓸 수 있긴 해요.”

카피는 잠시 동안 생각하더니 고개를 끄덕였다.

“그렇군. 그럼 그걸 써라. 결계가 일시적으로 갈라지는 틈을 타서 내가 빠져나가겠다.”

“저기, 그럼 나는요?”

휘네인이 조심스럽게 물었다.

“샤이닝 포스에 전력을 다하는 사이 프라임 보이드에 먹힐 테니까 죽겠지.”

카피가 무심하게 대답했다.

“그런데 그걸 권한 거예요?”

휘네인의 말끝이 많이 올라갔다.

“둘 다 죽는 것보다는 나라도 사는 게 낫지 않나?”

카피는 여전히 무심하게 대답했다.

“차라리 같이 죽자, 이 인간아!”

휘네인은 그대로 카피의 목을 잡고 마구 흔들었다.

“이성을 찾아라.”

“찾긴 뭘 찾아!”

더 흥분해서 자신을 흔들어대는 휘네인을 보며 카피는 한 가지 결론을 내렸다.

여신도, 그 사제도 금방 흥분해서 이성을 잃어버리는 특성이 있었다. 아무래도 빛에 속한 자들의 가장 큰 약점이 틀림없었다.

‘하나 약점이라는 것은 내 쪽에서의 평가. 어쩌면 저것이 절망적인 상황에서도 무모한 도전을 통한 기적적인 역전을 일으켜 내기도 한 원동력일지도 모른다.’

뭔가 미묘하게 엇나간 결론을 내렸다.

"하아. 하아."

제풀에 지쳐 휘네인은 카피를 놓았다.

"다른 방안은 없어요?"

"생각 중이다."

"빨리 좀 생각해 봐요. 솔직히 말해서 더 오래 못 버틸 거 같단 말이에요."

찔리는 구석도 많으니 웬만하면 느긋하게 기다려 주고 싶지만, 현실적인 문제가 그걸 가로막았다. 홀리 배리어는 강력한 만큼이나 오래 유지할 주문이 못 되었다.

"음. 그건 문제군."

'정말이지. 이 마당에도 저렇게 무심하게 말하다니 얄미워 죽겠어.'

하지만 더는 화낼 기력도 없다. 아까부터 조금씩 손끝이 저려왔다. 신성력은 무한히 쓸 수 있는 게 아니니 무리하지 말라고 육신이 보내오는 신호.

'그나마 지금은 저리는 감각이라도 있지만.'

생각도 씨가 되는 걸까. 다음 순간 손끝의 감각이 사라졌다.

'안 좋은데.'

카피는 차분히 휘네인을 보았다. 하지만 역시 알 수는 없었다. 어둠이 그의 아래 있는 만큼 빛은 그의 밖에 있었다.

'어쩔까.'

첫 번째 제안을 휘네인은 거절했다.

'빛의 존재들은 이럴 때 자기희생을 한다고 들었는데 아니었나.'

아무래도 휘네인은 기존의 빛의 존재들과 다르던지, 아니면 상황이 그렇게 행동하기 위한 조건 중 일부가 충족이 안 되어 있든지 한 모양이었다.

'그럼 내가 결계를 갈라야 하나.'

그럼 그는 이 육신을 잃는다. 그가 죽고 휘네인이 살면?

명령을 내려놨으니 로이가 휘네인을 도울 테고 성검만 찾으면 다른 인간들이 알아서 그녀를 추도해서 내전을 일으킬 것이다. 그 정도면 부분적인 목적 달성.

'그녀가 죽고 내가 사는 경우에는.'

성검만 있으면 휘네인은 상징적 순교자로 만들고 추기경 몇을 매수해서 새로운 대표로 삼으면 이후 일의 진행에는 문제없다. 휘네인이 없으면 그것에 대한 추적은 힘들어지겠지만, 애초에 자기가 있어야 뭘 하든 할 테니까.

'역시 내가 사는 편이 내게는 더 이롭긴 하군.'

하지만 이건 휘네인이 거절했으니까 선택에서 제외하고.

'확실히 그녀에게는 그녀가 사는 편이 유리하겠지. 이대로 가면 둘 다 죽는다는 건데.'

그건 최악이다. 이렇게 되면 결국 남은 답은 하나.

휘네인은 생각에 잠긴 카피의 옆얼굴을 힐끔거리며 보았다. 이 마당에 할 말은 아니지만 확실히 저럴 때의 카피는 멋있었다. 사색에 잠긴 표정으로 뭘 생각하고 있는 걸까.

'하긴 지금 생각할 건 하나뿐이지.'

둘 다 살 수 있는 방법. 그게 간단히 떠오르지 않아서 저렇게 고민하는 거겠지.

'하아. 그 정도 농담에 나 너무 발끈했었나. 그렇지만 저 얼굴에 농

담이라니 안 어울리잖아. 표정만 보면 꼭 진담 같았다고.'

덕분에 위기 상황임에도 불구하고 마냥 공황에 빠지지 않을 수 있었
지만.

'따지고 보면 애초에 내 잘못인데 날 신경 써준 카피에게 화만 내
고.'

만약에 살아나갈 수 있다면 사과해야겠다.

'카피도 방법이 없는 건가?'

하긴 그렇고 해도 만능은 아니니까. 그렇지만 이제 정말 한계가 다
가오는데. 더 이상 시간 끌다가는 아무것도 못하고 지쳐 죽을 거다.

'결정해야 하나.'

애초에 여신이 정한 자신의 임무는 여기까지였을지도. 그녀는 성표
를 만지작거렸다. 지금이라면 마지막 남은 힘을 짜내 샤이닝 포스를
쓸 수 있다. 그러면 카피라도 살겠지.

'그래, 결심했어.'

"결론이 나왔다."

카피가 갑자기 자리에서 일어나며 말했다.

"네?"

휘네인은 순간 당황했다.

"내가 결계를 깨보겠다. 네가 도망쳐라."

"아, 저. 그게 그러니까."

"문제있나?"

휘네인은 방긋 웃었다. 여전히 무뚝뚝한 카피의 얼굴이지만 그 아래
진심을 느낄 수 있었다. 행동이 뒤따르지 않은 채 좋은 말로 웃어만 주
는 건 누구나 할 수 있다. 정말로 어려운 건 실천으로 도와주는 것.

"내가 할게요. 샤이닝 포스 어느 방향으로 날리면 되죠?"

"생각이 바뀌었나?"

카피는 의아했지만 고개를 끄덕였다. 이유야 어쨌든 자신으로서는 좋은 일이었다.

"아아, 뭐, 당신이 죽는 것보다는 내가 죽는 게 낫다고 생각했을 뿐이에요."

"그런가?"

그녀의 입장에서는 아닐 텐데 왜 그런 결론을 내렸는지 잘 이해가 안 가지만. 아무튼 이런 건 빛의 존재들의 본래 습성이니까.

"좋아. 그러면 방향은 크게 상관없다. 그냥 정면으로 날려라."

"저기, 카피."

"왜 그러나?"

"예의상이라도 한번 말려야겠다는 생각 안 해요?"

"안 했는데. 흠. 그게 예의인가? 알았다. 하지 마라."

"진심은 아니죠?"

"물론. 하지만 격식은 갖추었지 않나?"

부탁이니까 그런 얘기만은 웃으면서 해줘!

"……."

휘네인은 한숨을 쉬었다. 정말 이런 맥 빠지는 기분으로 자신의 목숨을 희생하는 경우도 없을 거다.

"내가 여기서 죽어도 성검을 찾은 후의 일은 해줄 거죠?"

"약속하지."

휘네인은 다시 웃었다. 그거면 되었다. 괜히 난리치면서 말리는 것보다 이런 게 카피답다.

"정말이지, 당신도 재밌는 사람이에요. 더 이야기 나눌 시간이 없다는 게 아쉽지만 할 수 없죠. 애초에 제가 저지른 실수니. 그럼 시작합니다."

휘네인은 성창을 시작했다.

"천상의 경계를 수호하는 거룩한 빛이여."

카피는 고개를 갸웃했다. 둘 다 살아날 가능성이 낮은 이상 지금 휘네인의 자기희생이 그에게는 제일 좋은 전개였다. 그런데 이 기묘한 기분은 뭐지?

"하늘의 문에 범하고자 하는 어리석은 자들에게 그 자만을 깨뜨릴 영광된 힘을 내게 내리사."

강렬한 금색 빛이 휘네인의 기도하는 두 손에 맺혔다. 신성력이 밖에 맺혀 타올랐다. 그리고 비어가는 그녀의 몸속을 기다렸다는 듯 어둠이 침식해 들어왔다. 휘네인은 계속 웃으며 성창을 이었다. 카피의 얼굴을 조금은 더 보고 싶은데 벌써 눈이 흐릿했다. 손에 맺힌 빛이 점점 더 강해지는 데 비례해서 그녀의 몸은 기능을 잃어갔다.

카피의 기묘한 기분도 그에 비례해 커졌다. 지금 전개가 마음에 들지 않는다. 어째서? 주어진 상황에서 최선이 아닌가. 물론 그녀가 죽으면 본래 계획 중 하나가 좌초해 버리지만 어쩔 수 없는 건 없는 걸 텐데.

"올바른 길을 잃어버린 악덕의 무리를 꾸짖는 형벌의 칼이 되게 하소서. 어둠이 빛을 이길 수 없음은 하늘의 동녘으로 태양이 떠오름과 같이 자명하나니, 위대한 광휘 앞에 그 무엇이 맞서오리까. 나 이제 그 힘을 발하나이다. 샤이닝 포스(Shining Force)."

한순간 태양을 한 조각 베어온 듯한 금색 광구가 폭발했다. 빛이 그대로 어둠을 십자로 쪼개었다.

"…그래도 싫군……."

평소보다 힘이 없는 목소리로 카피는 말했다. 정신을 잃고 쓰러지는 휘네인을 그는 꼭 안았다. 그리고 어둠 속에 뻗은 빛의 길을 달렸다.

함정 구역을 빠져나오자 다시 곧게 뻗은 복도가 나타났다. 복도 벽에 붙어 있는 수정 구슬 하나를 잡고 그는 재빠르게 명했다. 그의 입에서 가장 익숙한 마계어가 튀어나왔다.

"기지 폐쇄를 해지한다. 함정을 작동 정지하라."

[기지 폐쇄를 해지합니다. 함정을 작동 정지합니다. 작동 정지까지 30초의 시간이 남았습니다.]

30초. 길다면 길고 짧다면 짧은 시간. 하지만 지금의 카피는 그걸 확실히 길다고 느꼈다.

"가장 가까운 치유실은?"

[이곳입니다.]

수정구에서 빛이 나와 입체 영상을 만들었다. 그 영상상에서 붉은 화살표가 한 지점을 가리켰다.

'멀군.'

그가 달린다면 예상 소요 시간 34초. 멀었다.

탁.

굽어진 길을 그대로 직각으로 꺾으며 달렸다. 기다리고 있는 것은 이제는 작동하지 않는 작은 분수대였다.

'이런. 당연히 기동 중일 리가 없는데.'

왜 그 생각을 못했을까. 당황한 건가?

"치유실의 재기동을 명한다."

[경고합니다. 현재 보유 중인 예비 기동 마력석은 3%에 불과합니다. 치유실 기동시 사령관실의 기동에 장애 발생이 예측됩니다.]

"상관없다. 기동하라."

[기동합니다. 재기동시까지 시간 15분. 안전 검사를 시작합니다.]

"모든 검사 단계를 생략하고 바로 기동하라. 예비 기동도 생략한다."

[위험합니다. 본 설비는.]

"기동하라."

그 기나긴 세월 동안 묵혀놓았던 장비를 바로 기동시킨다니 완전히 규범 위반이었다. 원래라면 절대로 하지 않았을 짓이지만, 어쩔 수 없었다. 지금은 비상사태니까.

[본 기동에 들어갑니다. 재기동시까지 시간 5분.]

5분. 그래도 길다.

카피는 휘네인을 일단 바닥에 편하게 눕혔다. 그녀는 죽어가고 있었다. 지닌 바 신성력이 미약하게라도 남아서 침범한 어둠과 싸우는 중이 아니었다면 예전에 숨이 끊어졌으리라.

"죽지 마라."

죽으면 곤란했다. 지금 와서 다른 누군가를 내세워 인간계의 분열을 꾀한다는 건 역시 힘들다. 그렇게 되면 교황을 중심으로 뭉친 인간군은 분명 마계군을 견제하여 전황을 그의 바람과 다르게 흘러가게 할 가능성이 있다.

"그러니 죽지 마라. 곤란하다."

그게 다인가? 조금 이상하지 않나? 분명 그녀가 죽어도 어떻게든 대체품이 있을 텐데? 그러면 역시 또 다른 문제 때문에?

그래, 그것 때문일 거다. 그녀가 죽으면 그걸 포기해야 하니까. 그 부분은 훨씬 곤란하니까.

"그러니까 죽지 마라. 곤란하다."

그때 분수대에서 다시 물이 솟았다. 카피는 더 이상의 추론은 멈추었다. 지금은 휘네인을 살리는 게 우선순위의 일이었다.

그는 분수대의 물을 손으로 받아 휘네인의 입에 부어 넣었다. 하지만 이미 정신을 잃은 휘네인은 제대로 삼키지를 못했다.

"인공호흡이 필요하군."

카피는 아무런 망설임 없이 기계적인 동작으로 휘네인의 흉부와 복부를 압박해 가며 입을 맞추었다. 박자에 맞춰 숨을 불어넣고 다시 몸을 압박했다. 몇 차례 반복하자 휘네인의 식도로 물이 넘어갔다.

"다음."

분수대 아래 바닥을 살피던 카피가 하나를 뜯어내자 그 안에는 몇 개의 병이 드러났다.

'보존 마법이 걸려 있긴 하지만, 아직도 괜찮을까.'

효력이 약해졌거나 최악의 경우 이상한 쪽으로 변했을 가능성도 무시할 수 없었다. 그러나 확인할 여유도 방법도 없었다. 그는 다시 병을 하나씩 순서대로 따서 입 안에 머금고 그대로 휘네인과 입을 맞춘 후 넘기는 걸 반복했다. 세 번째 병까지 휘네인이 삼키고 나자 그녀의 숨이 돌아왔다.

"고비는 넘겼나."

짧은 순간, 그의 입가 양끝이 살짝 올라간 듯도 했지만 확실하진 않았다. 그는 마지막 네 번째 병을 따서 이번에는 바로 휘네인의 입에 부었다. 휘네인은 스스로의 힘으로 포션을 삼켰다.

한참의 시간이 흐른 뒤 휘네인은 눈을 떴다. 카피가 그녀를 내려다보고 있었다.

"카피?"

"무슨 일인가?"

"저기… 당신이 따라 죽은 거예요? 내가 살아 있는 거예요?"

"후자다."

건조하기 이를 데 없는 어조로 한 대답이었지만 휘네인은 활짝 웃었다.

"나 안 죽었어요? 정신이 사라질 때는 정말 여신의 곁으로 가는 줄 알았는데."

기뻤다. 목숨을 바칠 각오를 하긴 했지만 그래도 역시 살게 되어서 기뻤다. 아직은 좀 더 지상에 남아 해야 할 사명이 있었다. 성물을 찾고 교황을 설득하고, 그래서 다른 사람을 구하고 그런 일들을 하라는 여신의 뜻이리라. 휘네인은 성표를 잡고 감사 기도를 올렸다.

"그럴 뻔했지만, 간신히 잡았다. 다행히도 이곳의 포션들이 생각보다 잘 보존되어 있었다."

카피의 말에 휘네인은 주위를 둘러보았다.

"여긴… 그 던전 안의……."

"치유실이다."

기지가 폐쇄되기 전 이곳의 약을 다 소모하지 않았다는 게 다행이었다.

"아, 그렇군요."

휘네인은 쉽게 납득했다. 옛날이야기를 봐도 용사가 던전을 헤매다 보면 반드시 보상이라든지, 회복의 방이라든지 그런 게 나타났으니까 말이다. 시험을 통과한 자를 위해 여신께서 적절히 배려해 두신 방이겠거니라고 이해했다.

바닥에 나뒹굴고 있는 빈 병들은 아마도 포션이 담겨 있었으리라.

"제가 정신을 잃고 있는 동안 당신이 이 포션들을 먹인 건가요?"

"그렇다."

"아, 그렇군요. 정말 고마……."

감사 인사를 하려던 휘네인은 한 가지 생각이 떠올라 멈칫했다. 설마? 하지만 확인해야 했다.

"저기 카피, 이 포션 제게 어떻게 먹인 거예요?"

정신을 잃고 있었다고 해도 흘러내리는 물 정도는 알아서 삼킬 수 있었을지 모른다. 그러니까 지금 미리 걱정할 필요는 없을 거다.

"그 병에 든 건 그냥 네 입에 부어 넣었다. 스스로 삼키더군."

"하아. 다행이네요."

조금 아쉽기도 하지만.

"다행이었지. 마지막 병도 스스로 삼키지 못한다면 이미 때가 늦었다는 징후일 가능성이 컸으니까."

"아, 네. 잠깐? 마지막 병 '도' 라고요? 그럼 다른 병들은 어떻게 먹였는데요?"

"먼저 내 입에 넣은 후 그대 입에 불어넣으면서 식도를 자극해 인위적으로 들어가게 했다."

카피는 그녀에게 행한 과정을 설명했다. 일견 겉으로 보이는 담담함 뒤에 약간의 으쓱함이 숨어 있는 듯도 아닌 듯했지만.

"……."

휘네인 쪽은 그런 걸 전혀 신경 써서 볼 여유가 없는 충격에 빠졌다.

"무… 물어내! 물어내란 말이야!"

"무엇을 말인가?"

"내… 내…….."

"어떤 것에 대한 배상을 요구하는지 말을 하라. 그래야 고려를 해볼 것 아닌가."

휘네인은 얼굴을 붉히며 도리질 쳤다.

"몰라요! 내 첫 키스였단 말이에요! 나 이제 어떡해. 이게 소문나면 창피해서 어떻게 다녀."

소문날 일도 없고, 소문난다 해도 그렇게 창피당할 일도 아니었지만 휘네인은 얼굴을 마냥 붉혔다. 이야기 속의 첫 키스는 이렇게 허망한 게 아니었다. 그건 달콤하면서도 시큼하고 향긋하고… 아무튼 해봐야만 알 수 있는 그런 거라고 했는데.

"흠. 그런 문제라면 안심해라. 일단 너와 나만 비밀을 지키면 어디에도 소문나지 않는다."

"그렇다 해도 한 건 한 거잖아요!"

"그렇기는 하다. 하지만 그건 친애의 표시가 아니라, 단순한 구급 의료 행위에 불과했으니까 특별히 의미를 부여해서 고민할 필요는 없다고 생각한다."

분명히 친절하게 달래주는 카피의 말은 어째서인지 휘네인의 분노를 부채질했다.

"…그러니까 방금 건 아무것도 아니었다 이거죠?"

"물론이다. 그러니 배상 문제는 목숨을 구하기 위한 의료 행위였으니까 그걸로 상쇄하면 되지 않겠나?"

"이, 이…….."

더욱 분노하는 휘네인을 보며 카피는 자신이 뭘 잘못했는지 고민했다. 다행히 금방 알 수 있었다.

"그렇군. 애초에 네 목숨이 위험해진 건 나를 구하기 위해서였지. 이미 그걸로 상쇄되는군. 알겠다. 네 입술에 있어서 원치 않은 신체적 접촉에 의한 불쾌감에 대해 배상을 해주지. 얼마를 원하나?"

얼마라니, 얼마라니. 세상에 누구를 뭘로 보고. 휘네인의 분노가 통제 가능 영역을 넘어섰다.

쫘악!

휘네인이 카피의 뺨을 때린 소리가 치유실 안에 울려 퍼졌다.

"신체 폭행을 통한 맞보복인가. 피해 보상보다 보복을 택하는 건 현명한 방식은 아닌데. 어쨌든 만족하나?"

"몰라! 나가 죽어!"

휘네인은 그대로 고개를 돌리고 씩씩거리며 방 밖으로 나갔다. 카피가 뒤에서 따라가며 대답했다.

"자결을 요구하다니 너무 과도하다. 그건 거절한다."

"듣기 싫어! 입 다물어!"

"금언형이라면 당분간은 받아주지."

"으으으으……."

휘네인은 또 소리치고 싶은 걸 간신히 참았다. 혈압 올라봐야 자기만 손해였다. 뭐 배상이 어쩌구 저째? 아무 느낌도 없어? 얼굴을 붉히며 고개를 돌리면서 다른 마음은 없었어 같은 대사를 해주기까지는 바라지 않는다. 하지만… 하지만… 하지만 뭐?

'몰라! 아무튼 카피가 나쁜 거야!'

첫 키스를 하게 된다면 근사한 분위기에서 멋진 남자와 하길 원했는데 어쩌다가 이런 던전에서 저딴 녀석과 하게 되었단 말인가.

휘네인이 분을 못 이겨 마구 걷는데 카피가 갑자기 어깨를 잡아당겼다.

"뭐예요? 말 걸지 말라고 했잖아요!"

카피는 아무 말을 하지 않았다. 대신에 언제부터 가지고 다녔는지 모를 종이와 펜을 품에서 꺼내더니 글을 썼다.

그쪽 방향이 아니다. 나를 따라와라.

"……."

휘네인이 꼼짝도 않고 서서 앞에 선 자신을 바라보자 카피는 다시 글을 썼다.

로이와 켈스와 합류해야 한다. 따라와라.

말없이 종이를 앞으로 내미는 카피를 보며 휘네인은 한숨을 푹 쉬었다. 순식간에 3년은 늙은 기분이었다.

"하아. 그냥 말로 해요."

카피가 저러니 카피지 달리 카피였단 말인가. 화내는 것도 우스웠다.

"노후화된 기지이니 예기치 않은 비상사태가 벌어질 가능성을 배제할 수 없다. 그러니 내 곁에 붙어서 따라와라."

"흥. 그런 일 벌어지면 지켜주긴 할 거예요?"

"내 능력 안에서는 최선을 다할 거다."

"뭐 좋아요. 그 정도로 만족할게요."

일단은 말이다. 그 다음에는? 휘네인도 몰랐다.

카피는 대체 어떤 재주를 부렸는지 복잡하기 이를 데 없는 길을 조금도 망설임없이 나아갔다.

'대공가에서는 던전 탐사법까지 가르치나? 하지만 던전이 아닌 거 같기도 하고.'

처음 그 어둠을 제외하고는 어떠한 함정이나 몬스터도 나타나지 않았다. 군데군데 먼지가 쌓여 있어 세월의 흔적을 드러낼 뿐, 길은 평탄했고 간간이 놓인 방들은 들어가 보지는 않았지만 몬스터가 튀어나오지도 않았다.

"어쩐지 무척이나 평이하네요. 꼭 무슨 고성 탐사 나온 거 같아요."

"이쪽으로는 전투가 없었기 때문이겠지. 다른 쪽은 각종 기물이 파손되고 통로가 무너져 내려 통행이 불가능할 거다."

"여기서 전투가 있었나요?"

"그대에게는 먼 옛날 일이지만 있었다. 용사 일당이 잠입하여 당시 이 기지의 총사령관이던 마계 사단장을 암살했던 사건이었지. 그때 그들의 리더가 사용했던 무기가 빛의 검이고. 모르나? 사제라면 정규 교육 시간에 배우는 내용일 텐데."

너무나 당연하다는 듯 장소를 설명하는 카피를 보며 휘네인은 아주 약간의 위화감을 느꼈다. 하지만 뭐 똑똑한 카피니까 저렇게 벽에 적힌 마계의 문자를 보고 알아냈을지도 모르는 일이었다.

"분명 성서에 나오는 내용이긴 하지만 거의 신화라서요. 여기가 정말로 그 장엄한 투쟁이 벌어졌던 장소인가요?"

"그렇다. 놀라운 성과였지. 작은 골칫덩이 정도로 생각했던 게릴라

부대에 총사령관이 살해당하고 거점 기지가 날아갔다. 그게 시초가 되어서 통제가 혼란해진 마계군을 인간군이 역습, 엄청난 전과를 올리며 전세를 뒤집었지. 지금도 마계에서 전투 교본에 필히 예시로 드는 일의 하나다.”

두 번 다시 그런 뼈아픈 일이 발생하지 않도록 하기 위하여 지금 이곳을 찾아온 것이니 말이다.

“마계의 사정에 정말 능통하시네요.”

“그야 내가 다스리던 곳이니까.”

살짝 놀린다고 물어봤는데 한 수 더 뜬 농담으로 카피가 받아치자 휘네인은 풋 하고 웃었다.

“그렇다면 빛의 검은 어디에 있을까요?”

정말로 빛의 검일지는 두고 봐야겠지만.

“최종 결전이 벌어진 장소에 있겠지. 일단 로이와 합류한 다음에 찾아봐야 할 텐데.”

콰앙!

자기가 막 불린지 어떻게 알았는지 요란하게 천장을 무너뜨리며 로이가 켈스와 함께 뛰어내렸다.

“마스터, 이제야 뒤쫓아왔습니다. 상태는 괜찮으십니까?”

“아아, 중간에 문제가 생길 뻔은 했지만 결과적으로 괜찮다. 빨리 쫓아왔군.”

“강행 돌파했습니다.”

로이의 말이 무슨 뜻인지 위를 올려다본 휘네인은 이해했다. 천장이 줄줄이 뚫려 있었다. 저 위쪽에서부터 바닥을 내려쳐 부수며 직선으로 온 모양이었다.

'정말 과격하다니까.'

대단한 꼬마였다. 뭐, 그러니까 카피의 부하 노릇도 할 수 있는 건지 모르지만.

"흠. 이 기지를 다시 쓸 일이 생길지도 모르는데, 아쉬운 일을 했군."

"제 불찰입니다."

"아니, 되었다. 내가 위기일지 모른다 생각하여 서두른 것일 테니. 그보다 성물을 찾는 것을 서두르도록 하지."

"알겠습니다."

카피와 로이가 대화하는 사이 켈스는 휘네인 쪽에 들러붙었다.

"무사하셨군요, 아가씨."

"염려해 주신 덕분에요."

휘네인은 밝게 웃었다. 사실은 지금도 몸 상태가 많이 좋지 않았지만, 적어도 생사의 고비를 넘기기는 했으니까 웃을 만했다.

"후우. 말도 마십쇼. 두 분이 갑자기 어디론가 사라진 후 로이 저 녀석 펄쩍 뛰면서 여기저기 막 부수면서 나가는데, 길이 없으면 길을 만들어서 왔다니까요."

"호호. 직선으로 밀어붙이기라. 화끈한 미로 파훼법이네요."

"그런데 성물이 잠든 던전이라기에 아주 밝고 성스럽거나 아니면 아주 어두침침하고 사악한 기가 감돌 줄 알았는데 의외로 별거없군요."

"그러게 말이에요. 저도 한 걸음 나갈 때마다 함정과 괴물이 튀어나올 줄 알았는데 말이에요."

처음 만난 그 마계의 어둠만 해도 충분히 무서웠지만 적어도 내딛는 걸음걸음마다 함정은 아니었다.

"기본적으로 마계군이 생활하기 위해 만든 기지다. 오직 침입자를 막기 위한 구조로만 만든다는 것은 무리지."

"상식도 모르는 인간 같으니."

카피의 간단한 설명 뒤에 로이의 핀잔이 뒤따랐다. 휘네인의 이마에 줄이 섰다.

"누구에게 상식을 논하는 거야, 이 꼬마가."

그녀가 로이의 볼을 잡아당겼다.

"이, 이 여자가!"

일개 인간 따위가 대마계의 제1근위기사, 공식 서열 9위인 자신의 볼을 감히, 감히 잡아당기다니. 로이가 살기를 스멀스멀 피워 올리려 했지만 카피가 제지했다.

"그만. 낭비할 시간은 없다. 길을 찾겠다."

"네, 마스터."

로이는 이를 갈며 휘네인을 노려보았지만 추가적인 행동은 하지 못했다. 그 귀여운 모습에 휘네인은 방긋 웃었다.

"자, 앞장서서 길을 뚫어보렴."

"이익, 내게 명령하지 마라! 인간!"

"오호호호. 듣기 싫으면 무시하던가."

"이, 이."

로이의 주먹이 부르르 떨렸다. 정말 카피만 아니라면 한 대 패주고 싶다는 의지가 역력히 드러나는 그 위협적인 모습에 휘네인은 더 즐겁게 웃었다. 놀리는 보람이 있는 꼬마였다.

나머지 자들이 어떻게 놀든 말든 간에 카피는 성실하게 길을 찾는 쪽만 생각했다. 기지 내의 구조를 떠올린 그는 최종 결전이 벌어진 것으로 기억되는 장소를 찾았다.

'최종 요격이 행해졌던 장소는, 그래, 이곳 중앙 지휘실 바로 앞, 최후 방어 시스템이 있는 보안실. 이곳의 시설을 활용하여 용사들을 막아내려 했었다.'

결과는 실패였지만, 아무튼 성물은 그 장소에 남아 있을 게 틀림없었다. 카피는 방향을 잡고 앞서 나아갔다. 어느 순간인가부터 통로가 엉망으로 부서져 있기 시작했다.

'그 당시 기준이라 하나 분명 상당 수준의 방어 설비가 있었는데 해제당했었지.'

용사들은 단지 강하기만 한 게 아니라 각 분야의 스페셜리스트였다. 그랜드 소드 마스터였던 성검의 주인과 그의 가장 큰 협력자였던 아크 메이지는 별개로 하더라도, 각종 보안 시설을 해제하는 데 혁혁한 공을 세운 도둑도 문제였다. 거기다가 치유와 방어를 담당하던 사제까지, 그들 4인에게 마계군이 얼마나 당했는지. 용사 파티란 마계군의 안전적인 전쟁 수행에 있어 실로 암적인 존재였다.

'이번에는 애초에 그런 존재들이 안 생기게 해야겠지. 만에 하나 생긴다면 성공적으로 박멸시켜야 할 것이고.'

카피의 뒤를 따라가며 휘네인도 생각에 잠겼다.

'그러고 보니 우리 일행, 옛날 신화에 나오는 용사 일행과 무척 닮았네.'

검사인 카피에 사제인 자신, 사실은 스크롤 북을 찢는 거뿐이지만 어쨌든 마법을 담당하는 켈스에다가 소리없이 사라지는 것을 할 줄 아는 로이까지. 그 옛날 마왕 나르테스를 무찌른 이들에 비해 아주 약간밖에 안 꿀리는 조합 아닌가.

‘정말로 여기서 성검을 찾게 되면 남들이 용사 전설의 재림이라고 하지 않을까.’

교황의 신탁이 사실이라면 무찔러야 할 몬스터 군단도 곧 나타날 것이다. 그때에 카피가 성검을 들고 다른 이들을 이끌며 앞장서서 싸운다면.

‘으음. 저런 남자지만 멋있을지도.’

통로에 남겨진 전투의 흔적이 점점 더 격렬해졌다.

“뼈… 뼈예요.”

휘네인이 가리킨 곳에 누군지 이름 모를 자의 해골이 조용히 누워 있었다.

“아아, 그렇군. 흐음, 기지 안이라 풍화되지 않고 남아 있는 것인가.”

“무단 침입한 자들을 막다가 순직한 한 이름 모를 병사의 것이겠군요.”

로이가 나름의 감상을 밝혔다.

“어차피 지금은 재활용도 불가능한 시체일 뿐.”

그 혼도 떠난 지 오래, 이제는 아무런 의미도 없는 유골일 뿐이다.

“재활용이라니 무슨 말을 하는 거예요!”

카피의 어이없는 평가에 휘네인이 소리쳤다.

“사령 마법의 대상이 될 수 없다는 뜻이다.”

“시체가 멀쩡하면 사령 마법을 행하기라도 했을 거라는 거예요, 뭐예요!”

“행할 이유는 없지. 단순한 객관적 분석이었다.”

“에휴. 이런 시체는 말이죠. 그렇게 평가하는 게 아니라 이렇게 하는 거라고요."

휘네인은 조심스럽게 다가가 뼈에다가 자신의 성표를 내렸다.

"부디 평안히 잠드시길."

뼈가 그대로 바스러지며 가루가 되어 내려앉았다.

"봐요. 기도를 받고 잠들잖아요."

휘네인이 의기양양하게 말하자 카피는 무심하게 소감을 밝혔다.

"성표가 부딪친 충격에 내려앉은 것이라고 보는데."

"……."

로이는 흡족하게 고개를 끄덕였다. 과연 마스터는 대단했다. 저 얄미운 여자도 단번에 입을 다물지 않는가.

"음?"

앞으로 나가던 카피가 무엇인가 느꼈는지 멈춰 섰다. 무슨 일인가 하던 휘네인도 잠시 뒤 상황을 이해했다. 저 앞쪽에서부터 흘러나오는 성스러운 힘이 느껴졌다.

'정말로… 정말로 이 앞에 성물이 있는 건가?'

휘네인의 가슴이 콩닥거렸다. 다시 한 걸음씩 내디디자 목에 걸린 성표가 공명하며 떨었다.

'여신께서 내게 찾으라 명하신 성물이 이 앞에…….'

한 번의 위기가 있긴 했지만 이렇게 쉽게 목적지까지 도달할 수 있을 거라고는 생각 못했다. 여기까지 오면서 고생스러웠던 추위 같은 건 아무래도 좋았다. 성물을 찾은 기쁨에 비한다면 그런 건 정말 사소했다.

"막혀 있군."

"네? 아!"

카피의 별거 아닌 말에 약간 과하게 반응하며 휘네인은 자세를 바로 잡았다. 조금 더 나아가서 보자 길이 무너져 내린 건물 잔해로 막혀 있었다.

"이 정도야 금방 치울 수 있잖아요?"

"쉽지 않을 거 같은데."

카피의 말에 휘네인은 다시 한 번 앞을 자세히 보았다. 하지만 무너진 더미가 그렇게 많이 있는 것 같지는 않았다.

'그다지 길게 막힌 것 같지는 않은데, 지반 붕괴라든지 그런 문제가 있나?'

그렇다고 여기까지 와서 막힌 걸 못 뚫어서 포기하고 돌아간다는 건 말이 안 된다.

"흐음, 그래도 할 수는 있겠죠?"

"해봐야겠지. 일단 좀 더 다가가서 살펴보지. 길을 열어라."

"에, 그러니까."

켈스가 책을 뒤적였다.

"제3장 5절 19편 스톤 리쉐이프(Stone Reshape)."

스크롤이 빛을 발하자 돌 더미들이 움직이며 가운데 작은 통로가 열렸다. 일행이 그곳을 통과해 나아가자 넓은 홀이 나타났다. 곳곳에 깊은 홈이 패거나 구덩이가 나서 본래의 모습은 찾아볼 길 없이 황폐화되어 있었지만 그 가운데에는 시간조차 어찌할 수 없었던 빛이 있었다.

폐허의 가운데 서로 다른 일곱 가지 색으로 빛나는 문자들이 새겨진 마법원에 의해 보호되는 별개의 공간의 가운데에 그것은 있었다.

"아……."

휘네인은 자기도 모르게 탄성을 질렀다. 그건 정말로 아름다웠다.

순수한 빛으로만 이루어진 검날은 고결했다. 성표가 새겨진 손잡이는 찬란했다. 어떠한 어둠 속에서도 스스로 빛나며 갈라 버릴 하늘에서 온 진정한 성검. 처음 보는데도 무엇인지 알 수 있었다.

"빛의 검……."

그녀는 그 자리에 무릎을 꿇고 기도했다.

"아아, 여신이시여."

황홀감에 취해 휘네인은 한참 동안 감사 기도를 올렸다.

"…그리하여 당신의 뜻을 받들어 이 검을 올곧은 길에 쓰겠나이다."

기도를 마친 그녀는 다시 자리에서 일어나며 활기차게 말했다.

"카피! 이제 이 검을 집어요. 당신이 집을래요?"

"곤란한데."

"제가 할까요?"

"지금은 누가 하느냐보다 어떻게 할 것인가를 먼저 고민해야 할 때다."

"무슨 문제라도?"

바로 눈앞에 있는데?

"아까도 말했지만 막혀 있다. 워낙 정교하게 얽혀서 힘으로 밀었다가는 검도 같이 손상될 듯하고, 곤란하군."

"막혀… 있다고요?"

그러면 아까 그 얘기가 길을 막고 있는 돌 얘기가 아니었나? 그녀는 다시 한 번 검을 보았다. 일곱 개의 문자가 새겨진 마법원이 주위를 감돌고 있었다.

그리고 조금 더 자세히 들여다보면… 휘네인은 그제야 무언가 잘못되었다는 걸 느꼈다. 겉을 감싼 거룩한 빛에 감겨 미처 느끼지 못한 안

쪽에 결코 성검의 기운이라 할 수 없는 무엇이 있었다.

빛의 아래, 그림자 속에 교묘하게 숨어 있는 짙디짙은 증오. 검의 빛 속에 아주 낮게 숨어버렸지만 그 크기는 매우 컸다.

"어째서 이런 것이?"

이건 뭔가 잘못되었다. 자격이 없는 자들이 함부로 성검을 차지하는 것을 막기 위해서 어떤 유의 봉인이 되어 있을 수는 있었다. 하지만 거기서 이런 몸서리치는 증오와 파괴의 기운이 느껴질 수는 없었다.

"아무래도 최초의 용사들 중 한 명이었던 아크메이지 에스틴이 해놓은 봉인 같은데. 흐음. 알 수 없군."

마지막 싸움 자체가 어땠는지에 대해서는 마계 쪽에도 정확한 자료가 없었다. 4차 성마대전의 패배 이후 맺은 강화 조약에 의거, 마계는 제8물질계를 가지 못했고, 이곳의 기지를 조사할 수 없었다. 하지만 전후 사정으로 추정해서 패배한 나르테스가 마지막으로 기지를 폐쇄하고 그 싸움에서 힘을 소모한 아마도 한두 명 정도였을 용사 측 생존자도 기지 안에서 최후를 다했다.

'라고 생각했는데 다른 일이 더 있었던 건가.'

카피는 차분히 아크메이지가 남겨놓은 봉인을 살폈다.

"기지에 남은 다른 마계군이 검을 가져갈 것을 우려했던 건가? 하지만 이 정도 봉인을 할 힘이 있었다면 탈출도 가능했을 텐데. 거기다가 그런 용도의 봉인이라고 보기에는 조금 이상하군."

나르테스가 쓰러진 시점에서 막아설 만한 자도 기지 안에 없었을 것이다. 전투 완료 직후의 사정이 어쨌는지 완벽하게 알 수는 없지만 논리적으로 아귀가 맞지 않았다. 그때 휘네인이 외쳤다.

"알겠어요, 카피! 이건 나르테스가 쓰러지면서 남긴 저주의 흔적인 거예요!"

"나르테스가? 어째서?"

"마왕이니까 당연하잖아요."

"논리적 비약이 심한 추론이다. 현재로서 그 결론은 신뢰도가 낮다. 이 방식은 마계 방식이 아니다."

"마왕을 쓰러뜨린 용사들이 이 저주를 했을 리도 없잖아요? 그럼 마왕뿐이죠. 어쨌든 이거 풀 수는 있겠죠? 한번 제가 신성 마법으로 해볼까요?"

"힘으로 밀면 망가질 가능성이 높아 보인다."

원래라면 이런 것에 대해서는 마법사가 가장 잘 알아야 했다. 하지만 분명 소드 마스터일 카피가 하는 말을 휘네인은 별 의심 없이 받아들였다. 어쨌든 카피니까 말이다.

"그럼 어쩌죠?"

"남겨진 저주를 그대로 받아내는 방법은 너무 위험하니 채택하기 힘들다. 문제는 다른 방안이 마땅히 없다는 건데, 더 생각을 해보겠다."

카피는 천천히 생각했다. 언제 어디서나 침착하게 사고하는 것이야말로 그의 주특기였다. 조용히 시간이 흘렀다. 켈스는 옆에서 하품을 해대다가 결국 주저앉아 졸기 시작했다. 로이는 마냥 왔다 갔다 하며 있을 리 없는 위험으로부터 카피를 보호했다.

휘네인은 점차 초조해졌다. 결론을 내릴 때의 카피는 믿음직한 존재였지만 저렇게 생각하고 있을 때의 카피는 뭔가 딴 세계에 있는 것 같았다. 신탁이 인도한 성물이 눈앞에 있는데, 그녀가 돌아오기를 기다리며 죽어갈 사람이 사방에 널렸을 텐데 이러고 있어도 될까?

생각한다는 것 자체가 나쁘다는 건 아니다. 하지만 이렇게 남겨진 저주 또한 여신의 뜻이라면 자체가 하나의 시험. 진정으로 성물을 얻고자 한다면 마땅히 견뎌내야 할 시련일지도 몰랐다.

'그래, 다른 방안이 없다면 설령 위험하다 할지라도.'

여신께서 지켜줄 것을 믿으며 마땅히 행하는 것이 사제의 도리.

'한번 카피에게 말해봐야겠어.'

휘네인은 조심스럽게 그를 불렀다.

"저기, 카피? 아까부터 생각한 지 꽤 오랜 시간이 지났는데요."

"그렇군."

"저, 그러면……."

휘네인은 침을 꿀꺽 삼켰다. 막상 얘기를 꺼내려니까 용기가 필요했다. 한번 성급하게 굴다가 그까지 함께 위기에 빠졌었는데 이번에도 너무 조바심 내는 것 아닐까. 재촉하지 않고 기다리면 카피가 좋은 방안을 떠올릴지도 모르는데.

'에잇, 어때. 난 지금 고집 피우려는 건 아니라고. 카피가 좀 더 기다려 달라고 하면 기다려 주면 되잖아. 어디까지나 내 의견을 말해보는 것뿐인데.'

휘네인은 다시 심호흡을 했다.

"저, 그러니까……."

카피가 알겠다는 듯 고개를 끄덕였다.

"그래, 식사하지."

"무… 무슨 소리예요!"

"음? 신체에 영양을 공급해 줄 주기가 되었다는 말 아니었나?"

"지금 이 마당에 밥이 문제예요!"

"적절한 활동 에너지의 보급은 언제나 중요한 문제이다. 인간의 경우 식량을 보급받지 못한다면 작전 수행 능력은 빠르게 떨어진다. 어찌하여 그 가치를 절하하는가."

"그냥 쉽게 말해요. 배가 불러야 머리가 돌아간다는 소리잖아요."

"흠. 부분적인 경우만 가리키지만 그 표현도 틀리지는 않군."

휘네인은 머리를 짚었다. 아무래도 카피와는 악연도 꽤 많았던 게 틀림없었다. 안 그러면 어떻게 이다지도 뭔가 해보려고만 하면 김을 빼놓을 수 있단 말인가.

"하아. 다 관두고, 카피, 하나만 물을게요. 이거 계속 생각하면 풀릴 수는 있는 문제예요?"

"결론을 내려달라는 건가. 알겠다. 30분만 더 기다려다오. 내가 알고 있는 지식을 모두 검토한 후 얘기하지."

"알았어요."

휘네인은 성표를 만지작거리면서 기다렸다. 그녀는 속으로 조용히 기도 올렸다.

'여신이시여. 우리를 지혜로 인도하소서.'

정확히 그가 약속한 30분이 지난 뒤 단 1초도 틀리지 않게 카피는 입을 열었다.

"결론이 나왔다."

"뭔데요?"

"지금 우리로서는 이걸 안전하게 확보하는 방안이 없다."

"……."

휘네인은 5초간 침묵했다가 힘없이 되물었다. 소리칠 기운도 안 났다.

"기껏 결론이 그거예요? 생각한 의미가 없잖아요."

"그렇지 않다. 방안이 없다는 걸 확인했다는 데 중요한 의미가 있다."

"아, 네. 그렇겠죠."

휘네인이 어깨를 축 늘어뜨리자 카피는 고개를 끄덕였다. 말을 금방 알아들어서 다행이었다.

"이제 우리가 택할 수 있는 길은 두 가지군. 포기하거나, 저주를 감내하거나."

"그 저주 제가 감내하겠어요."

나지막하게, 하지만 확고한 의지를 담아 휘네인은 말했다.

"어떤 저주인지도 모르니 위험도가 높지만 다른 방법이 없군."

카피는 전혀 말리지 않았다. 휘네인은 방긋 웃었다. 확실히 격식 같은 건 절대 차리지 않는 남자였다. 하지만 그녀도 진심이었으니까, 따질 생각은 없었다.

"응원해 줘요."

"아니, 같이 한다."

"카피?"

"어차피 여기서 네가 잘못되면 끝장이다. 둘이 함께라면 조금은 확률이 높겠지."

켈스는 도움이 안 될 것 같고, 로이는 반발력으로 검이 망가질 가능성이 컸다. 한다면 휘네인과 자신뿐이었다.

"고마워요. 그럼 우리 해봐요."

휘네인은 카피와 손을 겹쳤다. 그리고 그대로 손을 내밀어 검을 잡았다. 다음 순간 엄청난 빛을 발하며 마법진이 돌아갔다.

'저항하면 안 돼. 순순히 받아들여야 해.'

강대한 힘이 마구 그녀의 정신을 휘저었다.

＊　　　＊　　　＊

마침내 마왕 나르테스가 쓰러졌다. 믿겨지지 않는 기적의 승리, 이긴 자들도 자신의 승리가 사실인지 의심스러웠다. 혹시 자신들을 조롱하기 위해 쓰러진 척하는 것 아닐까? 이 모든 것이 저 강대한 자가 만들어낸 환상 속에서 벌어진 일 아닐까?

"하아. 하아. 정말로… 끝난 건가?"

프레스가 검을 쥔 채 숨을 헐떡이며 물었다. 그 옆 바닥에서 피가 마구 쏟아지고 내장이 터져 나온 옆구리를 거머쥔 채 에스틴은 대답했다.

"해냈어… 그래, 우리가 해낸 거야! 쿨럭. 크흑. 이거 제대로 감격하기도 전에 죽겠는걸."

온몸의 신경이 끊어져 나가듯 아팠지만 그는 웃음 지었다. 이겼다. 저 마왕을 이기고 우리의 세계를 지켰다. 그 감격이 다른 모든 걸 잊게 해주었다.

"잠시만 기다려요, 에스틴."

세리나가 후들거리는 다리로 다가와 에스틴의 옆에 무너지듯 주저앉았다. 하지만 그녀는 곧바로 자세를 바로잡고 에스틴의 복부 상처에 손을 가져다 댄 후 성창을 준비했다.

"무리하지 마, 세리나. 당신 성력도 바닥났잖아. 억지로 쥐어짜면 후유증이 커."

"훗. 그렇다고 당신이 죽게 놔두면 그 스무 배는 되는 정신적 후유증에 시달릴걸요? 가만히 있어요. 적당히 무리할 테니까."

너무나 힘겨운 전투로 탈진 상태였지만 세라나도 웃었다.

"그래."

자존심 높고 마도사답게 괴팍한 데도 있다고 알려진 대마도사 에스틴이었지만 세라나의 앞에서는 얌전히 있었다.

"자애로운 신 에프티온이시여. 우리의 영혼을 이끄시는 어버이시여."

조금씩 손에서 빛을 발하며 에스틴을 치유해 가는 세라나의 옆으로 프레스가 다가왔다.

"쉽게 안 아무는걸. 역시 당신도 한계인 거군."

"괜찮아요. 프레스 당신도 조금만 기다려요. 에스틴부터 보고 나서 치료해 줄게요."

"아아, 난 괜찮아. 성검의 가호 덕에 치명상은 없어."

"그래요. 하아. 르겐만 같이 돌아갈 수 있다면 완벽할 텐데."

전투 중에 나르테스의 마법을 맞고 시체조차 남기지 못하고 사라져 버린 동료를 떠올리며 세라나가 슬픈 표정을 지었다.

"괜찮아. 그 녀석도 만족할 거야. 뒤따라가면 잘했어라고 해줄걸."

"그럴까요."

"그래, 그렇고말고."

그때 문이 부서지면서 일단의 무리가 들어왔다.

"전투는 어찌 되었소이까!"

여기까지 자신들이 오는 길을 뚫는 데 도움을 주었던 각국의 왕들이었다. 에스틴은 저쪽에 산산조각난 파편을 가리켰다.

"쓰러진 마왕의 흔적이지. 우리가 이겼어."

"오오. 정말이오, 용사들이시여!"

"생각보다 빨리 쫓아왔군. 일단 우리를 치료부터 좀 해주겠어?"

"알겠소이다. 일단 이 약부터."

그러면서 건네주는 약물을 에스틴은 아무런 의심 없이 마셨다.

"…이건?"

약이 아니다. 그 사실을 깨달은 순간에는 이미 그들의 무기가 탈진한 프레스를 베어버리고 있었다.

"네놈들!"

"마왕 좀 물리쳤다고 그걸 빌미로 우리의 지위를 뺏으려 드는 건 용납하지 못하오."

"이, 이 자식!"

"안 돼요!"

프레스를 쓰러뜨리고 그대로 다시 둘을 쳐오는 이들을 향해 세리나가 몸으로 막아 세웠다. 그리고 일말의 사정도 없는 검에 그대로 베어져 쓰러졌다.

"크윽……."

"후후. 반역은 대죄지만 마왕을 쓰러뜨린 공을 감안해 편하게 죽여주지. 그럼 잘 가거라."

용사 분들만 믿습니다라고 말했던 그 입으로 비웃음을 던지며 상대는 에스틴까지 베어왔다. 검이 닿는 순간 에스틴에게서 힘의 막이 생겨나며 튕겨냈다.

"무슨?"

"큭큭. 고작… 고작 이런 놈들을 위해 그들이 모든 걸 바쳐 싸웠던 건가?"

이런 몸 상태로 마력을 있는 대로 돌리는 건 자살 행위였다. 하지만 상관없었다. 자살할 생각이었으니까.

"네놈?"

"난 죽겠지만 너희 같은 놈들이 살아남아 잘되는 꼴도 못 보지. 같이 죽자고."

나르테스가 죽기 직전 작동시키려다 못한 마법진에 에스틴은 힘을 불어넣었다. 다음 순간 마계어가 사방으로 울려 퍼졌다.

[기지가 폐쇄됩니다. 내부 전 공간이 거주 부적합 공간화됩니다.]

마계어를 알아들은 이들의 안색이 변했다.

"이… 이 미친놈! 우린 이런 데서 죽을 몸이 아니다!"

자신의 목을 쳐오는 검을 보며 에스틴은 비릿하게 웃었다. 한 놈도 살아나가지 말아야 할 텐데 말이다.

*　　　*　　　*

"때가 왔어, 세리나. 이제 드디어 그들에게 복수할 수 있어."

"아……."

에스틴이 그녀의 귓가에 속삭였다.

"자, 검을 들어. 그리고 네 복수를 행해줄 기사를 찾는 거야. 나 또한 그대의 옆에서 함께할 테니까."

"난……."

세리나는 떠올렸다. 자신들을 배신했던 그들의 모습을. 그토록 힘겨운 싸움을 해서 구해주었건만 돌아온 건 차디찬 배반. 용서받지 못할 죄인들. 이제 행해지는 복수는 마땅히 이루어져야 할 정의. 여신께서 허락하실 일. 이제부터… 이제부터?

‘아냐, 아니야.’

세리나는 고개를 저었다. 이게 아니다.

“미안해요, 에스틴. 하지만 난 복수를 원하지 않아요.”

“무슨 말을 하는 거야, 세리나. 너도 그때 함께 당했잖아. 아무렇지도 않다는 거야?”

세리나는 따스하게 웃으며 손을 내밀었다. 가엾은 사람. 짓궂은 장난을 좋아했지만, 사실은 마음 따듯하게 웃으며 이 힘겨운 전쟁에서 희망을 간직한 이였는데.

“그럴 리가요. 저도 상처 입었어요. 화도 났고 절망도 했고 원망도 했죠.”

“그렇다면 같이 복수하자. 그들은 그들이 행한 것을 치러야 해. 우리가 그들을 위해 그토록 희생했건만 돌아온 건 배신뿐이었어.”

믿었던 만큼 상처 입었겠지. 그 어떤 절망적인 적의 강함 앞에서도 용기를 내었기에, 지키고자 했던 것으로부터의 배신만은 견딜 수 없었겠지. 하지만 복수는 이 사람이 잃어버린 것을 되찾아주지 못해.

“아니요, 에스틴. 분명 준 만큼 돌려받고 싶은 기대가 내게도 있긴 했지만, 그런 마음만으로 사랑하진 않았어요. 그러니 자신을 버린 자식을 사랑하는 어머니처럼, 난 그들을 여전히 사랑합니다.”

“세리나…….”

“돌아가요, 에스틴. 모두가 우릴 배신한 것만은 아니에요. 한 번만 더 돌아보면 미처 보지 않은 곳에서 여전히 아름다운 것들이 남아 있어요.”

당신에게 있어 진정한 보상은 잃어버렸던 그때의 빛을 되찾는 것. 여신의 품 안에서 축복받은 영생을.

[후후. 이거 완전히 틀린 대답인데.]

"아……."

휘네인은 정신을 차렸다. 그녀는 세리나가 아니라 휘네인이었다. 순간적으로 무언가에 빠져 자신의 본래를 잊고 과거 인물에 동화되어 버렸지만 말이다. 머릿속에서 유령의 목소리가 울렸다. 어쩐지 더 이상 악령이라는 느낌은 들지 않았다.

차갑던 목소리는 어느 사이에 따뜻하게 변해 있었다.

[그래. 내가 사랑했던 그녀는 그런 자였지. 정말로 그녀가 다시 돌아왔다면 아마도 너처럼 대답했을 거야.]

"저, 이건……."

자기가 무슨 말을 했는지 기억해 낸 휘네인은 얼굴을 붉혔다. 주제넘게 과거의 성녀처럼 굴어버렸다.

[네가 복수를 맹세했다면 내가 빙의되었을 텐데. 후후. 그 상황에서 그걸 거절할 줄이야.]

"저… 죄송해요."

[왜 사과하지?]

약간 짓궂은 느낌으로 목소리는 물어왔다.

"조금 주제넘게 대답한 거요. 하지만… 그래도 역시 그 대답이 맞다고는 생각해요. 그런 불행을 당한 당신께 이런 식으로 충고하는 거 제3자가 함부로 말하는 것일지 모르지만 그래도… 역시 복수보다는 용서가……."

[후후. 영혼을 건 마법 때문에 복수의 피를 마셔야만 난 떠날 수 있다.]

"그런……."

휘네인은 말문을 잇지 못했다. 그 고결했던 용사 중 일인이 이렇게 저주받은 처지가 되다니.

[그렇게 생각했지. 다른 길도 있었군. 그만 검을 내어주겠다.]

"아, 감사합니다."

휘네인은 공손하게 대답했다. 그걸 보며 머릿속에 들어온 존재는 미소 지었다. 적어도 휘네인은 그렇다고 느꼈다.

[이제 그만 나도 순환하는 흐름 속으로 돌아가야겠군.]

"아… 가시는 건가요? 이렇게 긴 세월 검을 지키기 위해 고생만 하셨는데. 저는 아무런 답례도 못 해드리고."

[괜찮아. 덕분에 마지막으로 한 번 더 그녀를 느낄 수 있었으니까. 그런데 저 남자는 그대의 동료인가?]

"네? 네."

휘네인은 화들짝 놀라 카피를 보았다. 그는 묵묵히 서서 그녀의 손을 잡은 채 있었다. 고요한 검은 눈은 그녀를 걱정하는 것 같기도 했다.

[그런가… 그렇다면 충고는 하지 않겠다.]

여자와 달리 남자 쪽의 정신은 아예 침범할 수조차 없었다. 차디차고 날카로운 벽에는 합리와 비판을 추구한다는 마법사인 에스틴조차 몸서리칠 정도의 무엇이 자리잡아 있었다. 정체가 수상쩍어 경고라도 해줄까 했지만 세리나를 닮은 여인에게는 필요없을 것이었다.

[그대의 동료 중에 마법을 다루는 이가 있나?]

"음, 그건. 저쪽에서 자고 있는 분이……."

다룬다고 할 수 있으려나? 휘네인은 고개를 갸웃했다. 아니라고 하기에도, 그렇다고 하기에도 꽤나 애매한 문제였다.

[좋아. 세리나를 닮은 아가씨. 가기 전 마지막 선물을 주지.]

잠자던 켈스는 갑자기 뭔가 덮쳐 오자 놀라 깨어났다.

"뭐… 뭐야!"

[놀라지 마라, 내 후학이여. 내가 이루었던 모든 지식을 건네주지. 분명 네게도 참고가 되리라 자부한다.]

"으왁?"

켈스가 놀라든 말든 그의 머릿속으로 강제적으로 정보가 쏟아져 들어와 새겨졌다. 갑작스런 두뇌 사용 용량 과잉으로 켈스는 그 자리에서 굳었다.

[후후. 이제 정말로 가야겠군. 이승에 날 잡아두던 원한이 풀려 버렸어. 검을 잘 써주게.]

에스틴의 유령은 그 말을 마치고 사라졌다. 휘네인은 성표를 붙잡고 작별 인사했다.

"부디 편안히 잠드시기를. 위대하신 옛 아크메이지시여."

"성공했군. 훌륭하다."

카피의 칭찬하는 말을 들으며 휘네인은 비로소 현실로 돌아왔음을 실감했다.

"고마워요. 카피 당신은 괜찮아요?"

"애초부터 저주는 내게 오지 않고 네게만 갔다."

카피의 말에 휘네인은 흐음 하며 잠깐 생각하다가 생긋 웃었다.

"뭐야, 이 아저씨. 빙의될 몸을 찾더니 검을 잘 쓸 몸을 놔두고 내게만 얘기하다니. 이제 보니 순전히 그거였잖아."

"그것이라니 뭘 말하는 건가?"

"아니에요."

에스틴 스스로도 몰랐겠지만, 아마 정말로 바란 건 복수가 아니라 다시 한 번 그리운 이들을 보는 것이었을 것이다. 휘네인은 확신했다.

"자아, 이제 정말로 이 성물을 가져갈 수 있는 거죠?"

"그렇다. 빛의 검. 일찍이 나르테스를 쓰러뜨렸던 검이지. 그 성능은 변함없군."

휘네인은 조심스럽게 검을 양손으로 잡았다. 검날이 빛으로 된 때문인지 생각보다도 더 가벼웠다.

"흐음. 어떻게 특별한 거죠? 성스러운 힘이 잔뜩 느껴지긴 하지만."

과연 이것만으로 이게 전설의 성물이라는 걸 납득시킬 수 있을까? 처음 보았을 때는 감격에 가득 차 기도 올렸지만 의심 많은 이들까지 믿게 하기에는 부족해 보였다.

"사용법이 궁금한가?"

"호호. 당신이 써서 보여줘요. 검은 역시 그쪽이 전문가니까."

휘네인은 미련없이 성검을 카피에게 건넸다. 여기까지 인도한 것도 여신의 뜻. 그렇다면 카피를 함께하게 한 것도 여신의 뜻일 것이었다. 카피도 사양하지 않고 받았다.

"지반이 불안정하니 간략하게만 보여주지."

카피는 그대로 검을 들어 바닥에 가볍게 박았다. 검은 바닥이 두부인 양 쉽게 박혔다. 뒤이어 검을 움직이자 그대로 직선으로 잘려 나갔다.

"정말 잘 드네요."

"단지 그것만은 아니지. 여기는 좁고 붕괴 위험이 있으니 나가서 보여주겠다."

"알았어요. 나가죠. 앗, 켈스 씨? 기절해 버렸네?"

"정보를 재정리 중일 것이다. 로이 네가 들어라."

"알겠습니다."

로이는 켈스를 짐짝 취급하듯 한 손으로 들었다. 그 광경을 보고 뭐라 한마디 하려다가 휘네인은 관두었다. 지금은 성검을 가지고 돌아갈 일만 생각해도 벅찼다.

'교황 성하부터 어서 만나자. 그리고 지금 벌이고 있는 일들을 멈추게 하는 거야.'

기지 밖으로 나오고 공간의 틈새가 닫히자 일대는 다시 얼음뿐인 대지로 돌아갔다. 카피의 손에 들려 있는 빛의 검이 아니었다면 한바탕 꿈을 꿨다고 믿을지 모를 정도로 감쪽같았다.

"밖으로 나왔으니 어서 보여줘요."

휘네인은 기대에 가득 차 카피를 재촉했다. 어떻게 카피가 검의 사용법을 알고 있는지 의문을 가질 만도 했지만 그녀는 그냥 넘어갔다.

'검사니까 검과 통하는 뭔가가 있겠지.'

그보다 어서 빨리 성검의 위용이라는 것을 확인하는 게 급했다. 카피가 천천히 고개를 끄덕였다.

"알겠다. 최대 출력으로 한번 보여주지."

카피는 에테르 블레이드를 허공에 든 채 가만히 섰다. 원래는 천계가 자랑하는 병기인 검이었다. 상대에 대한 벤치마킹의 일환으로 마계에서도 열심히 분석했기에 사용법은 알고 있었지만 손에 익었을 리야 없었다.

그는 천천히 검이 지닌 힘에 동조하기 시작했다. 마황으로서 원래 그가 다루던 것과는 정반대의 속성을 지닌 검이지만 어둠의 힘이 완전히 봉인당한 지금 반발하진 않았다.

'가장 싱크로율이 좋은 광속성의 힘은 쓸 수 없지만, 자연력으로도 충분하겠지.'

암속성이 아닌 이상 어떤 힘이든 받아들여 변환해 낼 수 있는 범용성이 뛰어난 무기였다. 검의 빛이 서서히 강해지기 시작했다.

점점 더 짙게 나오던 검의 빛이 한순간 작렬하는 백열광으로 변했다. 거의 타오른다는 느낌으로 빛을 내뿜는 검을 카피가 정면으로 내밀었다. 그러자 빛이 그대로 쏘아져 나가며 멀리 얼음의 대지에 꽂혔다. 그리고 검은 다시 조용해졌다.

"에? 이게 다예요?"

잔뜩 기대했는데 뭔가 썰렁한 결과물을 보며 휘네인은 당황했다. 겨우 빛을 쏘아 보내는 정도라니, 이래서야 전설의 성검이라는 말이 무색했다.

"성급한 결론을 내리는 건 좋지 않은 버릇이다. 기다려라."

"그럼 또 뭐가… 아!"

빛이 꽂혔던 대지에서 하늘 높이 굵은 빛의 기둥이 솟아올랐다. 기둥이 하늘과 맞닿은 지점에서 다시 빛이 주위로 뻗어나갔다. 펼쳐진 빛은 둥글게 원을 그리고 그 안에 수많은 문장을 만들었다.

"설마, 저건."

제각기 적합한 위치에 가 놓인 문장들은 하나하나가 천계의 고명한 고위 천사들을 상징했다. 밖에서부터 안으로 들어오면서 점점 더 강대한 이들의 문장이 새겨졌다. 그리고 마침내 가운데 가장 크게 비워져 있던 공간에 거룩하고 존귀하여 절대적인 하나의 표식이 드러났다. 전능의 여신 아뮤니엘의 성표가.

하늘의 영광을 온전히 드러내는 준엄한 성진, 이와 같은 것을 휘네인은 단 하나밖에 알지 못했다.

'저스티카(Justicar).'

이단의 무리들을 일거에 멸하기 위한 심판의 대이적 주문. 교황이 직접 중심에 서고 일곱 명의 추기경이 함께할 때에만 구현 가능하다고 하는 교단의 권위.

'한 번도 본적은 없으니까 이게 그거라고 확신할 수는 없지만.'

하늘을 가득 메운 빛의 물결은 정말로 장엄했다. 그 광대한 성진에서 그대로 빛이 쏟아져 내렸다. 기이할 정도로 아름다우면서도 거룩한 음악이 어디선가 들렸다. 가득한 빛이 그대로 지상을 뚫고 내려갔다. 휘네인은 그만 자기도 모르게 그 자리에 무릎을 꿇었다.

"아……."

서서히 빛이 땅속으로 사라지자 정신을 차린 휘네인은 다급히 카피를 보았다.

"카피, 설마 방금 이것 저스티카인가요? 네? 맞아요? 오직 교황 성하만이 여신을 대리하여 심판을 행할 때 쓸 수 있다는 그 기적의 권능이 맞나요?"

"저스티카라… 아아, 그래 맞다. 그 이름이다."

"그럴 수가! 그건 교황 성하가 일곱 이상의 추기경을 거느리고서만이 쓸 수 있다고 들었는데!"

"양산형 중에서는 천계 최강의 병기다. 다만 이제 앞으로 한 번 남았군."

사실 양산형이라 이름할 정도로 많이 만들어지지도 않았다. 단지 유니크하게 하나씩만 존재하는 최고위층의 특수 병기와 구분해서 그리 말하는 것뿐.

"그렇군요. 아아, 그래요. 전설의 성물이니까 이 정도는."

휘네인은 감격해서 눈물을 흘렸다. 정말로 빛의 검이었다. 성경에서 실로 고대의 때를 기록한 부분에 언급되어 있을 뿐인 성물이었다. 이 거라면 어느 누구도 검의 진실됨을 의심하지 않으리라. 한 번 남았다지만 그 한 번이면 교황 성하도 설득할 수 있겠지.

'그래. 이 검을 가져간다면 교황 성하도 내 말에 귀를 기울여 주실 거야. 지금처럼 잘못된 방법을 쓰지 않아도 여신께서는 우리가 어둠에 맞서 싸울 힘을 내려주셨음을 아시겠지.'

정말 잘되었다. 휘네인은 그대로 뛰어올라 카피를 껴안았다.

"고마워요! 정말 당신에게는 달리 감사할 말이 없을 정도예요! 처음에 당신이 이걸 찾자는 말을 안 해줬다면 난 생각도 못했을 거예요."

크지는 않다지만 없지도 않은 휘네인의 가슴이 그대로 찰싹 몸에 붙었건만 카피는 눈썹 하나 흔들리지 않고 대답했다.

"애초에 계약한 내용이었다."

"아아, 그래요. 여기까지 올 수 있었던 건 당신 덕분이에요. 당신이 옆에 없었다면 불가능했을 거예요. 고마워요."

"나도 네가 없으면 이후 일이 어렵긴 마찬가지이다."

"아아, 알았어요. 걱정 말아요. 이걸 한 번 더 보여주면 성하를 설득하는 게 뭐가 어렵겠어요?"

동문서답. 자신의 말을 다른 뜻으로 해석해 버린 휘네인에게 카피는 친절하게 정정해 주었다.

"어려울 것이라 예측한다."

"예? 왜요?"

"이게 진짜라는 걸 인정하면 자신이 틀린 게 되니까."

"에이, 난 또 뭐라고."

휘네인은 방긋 웃으며 카피에게서 떨어졌다.

"인간은 누구나 여신 앞에서 죄인이에요. 거기다가 약하기 때문에 각종 잘못을 저지르기 쉽죠. 하지만 진심으로 회개하고 고치려고만 한다면 여신께서는 받아주시죠. 그런 기초적인 가르침을 성하가 모를 거 같아요?"

"알겠지."

이론 자체를 모를 리는 없다는 데는 카피도 동의했다. 기세를 올린 휘네인은 손가락까지 까닥해 가며 장담했다.

"거봐요. 그러니까 이 검을 보여주면 성하도 실수를 인정하고 바로 잡으실 거라고요."

"하나의 이론을 아는 것과 그걸 실천하는 것은 별개의 문제다."

얄미울 정도로 담담한 어조로 자신의 말을 반박하는 카피를 보며 휘네인은 양 옆구리에 손을 올렸다.

"이봐요! 진정한 믿음이란 가르침을 아는 것으로 끝이 아니라 그대로 행하려 하는 것이라는 건 견습 사제들도 안다고요. 성하가 그걸 모를 것 같아요?"

"알겠지. 하지만 그건 현재의 예측을 행하는 데 있어서 무의미하지 않은가?"

"뭐가 무의미해요! 기껏 감사 인사했더니 그렇게 삐딱하게 말하기에요! 그럴 거면 애초에 이걸 찾자는 말은 왜 했어요?"

좀 좋아지려고만 하면 도로 점수를 깎아먹는 카피 때문에 휘네인은 부글부글 끓었다.

“교황파가 아닌 자들에게는 충분히 너를 믿게 할 수 있을 테니까.”

“교황파, 비교황파가 어딨어요. 다 여신을 믿는 이들끼리인데.”

지기 싫어 대답하면서도 휘네인은 불길한 느낌을 받았다. 자기가 마황이라고 헛소리하는 걸 제외하면 지금까지 카피의 예측은 빗나간 적이 없었다.

“역시 이번 경우에도 보기 전에는 내 예측을 믿지 않겠군. 무의미한 논쟁은 그만두도록 하지. 차후 결과로 보여주겠다.”

“흥! 알았어요.”

고개를 돌리면서도 휘네인은 걱정이 되었다. 정말로 교황 성하가 이걸 부정하면 어떡하지?

‘아냐. 그럴 리 없어. 날 여기로 보낸 건 여신의 뜻인걸. 성하라 해도 여신의 뜻을 거스르지는 못하실 거야.’

이렇게 명백한 증거물을 보고도 부정하며 가엾은 이들을 이단으로 몰아 죽이는 걸 계속한다면, 그거야말로 진짜 이단이다.

‘그래, 그럴 리는 없어. 이번만은 카피가 틀렸어.’

자신을 바라보는 휘네인의 눈길을 느끼며 카피는 보이지 않을 정도로 고개를 저었다. 그녀의 기대는 완전히 짓밟힐 것이었다. 휘네인을 예측하기 어려운 만큼 교황은 예측할 수 있었다.

‘천계에서도 이루어지지 않은 이상이 지상에서 그대로 될 거라 믿다니 정말 어리석군.’

그게 그녀의 특성이겠지만 말이다. 마계를 다스리는 그에게는 결코 있어서는 안 될 어리석음이었다.

“어쨌든 이제 그만 돌아가지. 나와 그대, 어느 쪽의 예측이 맞든 간에 여기서 시간을 낭비하는 것은 이롭지 못하다.”

"뭐, 그건 저도 찬성이에요. 그럼 이제… 에취. 아, 맞다! 카피, 이제는 추위를 막는 마법을 써도 되겠죠?"

"위치를 추적당할 텐데."

"하지만 성검은 찾았잖아요?"

"그리고 중간에서 교황이 보낸 이들과 부딪치겠지. 상관없나?"

카피의 물음에 휘네인은 잠깐 생각했다. 교황이야 만나서 성검을 보이며 설득한다 해도 그전에 마주치는 이들까지 무난히 설득되길 기대하는 건 무리일지도 몰랐다.

'하긴 성하의 명령과 성물의 존재 사이에서 갈등하는 것도 좀 괴로울 거야. 내가 배려해야지.'

휘네인은 한숨을 내쉬었다. 돌아가는 길도 편하게 가긴 완전히 틀린 모양이었다. 누구는 변함없이 편하게 가겠지만 말이다.

'아아, 여신이시여. 어찌 이리도 저 인간이 조금 좋아지려고만 하면 시련이 생기는 걸까요.'

Chapter 3
성전의 시작

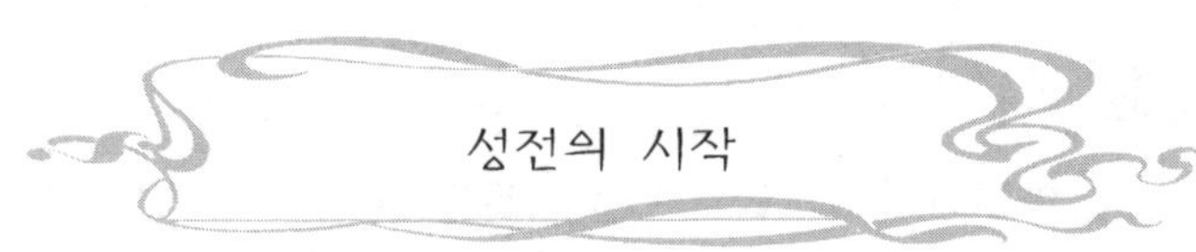

에테인 대공은 초조함을 숨기며 크리스털 잔에 와인을 따랐다. 분위기는 무르익고 있었다. 이스파나와 에일랜드 두 곳의 왕과 이미 이야기가 된 상태였다. 하지만 그건 어디까지나 조건부 계약이었다.

'이쯤 나타나 주어야 하는데.'

조급해한다는 건 알고 있었다. 하지만 교황청이 더 이상 틈을 주지 않고 목을 조여오고 있었다. 대공가 전체의 운명을 건 도박은 이미 시작해 버렸다. 판돈을 모두 잃기 전에는 일어날 수 없었다. 승리의 패가 되어줄 성녀의 귀환은 언제란 말인가.

'납득할 만한 수준의 성물을 들고 올 것인가.'

평범한 것으로는 안 된다. 아무리 그 흉포한 압제에 시달렸다 해도 여전히 대다수 인간의 마음속에는 그래도 교단인데라는 게 박혀 있었다. 그 오랜 권위를 단번에 무너뜨릴 수 있을 만큼 상징적인 것이어야만 했다.

교황청이 생각하는 것처럼 진실로 강대한 세력이 뒤에 있지 않은 이상 명분만은 확실한 게 필요했다.

'정말로 여신의 신탁을 받았는가, 성녀여. 그렇다 해도 지금은 돌아와야 한다. 아니면 순교자들의 뒤를 따르게 될 거다. 그것도 이단의 마녀로서.'

수하들과 협상 상대들 앞에서는 당당한 척하지만 대공의 인내도 슬슬 한계에 달하고 있었다. 이단 심문관들이 들이닥치는 순간까지 인내를 발휘할 수는 없는 일이니까.

"대공 전하."

"무슨 일인가?"

"성녀께서 돌아오셨습니다."

엄청나게 반가운 보고. 대공은 살짝 미소를 짓고는 자리에서 천천히 일어났다.

"딱 적당한 때에 돌아왔군. 안내하라."

"알겠습니다."

밀실로 들어선 에테인 대공은 반가운 얼굴들을 보며 인사했다.

"늘 여신의 인도 아래 하셨기를. 뜻하는 바를 이루셨소이까?"

"대공의 기원이 헛되지 않게 여신의 가르침을 놓치지 않고 따라 걷고 왔습니다."

휘네인이 정중하고 우아하게 인사하자 자세를 유지하면서도 대공의 눈은 빛났다.

"오! 실로 감축드리는 바이오, 신성사제 예하. 성물은 어디에?"

"여기 있습니다."

휘네인이 카피의 허리 쪽을 가리켰다. 카피가 주저없이 검을 뽑았다. 맑고 찬란하게 타오르는 빛이 방 안을 비추었다.

"이것은……."

대공은 홀린 듯이 빛을 바라보았다. 강대하고도 순수한 성력이 검에서 뿜어져 나왔다. 어떠한 금속도 아닌 순수한 빛으로만 이루어진 검날은 베지 못할 것이 없게 느껴졌다. 그 또한 왕국 최고를 다투는 검사이기에 알 수 있었다. 이건 흔히 말하는 '명검' 수준의 검은 아니었다. 굳이 이름하자면 '홀리 오러 블레이드'.

"빛의 검. 저 성서에 나오는 태곳적 마왕과의 전쟁에서 여신께 선택받은……."

거기서 휘네인은 말을 멈칫했다. 그러나 잠깐 고민하던 그녀는 그대로 말을 이었다.

"영광된 용사의 손에서 어둠을 갈랐던 성검입니다."

"빛의 검이라면 설마 그……."

일정 수준의 신학이야 필수 교양 과목이다. 하물며 성물을 찾아오기를 기다리면서 그에 대한 조사를 안 했을 리 없었다. 그러나 빛의 검이라니, 그건.

'3대 성물 중 최고의 권위를 지닌… 그러나 가장 실체가 불분명한 그것이 정말로 이것이란 말인가?

카피는 떠나기 전 실체를 보게 되면 인정할 수 있을 거라 말했다. 눈앞에 있는 이것이 정말로 빛의 검이라면.

"한번 써보아도 되겠소이까?"

"원하는 대로 해라."

카피가 그대로 검을 건넸다. 대공은 힘을 주지 않고 찬찬히 검으로 바닥을 그어보았다. 검은 단단한 강석을 그대로 베며 지나갔다.

'역시 예상대로 오러 블레이드 정도의 날카로움은 최소한 가지는 군.'

대공은 왼손에 자신의 검을 꺼내 잡았다. 고요히 그 자신의 힘을 부여하자 검이 은은히 빛나기 시작했다. 오른손의 성검과 왼손의 오러 블레이드를 대공은 힘껏 부딪쳤다.

챙!

가벼운 마찰음을 내며 빛의 검이 오히려 대공의 검을 밀고 들어갔다.

'허?

대공은 검기를 더 강화했다. 은색 광휘가 더 짙어지면서 간신히 둘은 평형을 유지했다.

"과연 성검이라 할 만하구려. 이거라면 누구도 마법검이 아니냐는 의심은 하지 않겠소이다."

대공은 검을 돌려주었다. 그의 머릿속에서 빠르게 연산이 진행되기 시작했다. 이 정도라면 그럭저럭 포장해서 소문을 퍼뜨리면 제법 쓸 만했다. 다행스럽게도 최근 교황청이 여러 가지 무리수를 두는 바람에 반발 심리 자체는 전체적으로 짙게 깔려 있었다. 적당한 수준만 된다면 받아들이고 싶어하는 이는 많을 것이었다. 거기다가 각 왕가의 이해관계만 맞아떨어진다면야 상징은 얼마든지 조작이 가능한.

"그뿐만이 아니랍니다. 정말 놀라운 것은 따로 있어요. '저스티카' 를 아시나요?"

휘네인의 말이 대공의 생각을 끊었다.

"그건 교단의 대심판 주문 아닌가? 오직 교황만이 추기경들과 함께

해서 쓸 수 있다는……."

대공도 본 적은 없지만 말이다. 아무튼 지난 천 년 그 정도 힘을 교단이 휘두를 필요가 있는 일이 없었다.

"저 검도 그걸 발현할 수 있습니다."

"뭐?"

"사실이에요. 카피, 안 그래요?"

휘네인이 장난스럽게 웃으며 카피를 돌아보았다. 어렵게 찾아낸 성검의 놀라운 위용을 그녀는 자랑하고 싶었다. 그건 어린애가 강가에서 예쁜 자갈을 찾아낸 후 여기저기 보이고 싶어하는 그런 마음이었다.

"충전량이 한 번밖에 안 남았긴 하지만 분명 가능하지."

카피의 재확인에 대공은 평정을 잃었다.

"정말로 그게 가능하단 말인가?"

"제 눈으로 봤다니까요."

"그… 그런!"

대공은 주먹을 꽉 쥐었다. 그와 카피의 눈이 마주쳤다. 웃고 있는 휘네인은 미처 생각하지 못한 것을 그 둘은 이미 침묵 속에 대화했다.

교황만의 특권이라 알려져 온 것을 그에 반발한 신성사제가 행한다. 그것도 추기경의 지원이 아닌 전설 속 성물의 도움으로.

그건 적정 수준의 타협 자체를 불가능하게 만드는 정통성의 뿌리를 치고 들어가는 공격이었다.

"헛허. 헛허. 하면 나중에 보여줄 수 있소?"

"물론이지요. 교황 성하 앞에서 보여 드릴 거예요. 엄청 좋아하시겠지요?"

성물의 회복. 교단에 있어 실로 큰 경사가 아닌가. 휘네인은 가르디엘 추기경이 자신을 대견한 얼굴로 바라보며 다 컸구나라고 칭찬하는 광경을 떠올렸다.

"교황 성하 앞에?"

"정식으로 귀환을 알리고 성도에 가고자 한다. 가는 길에 문제가 생기지 않게 해주겠나?"

카피의 말은 많은 의미가 숨어 있었다. 그러나 대공은 하나도 놓치지 않고 알아들었다.

"알겠다. 내가 처리해 주마."

가장 화려한 선전 포고식이 되게 말이다.

"신성사제 예하, 수고하셨소이다."

"뭘요. 이제 그만 편하게 말하세요."

"허허. 알겠소. 휘네인 양, 정말로 고생 많으셨소. 이제 아무 걱정 없이 성검을 들고 가시오. 내가 보호해 주겠소이다."

이스파나도 에일랜드도 함께 말이다.

"감사합니다."

친절한 대공에게 휘네인은 허리 숙여 감사했다.

*　　　*　　　*

모습을 감추었던 이단의 마녀, 혹은 신탁의 성녀는 실로 화려하게 다시 나타났다. 전설 속의 신검, 빛의 검이 그녀와 함께하며 그 증거로 '저스티카'를 검은 발현할 수 있다 하였다. 휘네인 아네시스가 진정한 신탁의 성녀임을 확인한 이스파나의 엘리자나 여왕, 에일랜드의 휴르안 8세, .네프티알의 에테인 대공이 함께하여 교단이 틀렸음을 발표하며 자신들이 진정한 여신의 뜻을 수호하겠다고 선언하였다. 진실을 볼 줄 아는 눈과 그것을 따를 용기를 지닌 이는 누구든 함께하기를 바란다는 말도 덧붙이며 말이다.

소문은 인위적으로 조작하지 않아도 일파만파로 퍼져 나갔다. 하루 아침에 급변해 버린 세계 정세를 놓고 모든 세력이 대책 마련을 위한 비상을 걸었다. 그건 교단도 예외가 아니었다. 아니, 더욱 심각했다.

"빛의 검에 저스티카? 대체 이 무슨 사기극이란 말인가!"

알바트로 7세가 분노하며 책상을 내려쳤다.

"성하, 고정하소서."

"이게 어찌 고정할 일이란 말인가!"

가르디엘이 조용히 말려보려 했지만 알바트로 7세의 분노는 더 커져만 갔다.

"흥분하신다고 해결될 일이 아니옵니다. 이미 두 왕가와 한 대공가가 그 편에 섰으니, 이제 결코 얕볼 수 없는 세력이옵니다."

웬일로 로사미어까지 나서 말리자 그제야 알바트로 7세는 조금 진정했다.

"그래, 진정해야지. 불같은 분노로 타오를지라도 행하는 바에는 실수가 없어야겠지. 다른 왕가들의 반응은 어떤가?"

"중소 왕국들은 눈치를 보고 있습니다. 서둘러 다잡지 않으면 위험한 기운이 더 퍼질지 모르옵니다. 프렌즈와 이스테리는 일단 우리 편에 설 것입니다. 네프티알에서는 반 에테인 대공가 쪽이 일단 우리 편이라 보아야 할 것입니다."

"그래, 그렇단 말이지. 하위 사제들과 성기사들의 반응은?"

"아뢰옵기 황송하오나 상당한 동요가 퍼져 나가고 있다 합니다."

"참으로 용서할 수 없는 일이로다. 이것들이 어찌 이런 일을 꾸민단 말인가."

알바트로 7세의 수염이 부르르 떨렸다. 하지만 이번에는 그의 입에서 쉽게 모조리 파문시켜 버리자는 말이 나오진 않았다. 잘못하다가는 세상의 절반을 파문해야 할 판이었다.

"성하, 이제라도 온건책으로 돌아섬이 어떠실지요."

가르디엘이 조심스럽게 권했다.

"온건책이라?"

"네, 성하. 지금이라도 휘네인과 화해하시는 것입니다. 신탁을 수행하는 방법을 구함에 있어 다소의 오류가 있었음을 인정하며 성검을 찾은 그녀를 치하한다면 화해가 불가능하지는 않을 것입니다."

"으음."

알바트로 7세가 고민하는 눈치를 보이자 로사미어가 다급히 말했다.

"아니 되옵니다, 성하. 여기서 밀리면 끝이옵니다. 그녀를 앞세운 이단의 무리들이 앞으로 얼마나 더 많은 망동을 일삼겠습니까? 이것은 그야말로 교단에 반발하기 위해 오래전부터 계획해 온 일, 지금이야말로 심판의 철퇴를 내릴 때입니다. 그깟 거짓 성물로 쓰는 저스티카라는 것도 꾸며낸 것임이 분명할 터, 이단의 무리들이 뭉친다면 그때 진정한 심판이 무엇인지 보여주소서."

로사미어의 간언에 알바트로 7세의 눈썹이 꿈틀거렸다.

"모두 물러가게."

"성하?"

"모두 물러가 있게! 나 혼자 생각할 시간을 가져야겠네."

"알겠사옵니다."

두 추기경이 고개 숙여 보인 후 물러 나왔다. 조용히 문을 닫고 나서 가르디엘이 로사미어를 보았다.

"모르시었소? 아니면 알고 자극하기 위해 그런 것이오?"

"무슨 말이오?"

"현재 교단은 저스티카를 쓸 수 없소."

"그게 무슨 말이오?"

"워낙 오랜 세월 쓸 일이 없던 주문이라 일곱 추기경이 담당해야 할 부분의 일부가 유실되어 있소. 오용을 막기 위해 각자 한 명에게만 비밀리에 유전되다 보니 그만 맥이 끊겨 버렸소."

"그… 그런!"

"진짜 저스티카가 무엇인지 보여주겠다고 했다가는 오히려 우리가 여신에게 버림받은 이단으로 몰릴 판이오."

가르디엘의 말에 로사미어가 펄쩍 뛰었다.

"그럼 이 사악한 무리들이 그 약점을 알고서 이런 사기극을 계획했단 말인가! 어허, 어허. 참으로 큰일이로다. 더욱더 용서할 수 없는 일 아니오!"

"하나 휘네인이 찾은 성검이 진짜라면 어떡하오?"

"그러면 교황 성하가 받은 신탁이 가짜란 말이오!"

로사미어의 목소리가 높아지자 가르디엘은 말끝을 흐렸다.

"그럴 리야 없지만……."

"엥이! 그대 혹시 딴생각하고 있는 것 아니오?"

로사미어가 날카로운 눈을 빛내며 가르디엘을 추궁했다. 아무리 늙어도 그는 늘 팔팔했다.

"그렇지는 않소. 성하가 어떤 결정을 내리든 나 또한 따를 것이오.

다만……."

힘없이 대답하는 가르디엘의 목소리에 짙은 씁쓸함과 피로감이 묻어 나왔다.

"다만?"

"아니오. 나중에 성하가 부르시면 다시 봅시다. 나도 혼자서 생각 좀 해보아야겠소."

가르디엘은 도망치듯 그 자리에서 물러났다.

집무실 의자에 몸을 던진 그는 생각에 잠겼다. 휘네인이 정말로 성검을 찾았다고? 그럴 리 없다. 여신은 교황을 선택했다. 휘네인에게 다시 신탁을 줄 이유가 없었다.

'진짜 에테르 블레이드일 수가 없다. 한데 저 스티카라니. 아무리 그 실체를 아는 인간이 현세에 없다 해서 속여 넘기려 한단 말인가.'

아니다. 그럴 아이가 아니다. 그녀가 진짜라고 말한다면 정말로 진짜일지도 몰랐다. 그러나 진짜라고 한다면 그건 더 심각한 문제였다. 새삼 천계에서 에테르 블레이드를 지상에 내릴 리가 없는데. 정말로 무슨 일이 벌어지고 있다는 말인가.

알바트로 7세가 둘을 다시 부른 건 그날로부터 삼 일 후였다. 그동안 물 한 모금 안 먹고 단식기도를 한 교황은 상당히 수척해져 있었다. 하지만 눈만은 더 형형하게 빛났다.

"그동안 많이 생각해 보았소."

"황송하옵니다."

"교황이라는 직위에 올라 그간 행한 많은 정치적 판단을 모두 던지고 순수하게 하나의 사제로 돌아가 여신께 답을 구해보았소."

알바트로 7세가 전에 없던 엄숙함과 경건함으로 말했다.

"그리고 어쩌면 휘네인의 말대로 내가 잘못 생각한 것인지도 모른다고 생각했소."

"성하."

가르디엘이 감격했다.

"정말로 그녀가 진짜 성검을 찾았다면 그 또한 여신의 뜻이겠지. 그렇다면 내가 오류를 인정하고 그녀를 받아들이겠소."

"성하……."

로사미어까지 감격했다.

"어차피 내 위신 같은 건 상관없소. 단지 교단의 위신을 떨어뜨린 것이 문제일 뿐. 하나 그것도 진정으로 고대의 성물이 돌아온 거라면 가벼운 문제. 난 그녀에게 내 지위를 물려줄 수도 있소."

"성하, 그러실 필요까지야."

가르디엘이 말렸다.

"아니, 진심이오. 하지만 이건 어디까지나 정말로 그녀가 여신의 뜻으로 성물을 되찾았을 때 얘기요."

"하오면……."

"만약 그것이 가짜라면, 그녀야말로 가장 위험한 적. 교단을 분열하기 위해 악마들이 보낸 거짓 선지자가 아니겠소. 내가 받은 신탁에서 예고한 세상을 위협할 큰 악마는 바로 그녀를 상징하는 것이 되오."

두 추기경은 침을 꿀꺽 삼켰다. 확실히 가능한 얘기였다.

"성하, 그 점이라면 마음 놓으소서. 제가 책임지고 성물의 진위를 판별하겠습니다."

가르디엘의 장담에 알바트로 7세가 환한 표정을 지었다.

"그렇게만 해준다면 무엇이 걱정이겠소. 한데 어찌 그렇게 할 수 있으시오? 저쪽도 보통의 준비로 저런 주장을 하지는 않았을 터인데."

"예전에 도서관에서 그에 관한 고문서를 본 적이 있습니다. 그때는 그저 흥미로 읽고 말았지만, 지금이야말로 그 우연이 여신의 안배였다는 생각이 드는군요."

"좋소, 매우 좋아. 가르디엘 그대를 믿지. 대공회를 개최하겠소. 모든 추기경과 대주교, 그리고 각국의 왕족과 명문 귀족들에게 참가하라 하시오. 모든 이들이 지켜보는 앞에서 옳은 자와 그른 자를 가릴 것이오."

알바트로 7세는 한마디 한마디에 힘을 주며 재고의 여지가 없음을 분명히 했다.

"성하……."

"가르디엘, 그때에 분명 진실을 알아낼 수 있겠지?"

"책임지겠습니다."

그만은 에테르 블레이드의 진위 여부를 확실히 알 수 있었다.

"로사미어, 그대는 철저하고 완벽하게 그날 잠입할 무리들을 퇴치할 방안을 마련하라. 성물이 진짜라면 성대한 환영식을 열겠지만 거짓이라면 그대가 그들을 처단해야 할 것이다."

"명을 받듭니다."

두 추기경이 물러가고 교황청은 바쁘게 움직이기 시작했다.

*　　　*　　　*

대공회의 개최를 앞두고 성도 아뮤니엘린은 달아오르기 시작했다.

세계 각지에 흩어져 있던 고위 사제가 전부 모여드는 대공회는 축제라면 축제였다. 하지만 들뜨는 이들은 없었다. 이 축제에서 흐르게 될 와인과 피 중 어느 것이 더 많을지 아무도 예측하지 못했다.

성녀가 무엇을 믿고 죽음의 함정이 기다리고 있을 성도로 가는가. 그에 대해 갖가지 추측이 나돌았지만 가장 유력한—혹은 그녀의 배후에 선 자들이 가장 열심히 퍼뜨리는—소문은 이것이었다.

여신께서 성녀와 함께하시니, 마에 혼을 판 무리들이 어떤 함정을 파도 그분의 옳음을 드러내는 것을 막지 못하리라.

여기에 대해 교단 측은 침묵으로 일관했다. 마치 진실로 인정하는 듯한 그 태도에 온갖 말이 분분했지만 흘러나오는 말은 한마디였다. 대공회에서 모두의 지혜를 모아 성물의 진위 여부를 판별하리라는 것.

정작 그 소문의 중심지인 휘네인만 아무것도 듣지 못했지만 말이다.

물밑에서는 대공회 이후 휘네인을 죽이려는 쪽과 탈출시키려는 쪽 사이에서 보이지 않는 싸움이 벌어졌다.

이 시대 최강의 마력을 지닌 자 중 하나로 꼽히는 이스파나의 별 엘리자나 여왕은 꼼꼼하게 마법진을 점검했다. 옆에서 에테인 대공이 지켜보다가 물었다.

"이로써 대공회 직후 성녀 일행을 안전히 소환해 올 수 있는 겁니까?"

"후훗. 방해하는 결계만 깨뜨릴 수 있다면 말이지요."

엘리자나 여왕은 부채를 살살 흔들었다. 느긋한 척했지만 그녀의 손끝에 땀방울이 맺혀 있었다.

"아무리 나를 중심으로 왕궁 마도사단이 소환을 행한다 해도 성도 아뮤니엘린은 본디 외부와 격리된 결계 내의 땅. 하물며 그날은 성녀를 죽일 작정으로 교황청이 준비한 자들이 넘쳐날 테니 '기적'이 벌어지기 전에는 불가능한 일이죠."

"기적이라… 이를테면 '저스티카'처럼 잊혀진 대신성 주문이 그곳을 정화하는 일 말입니까?"

"호홋. 그렇지요. 그런 기적 같은 일이 일어난다면 말입니다."

"여신의 자애를 바랄 뿐입니다."

원래라면 안전한 반교단 연합의 보호 하의 영지에 성녀를 계속 모셨을 것이다. 사지로 밀어 넣는 건 신검의 위력 하나를 믿고 벌이는 도박이었다. 성공만 한다면 그보다 화려하게 교단의 위신을 박살 내는 일은 없으리라.

로사미어 추기경도 몇 번이나 결계와 포위망을 점검했다.

"절대로 절대로 이번에는 그때처럼 도망치지 못하리라."

그의 지시에 따라 다크 윙즈의 최고위 4인방도 매복 장소로 이동했다.

"그 마녀가 우리 쪽으로 도망쳐 올까?"

알렉스가 중얼거리자 유르피나가 스틱 소드 날을 갈면서 대답했다.

"제대로만 된다면 우리 쪽으로 도망쳐 올 기회도 없을걸. 그 자리에 모인 추기경이 몇인데."

"그렇겠지?"

"왜 신경 쓰여?"

유르피나가 슬그머니 물어오자 알렉스는 펄쩍 뛰었다.

"그럴 리가! 이단의 마녀가 죽는 건데 무슨 신경이 쓰이겠어!"

유르피나는 피식 웃었다. 미끼를 바로 물고는 파닥거리는 물고기가 따로 없었다.

'정말 알기 쉽다니까. 이 인간은 아무리 봐도 다크 윙즈가 아니라 그냥 성기사로 갔어야 하는 건데.'

목숨 빚 따위 별로 대단한 것도 아닌데 말이다.

"신경 꺼. 그녀가 여기서 죽는다면 가짜 성녀라는 게 증명되는 거잖아?"

"그야 그렇지."

알렉스는 고개를 끄덕였다.

"그리고 성물이 진짜라면 우리는 말 그대로 축제에나 끼어 놀면 될 텐데 뭐가 걱정이야?"

"그건 그래."

알렉스는 고개를 끄덕이며 생각했다. 휘네인이라는 그 마녀. 아니, 어쩌면 진짜 성녀일지도. 후자면 좋겠는데.

하루 이틀 날이 가고 각지의 고위 사제들이 속속들이 모여들었다. 오직 휘네인 일행만이 오지 않았다. 네프티알이 지리적으로 가장 성도에서 멀리 떨어져 있기도 했지만, 결코 서둘러 일정을 잡지 않았음은 분명해졌다.

"어디까지 왔다던가?"

알바트로 7세의 물음에 로사미어가 재빨리 대답했다.

"이제 하루 정도면 도착할 듯하다고 합니다."

"후후. 심술이 난 건가. 소문이 최대한 퍼져서 내 위신을 깎기를 기다리겠다는 건가? 뭐, 그 정도야 아무래도 좋지."

성물이 진짜기만 하다면. 하나 거짓이라면 이야말로 지독한 짓이었다.

"로사미어, 거짓으로 판명날 경우는 알겠지?"

"물론입니다. 장담합니다."

"성하, 그리 간단하지만은 않을 것입니다."

"무슨 뜻인가?"

"그녀의 성검이 진짜가 아니더라도, 진짜와 맞먹는 힘을 지닌 물건일 가능성을 필히 염두에 두어야 한다고 사료됩니다."

"그래. 일견 성물처럼 보이게 만든 마계의 물건일지도 모를 일이지. 그때는 어이 하여야 할까……."

알바트로 7세가 의자를 톡톡 쳤다. 만에 하나 휘네인이 대공회에서 자신을 정면 반박한 후 멋들어지게 탈출해 버린다면 그 여파는 끔찍했다. 그녀를 공개 처형하기 위해 만든 자리가 완전한 교단의 대항자로 인식시켜 주는 자리가 돼버릴 수 있었다.

"성하, 미리 그 자리에 모인 이들에게 얘기해 두소서. 마녀가 일시지간 강한 힘으로써 모두를 억누를지 모르나 진정한 여신의 뜻은 우리에게 있으니 작은 시련에 굴복하지 말라고."

"미리 지고 들어가자는 것이오?"

"어차피 계획대로 된다면야 수습하는 게 무엇이 어렵겠습니까. 실패 시를 대비한 제2의 방어선이라 생각하소서."

"으음……."

"마침 좋은 성경 구절이 있습니다. 마지막의 묵시록편을 인용한다면 그녀가 어떤 기적을 보이든 마녀로 몰 수 있지 않겠습니까."

가르디엘의 말에 로사미어와 알바트로 7세의 눈이 커졌다.

"허? 그 거짓 선지자와 최후의 전쟁 때 말이오?"

"그렇습니다."

가르디엘은 고개를 숙였다. 어차피 어느 쪽이 이기든 한 시대에 성마대전이 또 일어나지는 않으리라. 최후 전쟁이라 이름하여도 안 될 것 없었다.

"가르디엘 그대의 말이 옳네. 여신께서는 내게 이를 이르셨음이겠지. 정말로 거짓으로 교단을 분열시키려는 자들이라면 그 정도 권세는 허락받았을지도. 로사미어, 그대는 그대 일을 하게. 나는 만일의 경우에 대해 얘기해 두겠네."

"명을 받듭니다."

알현실에서 물러나오면서 로사미어가 가르디엘에게 물었다.

"그토록 애지중지하던 애제자를 묵시록의 거짓 선지자로 몰다니 무슨 속셈이오?"

"공과 사를 혼돈하지 않을 뿐이오. 그대야말로 휘네인을 사로잡는 것만 신경 쓰시오. 그녀가 거짓이라면 이번이 적은 피로 수습할 수 있는 마지막 기회일 것이오."

"흥! 걱정 마시오. 그녀가 진짜라면 내 그날로 추기경 직에서 물러나 과거의 잘못을 참회할 것이나 거짓이라면 절대로 살아나가게 두지 않을 것이오. 그대야말로 제대로 잘 보고 참과 거짓을 분명히 가르시오."

로사미어의 장담에 가르디엘은 씁쓸하게 미소 지었다. 그는 분명 검의 진실 여부를 알아낼 것이었다. 하지만… 그걸 사실대로 말하지는 못할 것이었다.

검이 가짜라면 그걸 진짜로 만들어도 괜찮았다. 그 편이 교단의 분열을 무난하게 수습할 수 있었다. 대외적으로 그렇게 수습한 후 내부적으로 단속시키면 그만이었다. 휘네인이 거짓을 알고도 협력한 거라면 처리해 버리면 되었고 모르고 이용당한 거라면 진실을 알려준 후 수습하면 되었다. 거짓 검을 만들어서 교단에 대항하고 싶어하던 두 왕국과 한 공국은 일시 당황하겠지만 곧 사태가 돌아가는 걸 깨닫고 교황의 영도 아래 순순히 들어오리라. 그가 아는 알바트로 7세에게는 그만한 역량이 있었다.

이 기회에 교황도 좀 온건해질 필요가 있었다. 아무리 여신의 뜻이라 해도 이런 식으로 가엾은 인간을 죽여가며 해선 안 된다는 휘네인의 말은 옳았다.

하지만 검이 진짜라면… 결코 천계에서 주었을 리 없는 에테르 블레이드가 정말로 휘네인의 손에 들려 있다면…….

그리고 다음날 마침내 휘네인 일행은 성도에 도착했다. 평소보다 몇 배로 북적거리는 성도 아뮤니엘린을 보며 휘네인은 들떴다.

"카피, 우리 소문을 듣고 다들 환영해 주려 모였나 봐요. 평소에 안 뵈시던 분들까지 다 와 있는 것 같은데요?"

"그렇군. 대기 중에 성력이 꽉 차 있다."

"성대한 환영식이 될 거 같네요."

휘네인이 방긋 웃었다.

"성대하긴 하겠군. 하지만 살기도 가득한 것이 환영식을 하려는 것 같지는 않다."

"살기는 무슨. 이상한 말 하지 말아요."

휘네인이 카피의 어깨를 톡 쳤다.

"현상을 외면하는 근거없는 낙관은 좋지 않다."

"비관에 빠지는 거보다야 낫죠."

휘네인의 반박에 카피는 잠시 생각했다.

"흠. 확실히 그게 저항을 지속하게 해준 원동력이었을 수도 있겠군. 마황에게는 악덕이 용사에게는 미덕이 되는 것인가."

"이 마당에까지 농담이에요! 자세 좀 멋있게 잡아봐요. 여러 어르신들 앞에서 나도 좀 예쁘게 보이고 싶다고요."

그 말에 카피는 휘네인을 자세하게 관찰했다. 그 뚫어질 것 같은 시선에 휘네인은 부끄러워 소리쳤다.

"뭐, 뭐예요? 왜 쳐다보는 거예요?"

"네 소망을 이룰 방안을 잠시 고민했다. 하지만 안 해도 되겠군."

"왜요?"

"자세와 상관없이 넌 아름답다."

마황인 자신으로서도 제대로 파악할 수 없게 빛으로 가득 찬 영혼. 그건 아름답다라는 말의 정의에 부합했고, 자세와는 별 관계 없었다.

"……."

이번 농담만큼은 너무 강렬해서 천하의 휘네인도 아무 말 못하고 고개를 돌렸다. 그저 누가 들으면 진짜인 줄 알겠네라고 속으로 중얼거린 게 다였다.

웅성거림 속에서도 일행은 나아갔다. 카피야 원래 담담했고, 휘네인은 아직도 상황 파악을 못해서 담담했다. 로이는 어차피 카피를 따라다니는 것밖에 생각이 없었고, 오직 켈스만이 머리가 터져 나가기 직전이었다.

'으으. 너무 잘 느껴져.'

그 유령은 그를 완전히 이상하게 만들었다. 글자도 제대로 모르던 자신이 여기 흐르는 성력의 배치가 알파 에센스 궤도를 타고 류클리안

커브를 보이며 흐르는 거 같은 생각을 떠올리다니.

'대체 이건 내 생각인 거야, 그 유령의 생각인 거야.'

확실한 건 어느 쪽이었든 간에 정말로 여긴 무시무시한 함정이라는 거였다. 알면 알수록 보이면 보일수록 더 무서웠다.

'제… 제기랄! 모르겠다! 이제 와서 어쩌냐. 살든 죽든 내 운명이지.'

유령이 뭘 오해했는지 몰라도 마법에 대한 무수한 지식은 정말 도움이 안 되었다. 궁극 마법의 운용법에 대해서까지 알면 뭐 하는가. 기초적인 주문 하나 운용할 마력이 없는데. 괜한 걸 알아서 괴롭기만 하지.

'믿을 건 저스티카 하나뿐인가.'

유령이 물려준 지식에 따르면 그건 정말정말 강한 마법이었다. 그게 발동되어 결계를 파하면 스크롤을 이용해 이스파나 쪽과 이어지는 공간의 다리를 만든다. 그게 그의 임무였다. 만에 하나 잘못되면.

'아냐. 잘될 거야. 잘될 거야. 잘돼야 해. 난 죽기 싫어. 여기서 살아만 나가면 난 반교황군의 핵심 간부라고.'

그때 그들의 앞쪽에 일단의 성기사를 이끌고 가르디엘 추기경이 나타났다.

"스승님!"

자신을 반갑게 부르는 휘네인을 가르디엘은 무거운 안색으로 바라보았다. 저것이 연기라면 그녀는 무서운 여자였다. 하지만 저것이 진정이라면, 교단은 최악의 적을 만난 것이었다.

"돌아왔느냐."

"네! 제가 떠나기 전에 말씀드렸죠? 여신의 인도 아래 빛의 검을 찾았어요."

“소문을 들었다. 실물을 보여주겠느냐?”

“네, 물론이죠. 카피?”

“아아, 여기 있다.”

카피가 천천히 뽑아 든 빛으로 된 검을 가르디엘은 두 눈 부릅뜨고 바라보았다. 그의 다리가 떨렸다.

“스승님?”

기대와 달리 검을 보는 가르디엘의 안색이 더욱더 어둡게 변하자 휘네인은 의아해서 물었다. 감격에 벅차 무릎 꿇고 기도까지는 안 하더라도 저건 도저히 반가워하는 표정이 아니었다. 카피의 예견이 그녀의 머리를 불길하게 스쳐 지나갔다.

‘아냐, 괜찮아. 말만 잘하면 모든 오해가 풀릴 거야. 저건 진짜인걸.’

“아니다. 일단 따라오너라. 성하께서 모든 고위 사제를 모으고 대강당에서 기다리고 있다.”

“아, 대강당…….”

대강당은 보통 명사였다. 하지만 그게 고유 명사로 특정 하나만을 지칭할 때는 유피엘 대강당을 의미했다. 성도 아뮤니엘린의 중심부에 자리잡은 오직 백색의 최고급 대리석만으로 된 돔 양식의 건물. 진리의 대천사 유피엘이 수호하는 성스러운 곳. 한 나라의 대관식 정도에나 열어주는 그곳에서 모두가 자신을 기다린다니 휘네인은 감격스러웠다.

가르디엘은 후들거리는 다리를 억지로 끌며 일행을 데려갔다. 보는 눈만 없었다면 쓰러졌을 것이었다.

‘어떻게 이럴 수가! 진짜다! 저건 진짜 에테르 블레이드야!’

그것도 4차 성마대전 때에 쓰이던 양식이었다. 아직 아뮤니엘과 카피틀리온이 등극하기 이전 에프티온과 크레테스 간의 전쟁이 벌어지던 때 사용되었던 바로 그 검이었다.

'어떻게 그 검이 지금 와서 휘네인의 손에……. 천계에도 남아 있는 게 없는데.'

아뮤니엘의 명에 의해 에프티온의 흔적은 철저하게 지워졌을 텐데, 그게 지금도 남아 있다면…….

'정녕 마계의 기지에서 찾아낸 것이란 말인가?'

대체 거기를 어떻게 알고 찾아갔단 말인가. 아니, 찾아가는 건 그렇다 쳐도 천계에서도 조용히 들어갈 길 없어 내버려 둔 것을 뛰어나다 해도 인간 넷이서 운 좋게 찾아냈다는 건 말이 안 된다.

'결국 그것인가…….'

답은 하나밖에 없었다. 마계에서 내줬다는 것.

'휘네인, 너 정녕 마계에 넘어간 것이냐. 아니면 너도 모르는 새 이용당하는 것이냐. 하지만 어느 쪽이라 해도 이제는 넘어갈 수 없다.'

교단에 불만을 품은 인간 세력이 꾸민 일이라면 알바트로 7세가 수습할 수 있다. 하지만 마계가 이번 일에 개입했다면 타협은 없었다. 남은 건 싸움뿐. 소화할 수 없는 독을 안에 들일 수는 없었다.

최종 파국이 기다리고 있는 대강당으로 가는 발걸음이 무겁기만 했다.

힘겨운 한 걸음을 옮기고 옮겨 가르디엘과 일행은 마침내 대강당에 들어섰다. 강당 안의 시선이 일제히 한곳으로 쏠렸다.

'세상에, 원로 분들이 다 오셨어.'

가장 정면에 앉은 교황을 중심으로 추기경은 물론 대주교와 주교급까지 전부 자리잡아 있었다.

'역시 잃어버린 고대 성물의 복구란 그만한 사건인 거겠지.'

휘네인은 자랑스러워하며 교황을 보았다. 어서 빨리 빛의 검을 선보이고 싶었다.

도전적인 눈빛으로 자신을 마주 쏘아보는 휘네인을 보며 알바트로 7세의 심기는 더욱 불편해졌다. 이 많은 고위 사제들 한가운데에서도 조금도 주눅 들지 않다니 과연 대단하긴 대단한 여자였다. 어느 쪽이든 간에 말이다.

"너는 강당 가운데에 서 있거라."

가르디엘이 간단히 말하고 앞으로 나아갔다.

"성하, 휘네인 아네시스와 그 일행을 데려왔습니다."

"수고했소. 그대도 자리에 들어가 앉으시오."

가르디엘 추기경까지 착석하고 나자 교황이 자리에서 일어났다. 준비하고 있던 성가대가 찬송가를 불렀다. 한차례 배경음의 연주가 끝나고 교황은 천천히 손을 들었다.

신호를 받은 옆에 있던 의전 담당 대사제가 외쳤다.

"성스러웠고 성스러우며 성스러우실 존엄하고 자애로우며 거룩하시며 영광되시어 천지 만물을 창조하시고 전지전능하시어 모든 것을 그분의 뜻대로 되게 하시는 위대하고 위대하신 우리들 영혼의 인도자이자 구원자이신 아뮤니엘 여신의 이름으로 그분께 지상을 이끌 것을 명받아 축복받은 교황 알바트로 7세 성하의 명령 아래 제97회 대공회의 개최를 선언합니다. 모두 자리에서 일어서십시오."

일제히 자리에서 일어났다.

"교황 성하께서 시작 예배를 집전하시겠습니다."

　기나긴 개회식이 뒤이어지고 다시 모두들 자리에 앉았다. 다들 뒤이어 몰아칠 폭풍이 어떤 양상으로 전개될지 기대하며 휘네인 아네시스에게 시선을 모았다. 알바트로 7세와 휘네인의 눈이 다시금 마주쳤다. 교황이 먼저 입을 열었다.

　"휘네인 아네시스, 그대는 마족과 손잡고 내가 교단에 내린 지시를 거부하였다. 이 혐의를 인정하는가?"

　어딘가 불길한 전개를 예고하는 교황의 첫 물음에 휘네인은 당황해 외쳤다.

　"그렇지 않습니다, 성하. 제 마음에는 오직 여신뿐입니다. 성하의 지시를 거부한 것은 그것이 여신의 가르침과 엇나간다고 생각했기 때문입니다."

　카피는 옆에서 고개를 끄덕였다. 휘네인이 잘하고 있었다. 그녀가 마황 카피틀리온과 손잡았다는 건 절대 비밀이었다. 자신은 어디까지나 공식적으로는 카플레스 드 에테인인 것이다.

　"내 지시가 여신의 가르침에 엇나간다? 나의 지시는 여신의 뜻에 따라 그분의 신탁을 받고 행해진 것. 그대는 감히 나의 권위를 부인하는 것으로도 모자라 그분의 신탁조차 부인하는가?"

　"저도 신탁을 받았습니다. 천사가 제 앞에 나타나 성물을 찾으라 인도하였습니다. 그렇지 않다면 어떻게 태곳적에 잊혀진 성물을 제가 얻을 수 있었겠습니까?"

　휘네인은 제발 교황이 알아주길 바라며 간절히 호소했다. 둘러싼 고위 사제들 사이에 보이지 않는 웅성거림이 퍼져 나갔다. 교황은 이 모든 소문이 거짓이라고 했다. 하지만 그건 어디까지나 교황이 그리 말했다는 것이고 증거는 현재로서는 아무것도 없었다.

"그대 감히 여신의 성역에서 거짓된 신탁을 말하고 거짓된 성물로 지혜로운 이들을 미혹하려 하다니 천벌이 두렵지 않은가?"

"거짓이 아닙니다. 제가 찾은 것은 정말로 그 옛날 용사들이 썼던 빛의 검입니다. 여기 실물을 보여 드릴 테니 믿어주소서."

휘네인이 카피에게 손을 내밀었다. 그는 표나지 않게 미소 지으며 에테르 블레이드를 건넸다. 부인할 자들은 그래도 부인할 것이다. 그러나 분명 여기 모인 이들 중 다수가 흔들리리라.

휘네인의 손에 에테르 블레이드가 들렸다. 오직 빛으로만 날이 이루어진 전설의 성검은 아름다웠다. 뛰어난 사제들이었기에 더욱 잘 느낄 수 있는 맑고 거룩한 성스러운 힘이 고요히 타올랐다.

"보십시오. 이것이야말로 빛의 검. 신탁의 전쟁에 쓰이기 위해 여신께서 내려주신 검입니다."

휘네인은 공손히 검을 받쳐 들며 모두가 볼 수 있게 천천히 자리에서 돌았다. 순식간에 좌중이 조용해졌다.

"좋다. 그대의 말이 진실임을 입증할 기회를 주겠다. 만약 정말로 그대 또한 여신의 신탁을 받아 내 오류를 수정하려 한 것이라면 이 자리에서 나는 내려와 그대 앞에 무릎 꿇으며 성검에 입 맞추겠다."

"성하……."

마침내 알아주었어. 휘네인은 눈물을 글썽였다. 카피의 예고는 틀렸다. 카피는 낭패감을 느꼈다. 교단을 나눠 가지는 게 싫어서라도 그녀를 부인하리라 생각했는데 아니었던가.

'알바트로 7세. 내가 잘못 파악하고 있었는가.'

분명 자신에게 속해 있는 어둠을 보았는데, 그렇지 않은 빛도 가지고 있었는가. 여기서 오류를 인정하면 사실상 퇴위식을 치르는 것과 마찬가지인데도 저렇게 나올 줄이야.

'아니, 아직은 아니지.'

교황의 생각이 어느 쪽인지 조금 더 두고 보아야 했다.

"가르디엘 추기경."

"네, 성하."

"그대가 명받은 것을 지금 시행할 수 있겠는가?"

"예, 성하."

가르디엘이 자리에서 일어났다. 그는 천천히 좌중을 둘러보았다.

"동요하지 마시오! 본인은 성하의 명으로 지혜의 홀에 보관된 고대 문서를 뒤졌소이다. 그곳에서 다행히 나는 진짜 빛의 검을 가짜와 구분하는 법을 보았소이다."

"오! 그렇다면 그대가 저것의 진위를 판별해 줄 거란 말이오?"

"그렇소이다. 나는 이미 오는 길에 그녀와 함께하며 검의 진위를 판별해 보았소. 결론부터 먼저 말하자면 저 검은……."

가르디엘은 휘네인과 눈을 마주쳤다. 아직도 자신에 대한 신뢰를 간직한 그 눈을 보며 그는 속으로 중얼거렸다.

미안하다. 네가 찾은 그것은 진짜 에테르 블레이드가 맞다. 마계의 마족들조차 그걸 부인하지는 않으리라. 하지만 네 신탁은 가짜다. 그러니… 그 검도 가짜가 되어야 한다.

그렇지 않으면 교단이 걷잡을 수 없이 무너진다. 저건 진짜 성검이지만 사실은 마계에서 내어준 거 같다라는 그의 추정을 말하는 건 상황만 더 복잡하게 만들 뿐이었다.

"저건 가짜요. 마계의 권세가 여신의 권능을 흉내 내어 정교하게 만들어낸 모조품일 뿐이오."

가르디엘의 마지막 한마디가 운명의 선고가 되어 대강당에 내리 꽂혔다. 이제 화해의 길은 없었다. 저 성물이 진짜임을 인정하는 자는 이단이었다. 혹은… 저 성물을 부인하는 자가 이단이었다.

"훌륭하오, 가르디엘 추기경. 그대의 지혜가 이 환난의 시기에 등불이 되어 올바른 길을 비추는도다."

알바트로 7세가 치하하자 가르디엘은 씁쓸한 웃음을 숨기며 허리를 숙였다.

"황공하옵니다."

"말도 안 돼요! 이건 진짜예요! 이 검의 힘에 의해 저스티카가 발현되는 걸 제 눈으로 봤어요! 아니, 그 이전에 이건 검을 지키던 용사의 영혼이 직접 제게 인도한 거라고요!"

휘네인의 반박에 보이지 않는 동요가 퍼져 나가는 것이 가르디엘의 눈에 너무나 잘 보였다. 비록 지금 대놓고 말하는 이는 없어도 다들 어느 쪽이 진짜 여신의 뜻인지 혼란스러워하고 있었다.

휘네인, 네가 거짓으로 그 말을 한다면 정말로 마계는 무서운 여자를 내세웠구나. 나조차 네게 속아 넘어갔으니. 네가 진실을 말하고 있다면 너는 가엾은 인형인 거겠지. 하지만 어느 쪽이든 난 이미 너의 사람 좋은 스승일 수가 없구나.

"마계의 물건을 가지고 거짓을 말하며 더 이상 사람들을 미혹치 말라. 성하, 증거는 차후에 드리겠습니다. 늦기 전에 이단을 멸하소서."

가르디엘답지 않게 강경한 말이었지만 그 의미를 알바트로 7세는 알아들었다. 지금 제시할 수 있는 증거는 없다는 소리였다.

'어쩔 수 없지. 그러고 보면 가르디엘에게 적당히 하나 만들어두라고 시킬 것을 실수했군. 이번 대공회가 끝나는 대로 만들어야겠어.'

진실을 사람들에게 알리기 위해 작은 방편을 쓰는 것은 어쩔 수 없는 일이었다. 잠시라도 저 성물이 진짜일지 모른다고, 그렇다면 자신은 기꺼이 물러나 그녀를 보필하며 여생을 보내겠다고 생각했다니 어리석었다.

'네가 바로 여신이 예언한 닥쳐올 큰 환난의 악마구나. 이제 용서치 않겠다.'

알바트로 7세는 손을 들었다. 휘네인이 계속 떠들게 놔두다가는 무슨 소리가 나올지 알 수 없었다. 이미 형식적인 절차는 거쳤으니 입 막고 볼 일이었다.

"나 알바트로 7세가 여신의 이름 아래 명하노니, 저 이단의 마녀를 성도에서 멸하라!"

"명을 받듭니다. 성하의 명이다. 모든 사제는 마녀를 공격하라. 거역하는 자는 같은 이단의 무리로 보겠다!"

로사미어 추기경이 재빨리 그 말을 받아 선포했다.

"좋은 작전이군."

카피가 칭찬했다. 그야말로 전광석화 같은 기선 제압. 다른 고위 사제들은 어느 쪽에 진실이 있는지 고민해 볼 틈도 없이 일단 교황의 편을 들어야 할 것이다. 그리고 일단 한쪽 편을 들고 나면 바꾸는 건 쉽지 않은 법이었다.

역시 처음부터 이럴 작정이었던 것이다. 가르디엘이 나선 것은 다소 의외지만, 상관없었다.

대세에 휩싸인 자들이 하나둘 주문을 외기 시작했다. 저들 전부에게 동시에 공격받는다면 살아남을 수 있는 인간이란 없었다.

"아… 아니에요! 난 마녀가 아니에요."

넋이 나가서 누구에게도 닿지 않는 호소를 하는 휘네인에게서 카피는 다시 검을 뺏어 들었다. 그리고는 온 대강당에 울려 퍼지게 외쳤다.

"들으라! 여신을 섬긴다고 말하는 사제들이여! 그대들 이 빛의 검이 진실되지 않다고 하였는가? 저 마왕 나르테스를 물리치고 용사의 영혼에 의해 수호되어 다시금 성녀가 되찾을 때까지 잠자며 이 땅을 지켜오던 검을 그대들 스스로 부인하는가? 눈이 있다면 보아라! 귀가 있다면 들으라! 이것이 성검의 진정한 힘이다!"

에테인 대공과 엘리자나 여왕이 함께 머리 맞대며 써준 대사를 그대로 외치며 카피는 다시 한 번 저스티카를 개방했다.

에테르 블레이드에서 쏘아져 나간 빛이 돔의 지붕을 뚫고 솟아올라 갔다. 실로 강대하기 이를 데 없는 신성력이 하늘을 메웠다. 누구보다 거기에 민감한 고위 사제들이 잠시 주문을 멈추고 위를 보았다. 지붕이 부서져 내리며 하늘에서 빛이 쏟아져 내려오기 시작했다.

"허억! 이것은……."

하늘을 가득 메운 압도적이고 거대한 성진. 바깥에서부터 차례대로 메워져 들어오는 영광된 천사들의 문장. 눈부시게 찬란한 빛. 어디선가 들려오는 너무나 거룩하고 아름다운 노래. 그리고 고위 사제인 그들조차 내리누르는 압도적인 힘.

이것이 정말 가짜란 말인가? 진정 모조품이 이러한 기적을 낼 수 있단 말인가? 수많은 이들의 머릿속에 똑같은 의문이 떠올랐다.

돔의 바깥을 포위하고 있던 성기사들이나 교단 마법사단들도 그 광경을 보았다. 하늘을 메운 기적의 현장에 그들은 저스티카라는 이름을 속삭였다. 성녀는 진짜였는가?

"켈스! 길을 열어라."

"예엣. 제9장 5절 12편 디멘전 브릿지(Dimension Bridge)."

켈스는 다급히 스크롤을 찢었다. 그리고 멀리 떨어진 곳의 엘리자나 여왕 또한 동조해서 주문을 외었다. 두 공간이 동조해서 떨었다.

공간의 문이 열리고 네 명의 일행은 서서히 그 안으로 들어갔다. 내려치는 저스티카의 위력에 결계는 이미 부서져 있었다. 카피가 사라지기 직전 다시 한 번 외쳤다.

"우리는 성녀를 보호하는 이들의 땅으로 간다! 그대들 무엇이 진실인지 보았다면 합류하라!"

마지막까지 대본과 한 글자도 틀리지 않게 외우고서 카피는 사라졌다.

그 화려한 퇴장에 동요가 극에 달하는 그때 가르디엘이 외쳤다.

"속지 마시오! 이것은 거짓! 마계의 권세가 실로 교묘하게 가려진 강대한 힘을 일시지간 행하는 것일 뿐이오!"

그는 하늘을 가리켰다.

"그 증거로 지금 마지막에 생기는 여신의 성표를 자세히 보시오! 비슷하나 다를 것이오!"

그것은 전대의 고신인 에프티온의 성표. 매우 닮았지만 같지 않았다.

과연이라는 의문에 모두가 눈부심을 무릅쓰고 하늘을 올려다보았다. 하지만 여신의 성표가 드러나는 순간 너무나 강한 빛이 하늘을 가득 메웠다.

"크윽."

여기저기서 신음 소리가 들리고 빛은 한순간에 사라졌다. 뭇 사제들이 정신 못 차리고 있는 상황에서 알바트로 7세가 위엄있게 외쳤다.

"모두 보았는가! 마녀는 마계에서 강대한 힘을 받았다. 하나 그것은 거짓됨이니, 여신의 성표만은 완전히 흉내 낼 수 없었음이다! 이로써 모든 게 분명해졌다. 그녀는 강하고도 두려운 존재이지만 여신의 적이다! 믿음있는 자라면 마땅히 싸울 것이다!"

그때부터 대공회의 나머지는 휘네인을 성토하고 성전을 격려하는 것으로 채워졌다. 하지만 그날 일정이 끝난 후 각 고위 사제들은 자기의 숙소로 돌아가면서 제각기 의문을 품었다.

정말로 성표의 모습이 달랐던가? 너무 눈이 부서서 제대로 보지 못했다. 아니, 빛에 가려 성표 자체가 완전히 드러나지도 않았던 듯했다. 하지만 옆에 이에게 너는 보았냐고 묻는 것도 위험한 일이었다.

그리고 교황은 가르디엘, 오직 가르디엘만을 따로 불렀다. 로사미어조차 부르지 않았다.

"성하, 부르셨습니까."

"어서 오게. 오늘 수고하였네."

"아니옵니다, 성하."

기본적인 인사를 주고받고서 알바트로 7세는 한동안 침묵했다. 그저 습관처럼 의자 팔걸이만을 톡톡 쳤다. 한참 동안 생각하던 그가 마침내 나지막한 소리로 물었다.

"가르디엘, 그녀가 행한 거짓 저스티카의 마지막 성표가 여신의 성표와 분명히 달랐겠지?"

"그렇습니다, 성하. 안심하옵소서."

가르디엘은 고개 숙였다. 사실 제대로 본 이는 없을 것이었다. 당장은 수긍하는 척했지만 서서히 누구 제대로 보았냐는 의문이 떠돌겠지. 하지만 그게 진짜 빛의 검인만큼이나 그건 여신의 물건은 아니었다.

증명할 수 없을 뿐 사실이었다.

"좋아. 그거면 충분하네. 정말로 수고했네. 그만 나가보고 네타샤 추기경을 불러오게."

"네타샤를 말입니까?"

"그래. 그와 독대하겠네."

"알겠습니다."

가르디엘은 조용히 물러났다. 네타샤를 기다리며 알바트로 7세는 조용히 중얼거렸다.

"가르디엘을 못 믿는 건 아니나 보여주기 위한 증거가 너무 약하니 어쩔 수 없지. 다소의 위험을 무릅쓸 수밖에."

본디 프렌즈의 교구에서 일하던 네타샤 추기경이 알바트로 7세에게 예를 표했다. 신성력보다는 정치적인 감각이 뛰어나다는 평을 받는 그였다.

"잘 왔네, 네타샤. 그대가 비밀리에 해주어야 할 일이 있네."

"비밀리에 말입니까?"

"그래. 다른 누구도 몰라야 하네. 결코 알려져서는 안 될 일이야."

"말씀하십시오, 성하. 제 한목숨 바쳐 비밀을 수호하며 행하겠습니다."

난세란 곧 어마어마한 출세의 기회이기도 했다. 좋은 예감을 받으며 네타샤는 미소 지었다.

"증거를 만들어야겠어."

"증거라 하시면?"

"휘네인이 가짜라는 증거. 고대의 예언이라든지 유물이라든지 무엇이든 좋네. 확실하게 만들어야 하네. 단, 그렇다고 너무 많아서도 안 되겠지. 갑자기 쏟아지면 의심을 살 테니 말일세. 딱 적정한 선에서 완벽한 증거들을 만들어 자연스럽게 드러나도록 하게. 내 말 알겠나?"

알바트로 7세가 낮게, 매우 낮게 말했다. 네타샤는 다시 한 번 고개 숙이며 조용히 대답했다.

"조금의 시일만 기다리시면 만족하게 되실 것입니다. 맡겨주십시오."

"물러가게. 자네를 믿어보지."

네타샤까지 보내고서 알바트로 7세는 손을 꼭 쥐었다. 휘네인 아네시스, 그리고 그녀 주위로 모여든 자들.

"감히 이단의 무리들이 여신의 뜻을 거스르며 내게 거역해? 용서하지 않겠노라. 모조리 멸하리라."

그는 성표를 잡으며 기도했다.

"여신이시여. 당신의 종이 미천하여 이제야 그 신탁의 뜻을 알았나이다. 저 거짓 선지자와 그를 따르는 무리들이 세상의 절반을 쥐고 도전해 올 것이니 이에 대비하라 하신 것을 제가 어리석어 이제야 알았나이다."

그럼에도 아직도 미혹되는 자 있으니.

"진실을 알리기 위해 사실을 날조할 수밖에 없음이라."

그의 기도가 깊어갔다.

＊　　　　＊　　　　＊

아뮤니엘은 더할 나위 없이 자애로운 미소를 한 채 천계의 하층 구역을 시찰했다. 그녀를 맞이하기 위해 선발된 하층민들이 열렬히 환영

했다. 시찰 예정 장소로 통보받고는 싹 밀린 거리는 깨끗했다.

"요즘 이들의 삶이 어떠한가?"

아뮤니엘의 물음에 수행 천사가 바로 대답했다.

"거룩하신 여신님의 인도로 모두 다 이전과 변함없이 더할 나위 없이 지고의 복락을 누리며 행복한 나날을 보내고 있습니다."

"당연히 그러하겠지."

"여신님을 환영하기 위해 어린 자매들이 특별히 꽃을 준비했습니다."

"기쁜 마음으로 받겠노라."

아뮤니엘이 허락하자 어린 하층민 하나가 꽃다발을 들고 다가와 바쳤다. 아뮤니엘은 즐겁게 웃었다.

"오호호호. 너희가 이토록이나 나를 경배하니 내 어찌 보답이 없겠느냐."

아뮤니엘은 죽 늘어선 자들 중의 하나를 지목했다.

"그대. 이리 나오너라."

"어… 어쩐 일로 이 미천한 몸을 부르셨나이까."

하층민이 겁에 질려 아뮤니엘 앞으로 나와 엎드렸다.

"이것을 선물로 주마. 받거라."

아뮤니엘이 끼고 있던 반지 중 하나를 빼내 주었다. 하층민이 화들짝 놀라며 반지를 받다가 그만 떨어뜨렸다. 바닥에 나뒹구는 자신의 반지를 보며 아뮤니엘이 눈살을 찌푸렸다.

"용… 용서하십시오! 그만 실수로 떨어뜨렸나이다!"

"일어나거라. 네 어찌 그리도 떠느냐."

"여신께서 화나시어 제게 벌을 내릴까 두려워서, 부디 용서하소서."

발발 떠는 하층민을 보며 아뮤니엘이 혀를 찼다.

"너는 내가 자애로운 여신임을 몰랐더냐? 어찌 이런 실수로 내가 너를 벌하리라 두려워한 것이냐."

"용서하십시오. 제가 잘못했나이다."

제대로 배운 것도 없는 그는 그저 잘못했다고 빌었다. 하지만 아뮤니엘은 더욱 인상을 찌푸렸다.

"쯧. 실수는 아무것도 아니다. 하나 내가 용서하지 않을까 두려워하다니 이는 나의 자애로움을 의심한 것 아니냐. 이는 용서할 수 없도다. 여봐라."

"네."

수행 천사가 즉각 대답했다.

"저 불신하는 놈을 당장 불구덩이에 던져 넣어라."

"알겠습니다."

"여신이시여! 제발 용서해 주십시오! 제발! 읍!"

그대로 입을 막힌 채 남자는 근위 천사들에게 끌려가 사라졌다. 아뮤니엘이 기분 나쁘다는 듯 고개를 저었다.

"불쾌하도다. 아직 이 천계에 나를 의심하는 이가 있다니. 이만 시찰을 끝내고 돌아가겠다."

"모시겠습니다."

여신이 돌아가고 나서 모여든 군중 사이에서 큰 싸움이 벌어졌다. 시찰이 끝났으니 다시 굶주릴 상황이었는데 반지 하나면 그럴 걱정이 없었다. 서로 차지하기 위해서 죽고 죽이는 대혼란이 벌어졌다.

자기 궁전에 돌아온 아뮤니엘은 변함없이 자신의 영광과 자애를 찬

양하는 성가대의 노래를 들으며 쉬었다. 그런 그녀를 보며 수행 천사
는 방금 들어온 보고를 올릴까 말까 망설였다.

"새로운 해방지마다 내 신전을 세우는 일은 잘되어가느냐?"

"물론입니다. 해방된 이들이 여신의 자애에 감격하여 자발적으로 재
료와 노동을 제공하는지라 매우 쉽게 되고 있습니다."

"오호호. 당연히 그러하겠지. 마계의 억압으로부터 해방되어 만민
이 내 아래 평등하고 자유로운 천계의 지도를 받게 되었으니 어찌 감
격하지 않을까."

아뮤니엘이 기분 좋게 웃자 수행 천사는 결정을 했다. 지금이 타이
밍이었다.

"하온데 제8물질계에 약간의 문제가 생겼다는 보고가 올라왔습니
다."

"무슨 문제인가?"

"그것이 신탁의 수행 방법을 놓고 두 파로 갈라져서 싸우고 있다 합
니다. 한 파는 성전을 수행할 군대를 만들기에 앞서 조금이라도 믿음
이 부족한 무리를 다 없애야 한다 하고, 다른 파는 그런 이들에게 기회
를 주고 회개시켜야 한다고 한답니다. 분열이 심각해진 모양인데 어찌
하올지요?"

"흠."

천사의 말에 아뮤니엘은 잠깐 생각하다가 자애롭게 웃었다.

"내버려 두어라."

"네?"

"그냥 내버려 두어라. 놔두면 서로 다투면서 나에 대한 믿음을 더
열심히 증명하려 할 것이 아니냐. 잘되었구나."

"하오나……."

말하고 나서 천사는 아차 했다. 감히 여신의 말에 토를 달다니. 인간들을 모아 마계와의 전쟁에 써먹는다는 계획이야 알게 뭔가. 어차피 지금 그럭저럭 잘 싸워 나가고 있으니까 전선에 나간 전투 담당들이 알아서 하겠지.

"실로 탁견이십니다. 이로써 인간들은 더욱 열렬히 여신님의 이름을 외칠 것입니다."

"오호호호."

아뮤니엘은 무척 흡족해서 웃었다. 온 차원이 그녀를 경배하며 엎드릴 날도 머지않았다. 쓰잘데기없이 멍청한 마황 따위 봉인해 버리고 전쟁을 일으킨 건 정말 잘한 일이었다.

여신은 우아하고 고상하게 누워 정원을 바라보았다. 거대한 결계 속에 마황 카피틀리온의 본체가 잠들어 있었다.

"제8물질계라."

명색이 마황 최후의 발악인데 그 정도쯤은 던져 줘야겠지. 그녀의 미소는 더욱 우아해졌다.

＊　　　　＊　　　　＊

"이스파나에 오신 것을 환영합니다. 성녀와 그 일행이시여."

"휘네인은 지금 기절 중이니 대신 그 인사를 받도록 하지."

완벽한 미소를 지어 보이는 엘리자나 여왕을 향해 카피는 완벽한 무뚝뚝함으로 대답했다.

"호호. 아무래도 전송의 충격이 컸나 보군요. 알겠습니다. 일단 숙소로 모실 테니 편히 쉬시지요."

"고맙군."

정중하게 대해주는데도 끝까지 반말하는 카피 때문에 엘리자나 여왕은 드러나지 않게 눈살을 찌푸렸다. 그 아버지도 자신 앞에서 예를 갖추건만 젊은 놈이 건방지게 말이다. 하지만 자신이 직접 나서는 건 품위를 손상시키는 일, 그녀는 살짝 옆에 수행하고 있던 시종장에게 눈짓했다.

"무례하십니다. 여왕 폐하께서 예를 갖추시는데 어찌 그대는 함부로 나오시오."

시종장이 따지고 들자 카피는 흘긋 엘리자나 여왕을 보았다. 로이가 그 말에 발끈했다.

"일국의 여왕."

"그만."

따위가라는 말이 나오기 직전에 카피가 제지시켰다.

"그렇군. 실례했습니다, 여왕 폐하. 경황 중에 정신이 없었군요."

카피가 정중하게 고개 숙이자 엘리자나 여왕은 끝까지 미소 지었다.

"천만에요. 그 험지에서 성녀를 데리고 탈출하는 것이 어찌 쉬운 일이었겠습니까. 일단 오늘은 쉬시고 내일 앞일에 대해 논의하도록 하지요."

"배려에 감사드립니다."

"성녀 일행 분들을 숙소로 모셔라."

시종이 소리 내지 않고 조용히 고개 숙인 후 손짓으로 카피에게 한 쪽을 가리켰다.

"가자."

카피가 앞장서서 휘네인을 든 채 시종을 따라갔다. 켈스는 로이와 함께 뒤를 따르면서 엘리자나 여왕을 흘끗거렸다.

'여왕이라더니 뭐가 다르긴 다르네. 40대라고 들었는데 30대로도 안 보이는 미모라니.'

휘네인도 나름대로 예쁜 축이긴 하지만 그녀가 들판에 핀 이름 없는 야생화라면 엘리자나 여왕은 말 그대로 화사한 장미였다. 거기다가 이 시대 최강을 다투는 마력을 지닌 이스파나의 지배자. 이런 인물을 바로 앞에서 보게 되고 손님 대접 받게 될 줄이야.

"이기는 쪽에 붙어라."

카피의 말이 그의 머릿속을 스치고 지나갔다. 정말로 그렇게 될지도 몰랐다.

'하지만 프렌즈는 이스파나보다 강하고 이스테리는 에일랜드보다 강한데, 그럼 여전히 교단 쪽이 더 강한 거 아닌가? 네프티알도 에테인 대공가를 제외하면 다 교단 쪽이라던데.'

그러나 달랑 네 명이서 교단에 맞서보겠다고 하던 때에 비하면 엄청난 발전인 건 분명했다. 그리고 카피에게는…

'뭔가 있어. 저 자식.'

소드 마스터인 거야 안다. 하지만 그게 다가 아니었다. 마력도 없는데 머리 터지도록 들어온 지식을 어디 쓰냐고 처음에 한탄했지만 어느 순간부터 보이지 않던 각종 흐름을 잘 느낄 수 있었다. 그리고 그게 뭔지는 잘 모르겠지만 카피는 그 이상의 무엇이 있다는 느낌을 주었다.

“넌 이단이다.”

교황이 말한다.

“아니에요.”

휘네인은 고개 저었다.

“네 성검은 가짜다. 마계에서 준 것이야.”

가르디엘이 고발한다.

“그렇지 않아요.”

휘네인은 호소했다.

“마녀. 마녀. 마녀. 마녀.”

얼굴을 보이지 않는 수많은 이들이 손가락질한다.

“아냐. 난 여신을 버리지 않았어! 그분의 가르침대로 불쌍한 이들을 지키려 한 것뿐이야!”

휘네인은 절규했다.

“너무 겁먹지 마라. 여신이 너를 버린다면 내가 대신 받아주겠다. 지금 당장은 무리지만, 나중에 받아줄 테니 걱정 마라.”

단단하면서도 포근한 누군가의 품이 그녀를 부드럽게 안아왔다.

‘누구? 가르디엘 선생님?’

휘네인은 다시 잠들었다.

카피는 그녀를 편하게 눕혔다.

“사실 지금 조금 의심스럽다. 네가 내 진실한 신분을 믿고 있는지 아니면 믿는 척하는 것인지 불분명한 구석이 그 뒤 많이 발견되었다. 하지만 어느 쪽이든 좋다. 네 덕에 제8물질계는 완전히 두 조각 났으니까. 넌 계약을 충실히 이행해 주었다. 이제는 내가 약속을 지키지.”

카피는 뒤돌아섰다.

"단지 하나 걱정되는 것은 네가 여신을 따르는 것과 대다수 약한 인간을 동정하는 상호 모순된 소망을 지니고 있다는 건데……."

그는 걸음을 옮겼다. 전자를 택한다면 결국에는 넌 내 적이다. 그러나 후자를 택한다면…….

당당한 걸음으로 걸어 들어오는 카피를 보며 엘리자나 여왕은 미소 지었다.

'에테인 대공이 후계자 하나는 잘 두었군.'

그 지위에 있으면서도 자식이 하나뿐이라 안되었다 했더니 그렇지도 않은 모양이었다. 어차피 작위를 물려줄 건 한 명. 쭉정이만 열 명 있는 것보다야 제대로 된 자 한 명이 나왔다. 거기다가 지금 이 순간은 누가 뭐라고 해도 '빛의 검'을 실제로 소유하고 있는 자니까.

"밤새 잘 쉬셨나요?"

"배려에 감사드립니다."

"성녀께서는 아직 안 일어나셨나 보군요."

"정신적 충격이 큰 모양입니다."

예상외였다. 자신이 다스리지 않는 영역에 속하지만 강한 정신을 지닌 여자라고 생각했는데, 교단과의 교섭이 실패한 게 그렇게 충격적이었나? 이미 자신이 사전 예상까지 해주었는데.

'정말로 한 번도 제대로 예측할 수가 없군.'

"그것참 유감이군요. 그런데 성녀가 없어도 카플레스 경께서는 빛의 검을 다루실 수 있는 모양이죠?"

"물론입니다."

엘리자나 여왕은 미소 지었다. 그렇다면 성녀가 좀 오래 누워 있어도 별 상관 없었다. 물론 최소한 얼굴 정도는 한두 번 비치면서 병사들을 격려는 해주어야겠지만 말이다. 그것도 정 안 되면 대역을 세울 수 있는 문제이니 괜찮았다.

"조금 있으면 에일랜드의 휴르안 왕과 네프티알의 에테인 대공께서도 그 모습을 드러낼 것입니다."

물론 마법의 힘을 빌려 전송하는 환영이지만 말이다.

"이스파나. 에일랜드. 에테인 공국. 그리고 성검의 용사들. 반교황 동맹의 핵심 수뇌부 간에 가지는 첫 전략 회의군요."

"제가 없는 데서 이미 세 세력 간에 충분한 논의가 오간 것으로 알고 있습니다."

"물론 그야 그렇지요. 이런 일을 준비없이 시작할 수는 없는 것 아니겠습니까. 하지만 경께서 보다 좋은 의견이 있으시다면 기탄없이 말하도록 하세요. 물론 우리가 짠 계획이 최선이라 생각되시면 협조해 주시기를 바랍니다."

어차피 아버지인 대공이 버티고 선 이상 완전히 장기 말로만 부려먹는 건 불가능하겠지만, 상징은 어디까지나 상징으로 충분했다. 주도권은 결코 내줄 수 없었다.

부채를 접고 우아하게 미소 짓는 엘리자나 여왕에게 카피는 살짝 고개 숙였다.

"그렇게 하겠습니다."

잠시 뒤 비어 있던 두 개의 의자에서 빛이 나더니 에테인 대공과 휴르안 8세의 모습이 나타났다. 의례적인 인사가 오고 가고 휴르안 8세가 카피를 보며 대소했다.

"핫하. 실로 호쾌한 탈출극이라 들었소이다. 직접 보지 못한 게 유감이오.”

“그렇게 볼 만한 것은 아니었을 겁니다.”

너무 자세히 봐도 곤란하고 말이다.

“자, 일단 현재 전력부터 설명드려야겠군. 누가 하시겠소?”

“괜찮으시다면 휴르안 8세 폐하께서 해주시지요.”

엘리자나 여왕이 권하자 에테인 대공도 찬성했다.

“그게 좋겠소이다.”

“좋소. 그럼 내가 하겠소. 기본 전략은 간단하오. 방어전이오.”

“방어전이라 하셨습니까?”

카피가 되물었다. 그의 입가로 아주 짧은 순간 미소가 지나갔다.

“그렇소. 현재 상황은 교단이 우리를 이단으로 지목하여 토벌전을 펼쳐야 하는 상황이오. 달리 말하면 버티다가 적당한 선에서 휴전만 이끌어내도 우리의 목적은 달성하는 것이오. 교단의 권위는 실추될 테고, 프렌즈와 이스테리가 우위에 서는 국제 관계도 재편될 것이오. 아, 물론 네프티알의 다음 왕위 계승에 대한 문제도 잊지 않고 있소이다.”

휴르안 8세의 말을 이어 엘리자나 여왕이 입을 열었다.

“어떤가요? 시간을 끌면서 공작을 한다면 교단 내에서 이탈자도 제법 나올 테고, 방어전이라면 다소간의 전력 약세는 문제가 안 되죠. 에테인 대공께서도 찬성하신 의견인데 카플레스 경의 생각은?”

“이해할 수 없군요.”

일견 무심한 듯한 카피의 어조는 오히려 더 도발적이었다. 다른 셋이 표정을 바꾸거나 하지는 않았지만 눈빛이 바뀌었다.

“무슨 뜻이신지?”

“국운을 모조리 걸고 벌이는 전쟁 아니었습니까? 그 정도로 과감하게 배팅을 해놓고 판정승을 거두는 정도로 만족하시려 한 겁니까? 다들 욕심이 없는 분이군요. 설마 정말로 성녀를 받들어 여신의 뜻을 펼치자는 순수한 마음으로만 협력하신 겁니까?"

"허. 성검의 주인께서 그리 말하실 줄은 몰랐소."

휴르안 8세가 의외라는 듯 말했다.

"내가 보는 건 현실이니까."

그랬기에 오늘날 자신이 자리를 비웠음에도 천계에 밀리지 않고 싸울 수 있는 마계를 만들 수 있었던 것이고.

"호. 그래서 그 현실적인 눈으로 뭘 보신 거지요?"

엘리자나 여왕이 재밌다는 눈초리로 물었다.

"완전한 승리."

카피는 지도를 펼치면서 손으로 바다를 짚었다.

"에프레헨 해의 제해권과 무역권은 에일랜드가 차지한다."

그는 다시 땅을 짚었다.

"남 프렌즈의 세스틸 산맥 이남은 이스파나가 차지하고."

네프티알 전체를 그의 손이 덮었다.

"네프티알의 왕위는 계승제로 바뀐다."

호기로운 카피의 말에 아주 잠깐 회의장에 침묵이 돌았다. 각자의 숙원 사업을 카피는 정확히 짚었다. 단지 지금껏 이룰 수 없었던 꿈인 것이 문제지.

"오호호호! 좋군요, 아주 좋아요. 하지만 어떤 계획이든 그걸 이룰 방안이 없으면 헛된 망상에 불과하지요. 그 정도로 철저하게 승리를 거둘 방안이 있나요? 객관적으로 말해서 우리 쪽 세력이 저쪽보다 다소 열세인 것은 사실일 텐데요?"

"농부의 손에 들린 명검과 소드 마스터의 손에 들린 나뭇가지 중 어느 쪽이 더 무서울 거 같나?"

어느새 카피의 말은 반말로 바뀌어 있었다.

"후. 자신감 넘치는군요. 적국에도 바보만 있지 않답니다."

"그건 상대적인 것이다. 총지휘권을 내게 넘겨라. 대신에 완전한 승리를 주지."

"카플레스 경, 그만 하게. 지나치네."

에테인 대공이 보다 못해 나서 말렸다. 정작 여유롭게 웃은 건 엘리자나 여왕이었다.

"생각보다 달변이시군요. 하지만 완전한 승리를 말할 정도로 스스로의 역량에 자신있다면 말 한마디로 전군 지휘권을 가져갈 수 없다는 것 정도도 아시겠죠?"

엘리자나의 웃음에 카피가 고요한 눈길을 돌리며 하나씩 하나씩 교대로 눈을 맞추었다. 순간 세 인간은 똑같은 생각을 했다. 이건 대체 뭔가? 무릎을 굽히는 건 고사하고 고개조차 숙여본 일은 손에 꼽히는 생을 살아온 그들이었다. 제각기 한 세력의 수장이자 스스로도 강한 힘을 지니고 있었다. 그럼에도 카피의 눈에는 느껴본 적 없는 무게감이 있었다. 이건 교황을 상대할 때보다 더했다.

"네프티알은 한 달이 지나기 전에 대공가 아래 합쳐질 것이다."

카피는 간단히 선언했다. 그건 '마황'으로서 말이었다.

회의장에는 긴 침묵이 돌았다. 그냥 허장성세라고 하기에는 기이할 정도로 카피의 말에 무게감이 있었다. 그가 그렇게 말한 이상 그렇게 될 것이라는 믿음이 저절로 들었다. 한참의 시간이 흐르고서 겨우 최면 같은 압박감에서 벗어난 엘리자나 여왕이 물었다.

"성녀와 함께 성물을 찾는 동안 에테인 대공가가 많이 고립되었다는 사실을 모르시는 건가요?"

"알고 있다. 그러니 하는 말이다. 네프티알을 깨끗이 정리해 버리면 그대들의 전략도 다시 짤 수 있겠지. 안 그런가?"

물론 그랬다. 다른 이들의 예상을 뒤엎고 네프티알이 단번에 에테인 대공가 아래 통일되어 버리면 프렌즈를 후방에서부터 압박할 수 있었다. 그건 이스파나와 에일랜드로서도 다른 생각이 슬며시 들게 만들 상황이었다. 가능하냐가 문제였지.

"후우. 좋아요. 일단은 그대의 말을 믿지 않은 채 전략을 진행하겠어요. 하지만 정말로 네프티알 전선이 깨끗해진다면 다시 회의를 못할 이유는 어디에도 없겠죠. 두 분 생각은 어떠신가요?"

마음 한구석 이대로 카피를 믿고 지휘권을 바치고 싶어지는 자신을 엘리자나 여왕은 갈고닦은 자긍심으로 지그시 눌렀다. 신검의 주인에게 이렇게 강한 패왕의 카리스마가 있는 줄은 미처 몰랐지만, 자신도 이스파나의 별이라 불리는 몸. 이 이상의 추한 모습은 절대 보일 수 없었다.

"에일랜드로서도 그렇게 되기만 한다면야."

휴르안 8세는 아직도 말을 더듬거렸다.

"대공은?"

"…믿고 지휘권을 넘겨보겠소."

대체 그의 아들은 집을 나간 동안 무엇이 되었던 건가. 대공은 알 수가 없었다.

"고맙군. 결과로서 증명해 주지. 여왕 폐하, 네프티알로 재전송을 부탁드리지요. 시간이 없습니다."

카피의 말투가 다시 정중하게 돌아오자 비로소 세 명은 사면받은 기분이었다. 결코 인정하고 싶지는 않았지만.

"아무리 그래도 당장은 불가능해요. 삼 일 정도의 준비 기간을 주시지요. 대공 측에서도 준비를 해야 할 테고."

"알겠습니다. 그러면 그 삼 일 동안 에테인 대공께서 행하실 바를 미리 지시드리지요."

뒤이어 카피는 대공에게 일련의 군사 이동을 말했다. 카피의 말을 들어나가던 삼 인의 안색이 점점 변했다.

"그… 그건!"

"그 정도는 이행하실 역량이 있으신 걸로 믿습니다."

"하지만 그런 다음에 어쩌려고……."

"미리 알려 드리지 않는 게 좋을 거 같군요. 그럼 이만."

카피가 나가자 여왕은 기막히다는 듯 대공을 보았다.

"정말 허를 찌르는 작전이군요. 문제는 그 다음에 어쩌냐는 건데, 대공은 지금도 그를 믿어볼 작정인가요?"

"합리적으로 생각한다면 분명 어리석은 일이지만, 때로는 감에 의존해야 할 때가 있는 법이지요. 믿어본 이상 끝까지 가볼까 합니다."

"할 수 없군요. 대공께서 그러신다니."

말하면서도 엘리자나 여왕은 속으로 쓴웃음을 지었다. 지금 카피가 하지는 대로 했다가 잘못되면 에테인 대공군은 순식간에 무너질 것이었다. 그런데도 강하게 막지 않는 건 절대로 대공의 의사를 존중하는 차원에서가 아니었다.

그보다는…….

'뭐 좋아. 세스틸 산맥 이남을 얻고 싶다면 나도 도박을 해야겠지.'

카피에게 순간적으로 압도당했다고는 인정할 수 없었다.

휘네인이 정신을 처음 차렸을 때 눈에 들어온 것은 자신을 내려다보고 있는 카피의 얼굴이었다. 간호하는 사람의 얼굴이라기에는 너무나 담담했지만 그가 꽤 긴 시간 동안 자신의 옆에 붙어 있었으리라는 것을 휘네인은 직감했다.

"카피?"

"정신이 드나? 다행이군."

"걱정했어요?"

"아니. 걱정하진 않았다. 정신적인 충격이 있을 뿐 실질적인 부상은 없으니까 시간이 지나면 자연적으로 회복하리란 것은 충분히 예측했었으니까. 혹시 내가 고려하지 않은 변수가 있어 깨어나지 못하는 것 아닌가 하는 것에 대해서 검토하면서 다소 불안하긴 했었지만."

한마디면 될 걸 자세하게 설명하는 카피를 보며 휘네인은 살짝 미소지었다. 이 남자, 이럴 때는 의외로 귀여워 보인다는 걸 스스로는 알까?

"그게 걱정했다는 거잖아요."

"음."

카피는 잠깐 생각하다가 고개를 끄덕이며 인정했다.

"그렇군."

"호호. 고마워요."

웃으면서 자리에 일어난 휘네인은 기절하기 전 있었던 일들이 떠오르자 도로 어두워졌다.

"카피, 제가 기절해 있는 동안 어떻게 되었죠?"

"교황은 네 편을 든 이스파나와 에일랜드, 에테인 공국을 이단으로 지목해 파문했다. 그 땅에 속하는 모든 이들은 저주받을 것이며 육신은 썩어 문드러지고 영혼은 지옥에 떨어지리라고 선포했다."

"그런……."

휘네인은 힘이 쭉 빠지는 걸 느끼며 침대 기둥에 몸을 기댔다.

"그러면 이제 어떻게 되는 거죠?"

"전쟁이다. 형식적인 약간의 유예 기간이 주어졌지만 그건 실질적으로 상호간 준비를 하기 위한 기간이지. 이미 교황에 대한 변치 않는 충성을 선언한 프렌즈와 이스테리는 이스파나와 에일랜드에 대한 교역을 봉쇄했다. 네프티알에서는 국왕이 에테인 대공가를 반역죄로 지목하여 재판에 출두하지 않으면 토벌하겠노라고 발표했고."

말하기 좋아하는 이에게 시켰다면 굉장히 호들갑을 떨었을 내용들이었다. 카피는 날씨 얘기하듯 간단히 말했지만 대륙을 좌지우지하는 세력의 이름이 전부 다 나왔다.

'전쟁… 전쟁이라고?

그 단어가 의미하는 바가 조금씩 더 명확하게 휘네인에게 다가왔다. 사람과 사람이 서로를 죽이려고 드는 일. 나라와 나라 간의 부딪침. 살인하지 말라는 십계명이 완전히 무시되는 거대한 범죄. 사람들이 죽는다.

"그건 안 돼요!"

없는 기력을 억지로 짜낸 목소리가 방 안에 울려 퍼진다.

"물론 안 되지. 걱정하지 마라. 네게 약속한 대로 빠른 시간 내에 최소한의 희생으로 이겨 버릴 테니까."

승리라는 게 상대의 의지와 관계없이 자신의 의지 하에 있다는 듯 카피는 장담했다. 승리를 통한 부와 명예와 권력. 수많은 이들이 바라마지않는 그것이 휘네인의 몫이 될 거라고 카피는 약속했다.

그 전쟁의 끝에 휘네인은 원한다면 보석으로 깐 정원을 만들 수도 있을 것이다.

"누가 이기고 말고를 말하는 게 아니에요. 제가 말하는 건 전쟁 자체가 안 된다는 거예요!"

단지 사제 휘네인의 관심을 끄는 것은 보석의 빛이 아니라 그 아래 깔려 버린 꽃의 비명 소리임이 문제일 뿐.

"이미 결정된 일이다."

"지금이라도 말려야 해요."

"어떻게 말인가?"

카피의 물음에 휘네인은 말문이 막혔다. 전쟁은 나쁘다. 막아야 했다. 하지만 그건 정말 당연한 명제였음에도 현 상황에서 할 수 있는 방법이 그녀는 잘 떠오르지 않았다.

"교황 성하를 설득하면……."

"될 거 같나?"

"……."

휘네인은 고개를 떨구었다. 성검이 거짓이라고 몰아붙이던 가르디엘의 모습이 떠올랐다. 그에 응해 자신을 마녀라고 하던 교황의 모습도 떠올랐다.

"어째서 성하는 이렇게 하시는 거죠."

"자신의 이익과 여신의 정의. 두 가지 때문이겠지."

"그건……."

휘네인은 기둥을 잡았다. 기대고 있는데도 넘어질 거 같았다.

"적어도 자신의 이익 때문은 아닐 거예요."

뭐가 달라지는지는 알 수 없지만 그렇게 생각하고 싶었다. 하지만 여신의 정의 때문이라면 왜 성물을 부인한 걸까. 그것이야말로 신탁을 부정하는 일인데. 가르디엘 선생님은 어째서 그런 교황에 동조한 것일까. 설마 정말로 이 검이 가짜?

"카피, 우리가 얻은 빛의 검은 정말로 용사가 쓰던 검이 맞지요?"

"누구에게 받았는지 잊어버렸나."

"그랬죠……."

의심하기 시작하면 그 유령도 가짜였다고 의심할 수 있겠지만, 그건 자신의 앞에 나타난 천사까지 모든 걸 다 부정하는 것이었다. 아니, 다른 모든 건 부정한다 해도 하나만은 자신할 수 있었다. 죄없는 이들을 죽음으로 몰고 가는 건 절대로 여신의 뜻이 아니었다.

"이제 정말 성하가 어떤 생각인지 알 수가 없어요."

"그 나름대로는 천계의 계획을 충실히 이행하려는 것이겠지."

"천계의 계획이 뭔데요?"

"말 잘 듣는 인간들을 모아 전선에 소모품으로 사용하는 것. 개개가 강하진 않더라도 1회용 마법받이로는 충분하니까 희생양으로 삼을 예정이겠지."

"카피, 나 지금 농담할 기분 아니에요!"

천계가 인간을 소모품으로 생각한다니 말이 안 되는 소리였다. 휘네인이 소리 지르자 카피는 가볍게 어깨를 으쓱했다.

"안 믿겠다면 어쩔 수 없지."

그 담담한 모습에 휘네인은 한순간 불안해졌다. 카피의 말은 지금까지 한 번도 틀린 적이 없었다. 설마 이번에도.

'아냐. 없긴 뭐가 없어. 지금 하는 것 자체가 헛소리잖아.'

천계가 얼마나 인간을 사랑으로 잘 보살피는 곳인데 말이다.

"정말 이대로 전쟁이 일어나는 건가요?"

"확실하다."

"하지만 그렇게 되면 차라리 성검을 찾지 않은 것보다도 더 많은 사람이 죽잖아요."

"찾은 걸 후회하나?"

"그건……."

휘네인은 이번에도 대답하지 못했다. 사람들을 구하려고 성물을 찾았는데 그 때문에 전쟁이 일어난다? 그래서 더 많은 사람들이 죽는다?

아니다. 이건 아니다. 전쟁이라니. 절대로 그런 걸 바라고 성물을 찾지 않았다.

그럼 성물을 찾지 말았어야 하나? 하지만 그러면 그냥 아무것도 하지 않고 상황이 흘러가게 내버려 뒀어야 하나?

"만약에… 만약에 제가 성물을 찾지 않았다면, 그래서 이단 사냥이라는 게 계속되었다면 몇 명이 죽었을까요?"

"추정치를 얻기를 원하나? 두 시간 정도 기다려 준다면 과거 자료를 바탕으로 뽑아내 보지."

"아뇨… 되었어요."

이쪽이 저쪽보다 한 명을 더 살리니까 좋은 거다라는 건 진정한 답이 아니다. 정답은 어느 쪽도 죽지 않는 것. 하지만 그걸 도저히 이룰 수 없다면.

어찌해야 하나?

목에 걸린 성표는 아름답게 반짝인다. 하지만 아무 말도 하지 않는다.

"전력은 감안하지 않고 순수하게 목숨의 숫자만 따진다면 적진 않을 거다. 숙청이란 작게 시작해서 커져 간다는 게 과거 자료상 증명되어 있으니까."

두 시간이라는 처음 말과 달리 카피는 바로 얘기해 준다. 위로일까? 하지만 고맙다고 할 기력은 안 난다.

"그런 문제가 아니잖아요. 카피, 어떻게든 전쟁을 막을 방법이 정말 없을까요? 네?"

"내가 찾아내 줘야 할 책임은 없다."

여기까지 왔는데 전쟁이 일어나지 않으면 이쪽이 곤란해진다. 카피는 딱 잘라 거절했다.

"미안해요. 떼썼군요. 당신 잘못도 아닌데."

휘네인은 힘없이 고개를 숙이며 성표를 잡았다.

'여신이시여, 당신의 뜻은 어디에 있으신 건가요.'

내게 신탁을 내려 성물을 찾게 하신 것이 정녕 이러한 결과를 위해서이신가요? 당신의 깊은 뜻을 인간의 지혜로 헤아릴 수는 없겠지만 이건 너무나 어렵나이다.

"이제 당분간 네가 꼭 해야 할 일은 없다. 원하는 만큼 쉬어라."

카피는 뒤돌아섰다.

"카피."

"왜 부르나?"

"기다려 줄 수는 없겠죠?"

"저쪽이 기다리지 않을 거다."

"……."

"그럼 잘 쉬기를. 충고하자면 바꿀 수 없는 과거를 고민하기보다 바꿀 수 있는 미래를 고민하는 게 현명하다."

이대로 무너진다면 절반밖에 되지 않는다. 카피가 문을 닫고 나가자 휘네인은 얼굴을 파묻으며 울었다.

"흑……."

대체 어디서 잘못된 걸까.

"여신이시여……."

Chapter 4

네프티알 내전

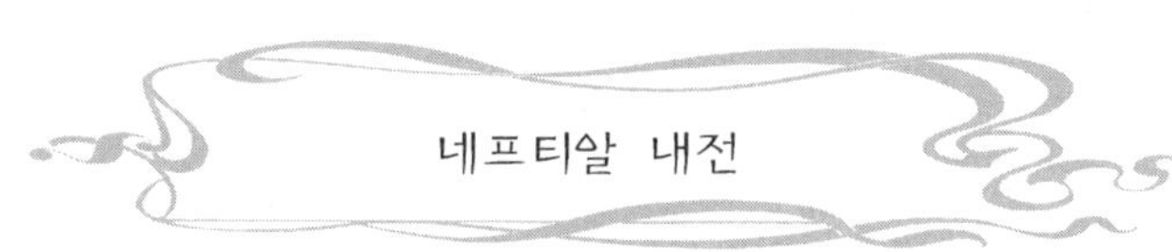

네프티알의 내전은 초반부터 다수의 예상과 전혀 다르게 전개되었다. 다른 귀족 가문에 포위된 처지인만큼 수비적으로 나올 거라는 일반적 예측과 달리 대공군은 역으로 치고 나왔다. 역적 에테인 가에 대한 토벌령을 발표하고 각 귀족들이 군대를 이끌고 모이기를 느긋이 기다리던 국왕군은 제대로 된 교전조차 못해보고 수도를 버린 채 도망쳤다.

"일단은 네 예측대로 되었구나."

텅 빈 수도를 앞에 두고서도 에테인 대공의 표정은 밝지 않았다. 적이 집결하기 전에 기동성있게 나아가서 수도를 빼앗는 데 성공하기는 했다. 그 결과 국왕과 그 지지 세력의 체면이 크게 손상받은 것도 사실이었다. 하지만 실질적인 이득이 없었다.

제대로 된 교전조차 안 하고 도망쳤다는 건 달리 말해 반격을 노리며 손실없이 퇴각했다는 의미이기도 했다. 비록 네프티알의 수도 베른이 물자가 풍부하고 교통의 요지이며 상징적 의미가 큰 곳이긴 해도 농성전을 벌이기에 적합한 지형은 아니었다.

"상대가 우리가 먼저 나오지 않을 거라고 방심한 건 그만한 이유가 있었기 때문이다. 그럼에도 불구하고 이렇게 한 이상 다음 수순은 생각해 두었겠지?"

"물론이다. 농성전을 벌이면 양쪽 모두 막대한 사상자만 내면서 후방에서 지원하는 일반 농민의 생활만 피폐하게 된다. 단기 결전을 통해 제압하는 편이 훨씬 깔끔하다."

"그 모든 건 이겼을 때 얘기가 아니냐. 적의 군세는 거의 우리의 두 배에 달한다. 야전에서 제압할 수 있겠느냐?"

에테인 대공이 걱정스레 물었다. 그건 공작으로서인 동시에 아버지로서였다. 비록 카피가 그를 아버지 대접하진 않았지만 그가 아들 취급하는 것에 반발하지도 않는 상태였다. 조금은 화해하게 된 것인가 기뻐도 해보지만 그것도 살아남았을 때 이야기. 현 상황은 위태롭기 그지없었다.

"그럴 생각이다. 그리고 두 배까지는 되지 않을 거라는 것 정도는 예측하지 못했나? 손을 쓰지 않고 있나?"

카피의 물음에 에테인 대공은 쓴웃음을 지었다. 기대 많던 아들이긴 했지만 정말 무서울 정도로 커서 돌아왔다.

"그래, 두 배까지는 되지 않을 거다. 그런 면에서는 이번 작전이 성공적이었지."

적은 일사불란한 하나의 조직이 아니었다. 지금은 대세를 따라 국왕 측, 정확히는 그 뒤의 프레이 가에 붙었지만 얼마 전까지 자신 쪽에 붙었던 가문도 한둘이 아니었다. 기세 좋게 나가는 에테인 대공가를 보면서 벌써 계산을 다시 하며 눈치를 보기 시작하는 이들이 상당했다.

2배라는 건 단순히 각 귀족이 보유한 머릿수의 합일 뿐, 실제로는 자신의 사병을 아껴 일부만 국왕에게 보내고 마는 자들도 상당할 터였다. 정확히는 그리되도록 에테인 대공이 뒤에서 손쓰고 있었다.

'그렇다 해도 1.5배는 될 터. 국왕군과 프레이 가의 군대에 다른 귀족이 조금씩 보낸 군대만 대충 합쳐도 야전의 승리가 쉽지만은 않을 것을 진정 자신하는 건가.'

에테인 대공의 타는 속을 아는 건지 모르는 건지 카피는 속 시원하게 설명해 주질 않았다. 하다못해 무슨 작전인지 정도라도 얘기해 줄 수 있을 것을 왜 이리 비밀로 하는 건지 원.

"그리고 민심의 수습에도 신경 써야 하지 않겠느냐? 성녀가 나서줘야 할 부분인데."

"그녀는 지금 이 전쟁 자체가 싫어서 틀어박혀 있다. 협조해 줄지 모르겠군."

"난 괜찮아요, 카피."

군막의 문을 열고 들어오며 휘네인이 대답했다.

"일어난 건가?"

두 부자의 시선을 받으며 휘네인은 잔잔하게 웃었다.

"네."

"결론을 내렸나?"

휘네인은 고개를 저었다. 웃음 사이로 아픔이 배어 나왔다.

"아직은 답을 모르겠어요. 더 기도해야죠. 하지만 아무것도 안 하고 있을 수는 없으니까 당장 할 수 있는 건 할래요."

여신의 뜻을 모르겠다 하여 물에 떠내려가는 사람을 지켜만 보고 있을 수는 없는 거니까.

"말해봐요, 카피. 내가 무엇을 하면 이번 전쟁의 피해를 최소화할 수 있죠?"

"며칠 뒤의 전투 자체는 우리의 승리로 끝날 거다. 하지만 그 다음이 문제지. 산발적인 저항을 힘으로 누르는 건 하책. 이쪽을 받아들이는 게 유리하다고 판단하게 만드는 게 중요하다."

"이단 사냥에서 안전해졌다는 것을 사람들에게 이야기할까요?"

그것만큼은 지금도 자신있게 말할 수 있다.

"아니, 그것만으론 안 돼. 좀 더 현실적인 선물이 필요해. 면죄부와 이단 재판의 정지. 그리고 십일조, 결혼세, 출산세, 사망세의 폐지. 이 정도가 좋겠군."

카피가 처음 두 가지를 말할 때만 해도 그러려니 하고 듣던 두 사람은 뒷말에는 완전히 경악해 버렸다. 심지어는 에테인 대공조차 당황해서 순간적으로 말을 더듬거리며 반문했다.

"그… 그걸 다 폐지하면 교단은 무엇으로 꾸린단 말이냐?"

"어차피 그 돈을 모아서 교황에게 보내줄 것도 아니지 않은가."

물론 그야 그렇다.

"하지만 차후에 휘네인 예하께서 교단에 명예롭게 복귀하실 때 교단을 꾸리려면 자금이 있어야 하지 않겠느냐."

휘네인이 교황의 뒤를 잇게 되든, 아니면 아예 현 동맹군의 영역만을 관할하는 신 교단의 초대 교황이 되든 간에 조직에는 돈이 필요했다.

현 교단에서 벗어나고자 반란을 일으킨 동맹군이라지만 아예 교단

자체를 없앤다 같은 생각은 누구도 하지 못했다. 이스파나의 여왕도 에일랜드의 왕도 그냥 교단의 정치권력적인 힘이 약화되는 것을 바랐지 휘네인의 주머니까지 털 생각은 감히 하지 않았다. 그건 너무나 오랜 세월 당연하게 교단의 권리였다.

"돈이 많이 필요한가?"

"그건……."

휘네인도 이번만큼은 1초 만에 바로 답이 나오질 않았다. 한 번도 생각 자체를 안 해본 문제였다.

'돈? 그야 물론 있긴 있어야 하지만…….'

사제도 먹어야 하고, 신전도 유지 보수하려면 그것도 돈이 필요하고, 성기사들 무구나 말도 돈이 있어야 하고, 또 예배라도 한 번 보려면 그것도 돈이고.

면죄부라는 희대의 발명품을 교황이 손수 개발하게 된 계기도 돈이 필요해서였으니.

"그대가 반대한다면 어쩔 수 없고."

아니면 말고라는 식으로 물러섰지만 카피는 이번만큼은 휘네인이 자신의 예측대로 나올 거라 자신했다.

"생각할 시간을 주세요."

"그러지."

카피는 조용히 고개를 끄덕였다. 그 모습을 보며 에테인 대공은 휘네인이 전부는 아닐지라도 저 중 상당 부분을 줄이거나 없애는 데 동의할 것을 예감했다.

'실로 엄청난 한 수로다.'

기본적인 십일조에 이런저런 명목으로 바치게 되는 '사례금=세금'

을 합치면 평민이나 귀족이나 할 거 없이 대충 수입의 1/5 정도를 교단
에 내놓아야 했다. 괜히 교단이 각국의 왕실보다도 더 부자인 게 아니
었다.

'그걸 상당 부분 포기한다?

얼마나 많은 이들이 '신성사제' 쪽이 진짜이길 바라게 될까.

'하지만 이 사제가 정말로 포기할 수 있단 말인가?

카피의 장담대로 된다면 그 돈이 결국 다 자신의 미래 수입원이라는
걸 모르진 않을 텐데. 전쟁도 다 얻고자 하는 게 있으니까 하는 건데,
그걸 초장부터 포기한다는 게 가능한 일이란 말인가.

'이번만큼은 아들 녀석이 헛짚은 게야. 암, 그렇고말고.'

수도에 입성했지만 에테인 대공군은 왕궁을 차지하는 대신에 도시
외곽에 진을 쳤다. 어쩔 수 없이 전쟁을 하기는 했으나 불필요하게 일
반 시민에게 피해를 주는 일은 피해달라는 성녀의 청 때문이라는 발표
가 뒤따랐다.

시민들은 자칫 난폭한 약탈자로 변하지 않을까 우려했던 에테인 대
공군이 깨끗하게 나온다는 사실에 안도했다. 민심을 얻기까지는 않더
라도 최소한 잃지 않는 데는 성공한 셈이었다.

하지만 동시에 다른 궁금증이 생겨났다. 성녀는 어떻게 생겼을까?
성녀의 옆을 지킨다는 빛의 검의 용사는 어떤 사람일까? 당연히 그들
이 개선식을 할 줄 알고 맞이할 준비까지 했던 이들의 궁금증이 타올
랐다.

호기심의 주인공인 휘네인은 수도에 숨어들기 위한 변장 중이었다.
화장을 진하게 하고 주름 몇 개 만든 어설프기 짝이 없는 변장이었지

만, 어차피 그녀의 본 얼굴을 제대로 아는 자도 일반 평민 중에 있을 리 없으니 들키지는 않을 것이었다.

"어때, 나 제법 그럴듯하게 변장한 거 같아?"

휘네인이 돌아보며 물어보자 로이가 간단하게 평했다.

"호박에 줄 긋는다고 수박이 되진 않지만 다른 종의 호박으로 보이긴 하는군. 성공적이다."

"칭찬으로 생각하고 참아주겠어."

휘네인이 부들거리는 주먹을 참자 로이가 비웃었다.

"욕하는 것도 못 알아듣다니 머리까지 나쁘군."

"요게, 말 다 했어? 너 꼬마 주제에 누나를 함부로 놀릴래!"

휘네인이 머리라도 한 대 때릴 듯 주먹을 내밀자 로이는 가볍게 피하며 말을 덧붙였다.

"말에는 교양이 없고 성격은 안 좋으니 여자로서 갖출 수 있는 악덕은 다 갖췄군."

"너… 너, 카피에게 이른다!"

존경해 마지않는 마황 폐하의 이름이 나오자 그제야 로이는 조금 기가 죽었다.

"흥. 쳇. 흥. 쳇. 흥. 흥."

정말 마음에 안 드는 여자였다. 별 볼일도 없는 주제에 감히 대마황 카피틀리온의 옆에 붙어가지고는 시도 때도 없이 이런 얘기 저런 얘기를 주고받고 말이다. 여신 때문에 본체가 봉인당한 상태만 아니라면 저런 여자 따위 감히 마황궁에 들어오지 못할 텐데 말이다.

"오호호호."

승리의 웃음을 지어 보이는 휘네인과 입술을 내밀며 양 볼을 부풀리고 있는 로이를 보며 켈스는 고개를 절레절레 저었다.

'둘이 똑같다, 똑같아.'

누가 저 모습을 보고 신탁의 성녀와 그녀를 수호하는 그림자 속의 기사라고 생각할까. 두 바보라고 생각하지.

'하긴 뭐 웃기게도 난 대마도사로 통용되고 있지만.'

언제 들통날지 몰라 그야말로 좌불안석이었다.

'방법은 그저 하나뿐이야. 공식 석상에는 절대 안 나서는 거지. 암 암.'

사람을 만나는 걸 싫어하는 대마도사. 그럴듯하지 않은가?

'그래, 방법은 하나뿐이야. 나중에 일이 잘되면 영지 하나만 달라고 한 다음에 무조건 틀어박히는 거야.'

가만히 있으면 중간은 간다라는 훌륭한 격언이 있지 않은가.

"켈스 씨는 이번에도 수염이네요."

"아, 네."

휘네인을 처음 만났을 때가 생각나 켈스는 속으로 눈물 흘렸다.

그때부터 내 인생이 꼬이기 시작했지. 어쩌다 저런 성격 더러운 여자에게 걸려 가지고.

"흐음. 로이도 있는데 굳이 켈스 씨까지 같이 갈 필요는 없을 거 같은데. 사람이 많으면 움직이기도 불편하고. 켈스 씨는 그냥 다른 데 가서 쉬는 게 어때요?"

"하지만 제가 호위해 드려야 하는데."

"로이도 있으니까 괜찮아요. 자요. 이거 가지고 모처럼 휴가나 즐기세요. 수도에 유명한 술집이라도 놀러 가시든지요."

휘네인은 그리 말하며 켈스에게 금화 몇 개를 집어 주었다. 켈스의 입이 함지박만 하게 벌어졌다.

그리고 보니 그때부터였지. 내 팔자가 피기 시작한 것은. 운 좋게 무려 신성사제나 되는 분과 연이 닿아가지고 말야.

켈스는 즐겁게 휘파람을 불며 홀로 길을 떠났다.

'으흐흐. 술이다, 술. 간만에 신나게 마셔보자. 이 돈이면 여자 두 명도 부를 수 있겠다아! 끝까지 가는 거야!'

켈스를 돈 몇 푼에 치워 버리고서 휘네인은 방긋 웃었다.

'이제 저 맹랑한 꼬마 녀석만 치워 버리면 되는데 말야.'

자나 깨나 카피밖에 모르는 녀석이라서 만만치가 않았다.

'하지만 어떻게든 치워 버려야 해. 명색이 잠행인데 수행원 같은 거 달리면 제대로 할 수가 없단 말야.'

휘네인은 천천히 걸음을 옮기며 고민했다.

'저 녀석이 눈치채기 전에 방안을 찾아내야 하는데.'

카피는 왜 귀찮게도 저런 호위를 붙여줘 가지고 말이다. 물론 그렇게 신경 써주는 게 싫은 건 아니었지만.

"저기, 로이. 부탁이 있는데 숙소에 가서 내 가방 좀 들고 와줄래?"

어지간히도 자기를 떼어놓고 싶은 모양이다. 그렇게 시켜놓고 도망치자라는 속내가 너무 훤하게 보였다.

'장단 맞춰주지.'

그냥 몰래 따라가는 게 편하겠다. 로이는 결론 내렸다.

"알았다."

로이가 사라지는 척하자마자 휘네인은 도망쳤다. 꼬리를 있는 그대로 단 채였지만.

"하아. 겨우 떨구었네."

휘네인은 조용히 한숨 쉬었다.

"아, 하늘 참 맑다."

도시도 아름답고.

"정말 좋은 날씨인데."

바람도 선선하고.

"성하."

똑.

수분이 눈을 통해 밖으로 배출된다.

어째서 이런 일들을 벌이시는 건가요. 애초에 이단 사냥 같은 일을 시작하지 않았다면 자신도 성물을 찾겠다고 하지 않았을 텐데.

아니, 성물을 찾아 돌아온 그 시점에서 얼마든지 다르게 할 수 있었을 텐데. 왜. 왜.

길을 잃었다. 사람들이 죽고 다칠 싸움이 며칠 뒤에 있을 거라는데 자신은 뭘 해야 할지 모르고 있다. 사람들을 보고 싶다며 잠행했지만 사실은 답없는 질문으로부터 도망친 거다. 이번에는 여신은 아무런 신탁도 내려주지 않았다.

할 수 있는 일을 하겠다고 했지만 이 일은 맞는 걸까? 교단이 거두는 각종 사례금을 폐지한다고? 그건 대체 어떤 결과를 낳게 되는 거지?

"모르겠어."

휘네인은 정처없이 걸었다. 정신이 내부로만 쏠려서 자신이 어디로 향하고 있는지도 몰랐다.

"어이, 아가씨? 남자를 찾아온 건가. 나 어때?"

누군가가 부르는 소리가 들렸지만 휘네인은 그게 자신임을 인지하지 못했다.

"이봐, 곱게 말해주니까 사람 말이 말 같지 않아?"

상대가 거칠게 자신을 잡아끌자 그제야 휘네인은 정신을 차렸다.

"무슨 일이시죠?"

작고 힘없는 소리에 사내는 이 여자가 겁을 먹었다고 결론 내렸다.

'뭐야, 이년. 제법 괜찮잖아?'

주름이 몇 개 있는 건 흠이지만 그래도 전체적으로 괜찮은 얼굴이었다. 특히 옷 끝으로 드러난 손이 기막혔다. 이런 빈민가에서 보기 드물게 부드러운 손이었다.

'얼굴만 조금 닳았지 몸은 최상품이다. 이거. 흐흐. 운 좋네.'

사내는 흡족하게 웃었다.

"돈이 없는 모양인데 공짜로 해주지. 우리 같이 즐겨볼까?"

휘네인은 상대의 말을 정확히 이해하지는 못했지만, 귀찮다고 느꼈다.

"죄송해요. 하지만 지금은 혼자 생각하고 싶군요. 내버려 두시겠어요?"

"뭐야, 이년이? 좋게 대해주려니까."

자존심이 상한 남자는 인상을 팍 구겼다.

켈스는 슬그머니 금화 하나를 손에 쥐어 보이며 옆에 앉은 여자에게 말했다.

"어때, 이층으로 올라가서 둘이서 마시지 않겠어?"

"어머. 오빠, 너무 멋있다. 가요."

여자는 찰싹 들러붙었다. 켈스는 회심의 미소를 지었다. 휘네인을 따라다니다 보니 본의 아니게 좀 눈이 높아져 버렸다. 신성사제도 여왕도 잘 먹고 잘사는 이들답게 이런 뒷골목 여자들과 차원이 달랐다.
하지만 아무리 눈으로 보기 좋으면 뭐 하는가, 그림의 떡인데.
　‘에라. 지금 내가 얼굴 가릴 형편이냐. 이만하면 되었지. 이것도 옛
날에 비하면 최고급이구만.’
　출세란 하고 볼 일이다. 벌써 기대감에 아래쪽에서 반응이 왔다.
　“자아. 그럼 올라가… 컥컥?”
　흐뭇하게 자리에서 일어나려던 켈스는 창밖으로 보이는 두 명, 정확
히는 그중 한 명을 보며 기겁했다.
　‘저, 저 여자가 여기 왜 와 있어?’
　설마 하니 자기처럼 여자, 아니, 남자라도 사려고 온 건 아닐 테고.
　‘잠행한다고 했지만.’
　저쪽 잘사는 동네나 돌아볼 일이지 이 할렘가에 뭐 하러 온단 말인
가!
　‘저… 저 미친놈이.’
　사내가 휘네인의 팔을 거칠게 잡는 걸 보며 켈스는 반사적으로 앞에
놓인 술병을 집어 던졌다. 뭔가 대형 사고가 벌어지기 전에 막아야겠
다는 생존 본능의 발로였다.
　“헛?”
　사내는 뭔가 날아오자 반사적으로 피했다. 술병이 깨지며 바닥에 나
뒹굴었다.
　“뭐냐! 웬 놈이냐!”
　창가로 그대로 뛰어나가며 켈스도 단검을 뽑아 들고 외쳤다.
　“네놈이야말로 누구냐!”
　“켈스 씨?”

예상외의 구원으로 나타난 켈스를 보며 휘네인이 반가움 반 의아함 반이 섞인 목소리로 불렀다.

"뭐야? 네 여자냐? 퉤. 그럼 관리 잘하던가."

침을 내뱉으며 사내는 빠르게 생각했다. 여자는 제법 괜찮았지만 앞에 칼 들고 있는 놈은 제법 한가락 하는 솜씨로 보였다.

'제길, 무리해서 다툴 거까지는 없지. 좋다 말았네.'

사내는 미련없이 뒤돌아서서 물러났다. 켈스는 단검을 도로 넣고 황급히 휘네인에게 인사했다.

"저, 아가씨. 여기는 어쩐 일로."

"저는… 뭐 잠행 중이었잖아요? 그보다 켈스 씨는 뭐 하시는 중이었어요?"

휘네인이 밝게 웃었다.

"아, 저 말입니까. 그러니까. 아하하하."

켈스는 더욱 밝게 웃었다.

"그냥 이곳 술집 안주가 좋다고나 할까요."

"그렇군요. 그런데 여기는……."

휘네인은 천천히 주위를 둘러보았다. 그제야 주변 환경이 그녀의 눈에 들어왔다.

허름하다를 넘어서 집이라 해줘도 될지 의문인 건물들, 지저분한 거리. 여기저기 버려진 쓰레기들. 의식하기 시작하니 곳곳에서 악취가 났다.

"대체 무슨 거리가 청소도 안 하나?"

그녀는 반사적으로 눈살을 찌푸렸다. 깔끔 떠는 성격은 아니라고 스스로 생각했지만 이건 너무 더러웠다.

“하하. 그러게 말입니다.”

켈스는 그냥 웃었다. 빈민가가 다 이렇지. 뭐 별게 있다고. 높으신 사제님은 이런 데서도 사람이 살아간다는 건 모르는 모양이었다.

“하다못해 자기 집 앞 정도는 각자 치우면 좋을 텐데. 여기도 쓰레기 저기도 쓰레……?”

휘네인은 말하다 말고 입을 다물었다. 그녀의 눈에 들어온 것은 쓰레기임이 분명한, 그러나 쓰레기여서는 안 되는 존재였다.

“누가 이런 짓을!”

휘네인은 그 앞으로 다가가 무릎 꿇었다. 옷이 더러워지는 걸 개의치 않고 손을 내밀어 버려진 것을 조심스럽게 감싸 들었다.

‘대체 뭐기에. 이런.’

켈스는 혀를 찼다. 어느 년이 실수로 애 배고는 뒤처리도 제대로 못한 모양이었다.

‘쯧. 실수를 하질 말던가.’

했으면 배 불러오기 전에 떼던가. 이도 저도 못하고 낳아버린 후 내다 버린 모양인데.

‘에이, 좀 잘 버리지. 하필 사제님 눈에 띄는 곳에 버리다니.’

휘네인은 눈물을 글썽였다. 어떻게 이럴 수가. 모든 아이는 하늘에서 지상에 내려 보낸 가장 큰 은총의 선물일진대. 사랑으로 돌봐줘야 마땅하건만 내다 버려 죽게 만들다니.

“여신이시여.”

모든 복잡한 문제를 일시 잊어버리고 그녀는 아기를 안아 들었다. 차갑고 딱딱하게 굳은 데다가 온갖 더러운 것이 묻어 있는 그것을 그녀는 최대한 포근하게 안았다.

"저, 아가씨. 그건 버려두시고 그만 돌아가시는 게 어떻겠습니까? 여긴 아가씨 같은 분이 오실 곳은 못 되는데."

켈스가 조심스럽게 권하자 휘네인은 오히려 반발하듯 벌떡 일어났다.

"왜 내가 올 곳이 못 된다는 거죠?"

"여긴 빈민가입니다요. 못 배우고 못사는 것들끼리 모이는 곳이지 아가씨같이 높은 분이 있으실 만한 곳이 아니지요."

"그렇지 않아요! 사람은 전부 여신 아래 평등해요. 어디까지나 각자 다른 역할이 주어질 뿐, 다 같은 형제자매일진대."

교리를 외치다 말고 휘네인은 고개 숙였다. 품에 안긴 시체의 한기가 가슴을 막았다. 정말 평등한가? 변장을 위해 두른 겉옷 아래에 축복 걸린 아네트 천으로 만든 성의를 입은 자신과 벌거벗은 채 얼어 죽은 이 아기가 똑같이 사랑받는 여신의 자식인가?

"가요."

"네, 잘 생각하셨습니다. 아가씨, 그건 나중에 청소부가 치우게 여기 버려두고 가시죠."

"버리긴 뭘 버려요! 이게 물건이에요?"

"아니, 물론 물건은 아닙니다만."

물건보다 나을 건 뭔가. 물건이야 쓸 만한 건 도로 주워 쓰거나 하지. 정말이지 이 여자는 왜 이렇게 상관도 없는 일에 신경을 쓰는지. 그 때문에 오늘날 이 지경이 되어놓고 말이다.

"저기 신전으로 가요."

하나같이 작달만한 빈민가에서 홀로 높은 지붕을 가진 신전은 단연 눈에 띄었다.

“신전에는 왜.”

“축복을 하고 묻어줘야죠.”

자기가 언제 넋 잃고 걸었냐는 듯 휘네인은 재빠르게 걸었다. 켈스는 어깨를 으쓱하고는 뒤따랐다.

신전은 빈민가와 다른 거리를 나누는 대로변에 있었다. 빈민가 쪽이 아닌 반대쪽에 위치한 신전을 보며 휘네인은 미묘한 느낌을 받았다.

어쨌든 지금 급한 건 그게 아니다. 이 가엾은 아이에게 한시라도 빨리 제대로 된 평온을 주고자 그녀는 신전 입구를 향했다. 당연하게도 경비병이 그녀를 세웠다.

“정지. 여자, 뭘 안고 지금 이 신전에 들어오려는 것이냐.”

“우리의 불민함으로 인해 제대로 된 삶을 누리기도 전에 다시 여신의 품으로 돌아간 어린 영혼이 잠깐이나마 깃들었던 육신에 그에 합당한 안식의 축복을 내려주고자 합니다.”

이게 무슨 소리인가 해서 머뭇거리는 경비병에게 휘네인은 조용히 물었다.

“들어가도 되겠지요?”

“아, 그러니까.”

경비병은 갈등했다. 말하는 투로 봐서는 뭔가 좀 되는 거 같은 여자인데 입고 있는 거나 들고 있는 걸로 봐서는 영.

“안 돼. 그런 부정한 걸 들고 어딜 들어가려는 거야.”

“부정하다니요. 신성한 영혼의 집이에요.”

“세례도 못 받고 죽은 애새끼가 어떻게 안 부정해? 좋은 말 할 때 저기 가서 버리기나 해.”

‘어… 어떻게 신전을 지키는 이가 그런 말을.’

휘네인은 충격으로 입만 뻐끔거렸다.

그때 이번에는 안쪽에서 또 소란스러운 소리가 나며 노파 하나가 떠밀려 나뒹굴었다.

"에이, 재수없게스리. 이봐, 빨랑 꺼져."

"이보시오. 그러지 말고 한 번만 더 사제님께 사정해 보게 좀 해주시오."

주름이 가득한 손으로 노파는 병사의 다리를 잡으며 애걸했다.

"어서 꺼지라니까. 누구 경치는 거 보고 싶어 이러나."

"이보시오."

"아, 정말 이 여자가."

병사가 신경질적으로 노파를 확 밀었다. 노파는 그대로 땅바닥에 뒹굴었다.

"이봐요! 무슨 짓이에요!"

휘네인은 화들짝 놀라 안으로 뛰어들며 노파와 병사 사이에 섰다.

"넌 또 뭐야?"

"늙으신 분한테 거칠게 대할 필요 없잖아요."

"흥. 어디서 똑같은 거지 년들이 와서는. 돈도 없으면서 장례식을 치러달라니 말이나 되냔 말이야. 이봐. 자넨 이런 여자 안 쫓아내고 뭐 하는 거야?"

"알겠습니다. 이봐, 빨리 나가."

문을 지키던 병사가 뒤쫓아오자 휘네인은 자신도 모르게 성표에 손이 갔다. 잠행이고 뭐고 관두고 자신의 정체를 밝혀 버리고 싶은 마음이었다.

'아냐. 잠시만 참자. 잠행을 하는 이유가 이런 걸 알기 위해서였잖아.'

휘네인은 노파를 부축해 신전 밖으로 나갔다.

"할머니, 대체 어떻게 된 거예요?"

"흑. 아이고. 돈이 없어서 아들놈 장례도 못 치르게 되었으니. 사망세라니. 그 비싼 걸 내가 무슨 돈으로 내."

"사… 사망세라면 장례식 헌금?"

"아이고오. 아이고. 하루 벌어 하루 먹고살기도 힘든데. 그저 가난한 게 죄지."

"……."

휘네인은 다리에 힘이 풀렸다. 그런 거였나? 사망세라는 건 죽은 영혼을 구원으로 받아주는 여신에 대한 감사로서 마땅히 내야 하는 것이라고 그렇게만 배우고 알았는데. 그게 이들에게는 그런 의미였나?

어찌 그리도 몰랐을까. 그게 이 가엾은 이들에게서 가장 기본적인 축복조차 앗아가는 일이라는 걸. 결국 그분의 은총 아래 일하는 하인인 자신들이 무슨 권리로 사랑받아 마땅한 이들을 거부했단 말인가.

그건 말 그대로 충분히 은혜받은 이들이 표하는 감사여야 할 것을.

'여신이시여.'

주저앉으려는 휘네인을 켈스가 황급히 다가와 부축했다.

"아가씨, 괜찮으십니까?"

"저는… 괜찮아요. 말해봐요, 켈스. 대체 몇 명이나 장례 헌금을 못 내서 축복없이 묻히는 거죠? 네? 대체 몇 명이나?"

대체 몇 명의 아이가 이렇게 버려져서 얼어 죽은 거지?

"그게 저……."

"켈스 씨도 몰라요?"

"뒷골목 인생이라는 게 다 그렇잖습니까. 대충 태어나고 대충 자라고… 재수없으면 일찍 가고, 장례식이란 것도 그나마 좀 형편있어야 하는 거죠."

"여신이시여."

교단은, 우리는, 나는 무엇을 하고 있었지? 아름다운 성도에서 화려한 신전 방에서 여신의 말씀만 되뇌었던가? 정작 그 뜻은 하나도 모른 채?

'이것이 오늘 당신의 인도하심인가요.'

당연하게 생각했던 수많은 일들이 얼마나 여러 명의 눈물을 자아냈던가.

'고마워요, 카피. 당신이 말해주지 않았다면 나 정말로 몰랐을 거예요.'

휘네인은 조용히 기도했다. 이제 정말로 결심이 섰다. 투정하듯이 막아봐야 되지 않을 일이라는 걸 알기에 여신의 뜻에 맡긴다 했지만 그 뜻을 몰라 답답했었다.

'이제는 알아. 여신께서는 교단이 지금껏 그분의 뜻에 엇나가게 해왔던 많은 것을 바로잡으시려는 거야. 성하, 당신도 이분의 눈물을 보시면 좋을 텐데, 어이 하여 자신의 자리에 연연해 성물까지 부정하시는 건가요.'

이젠 이 전쟁의 이유를 안다. 그 이유를 모른 채 끼어든 이들이 많긴 하지만 결국 모든 게 여신의 인도 아래 나아갈 것이다.

지상에 많은 비극이 있는 것은 태초의 전쟁 때 마족을 다 물리치지 못했기 때문. 그래서 인간은 온전히 여신의 말씀을 듣지 못하고 잘못을 저지르게 되었다.

그러나 크나큰 전쟁의 때가 다가오고 있다는 신탁을 내렸으니.

'성하, 성전은 그런 게 아닙니다. 여신께서는 인간을 마족에게서 해방하기 위해 태초의 전쟁을 하셨어요. 그런데 정작 그 해방의 당사자가 되어야 할 형제들을 이런 슬픔에 처하게 하고서 성전이라니.'

그녀는 조용히 기도했다.

'우리 자신이 마족과 같은 짓을 하면서 어떻게 여신의 뜻을 받든다고 말한다 말입니까.'

그녀는 다시 한 번 노파를 꼭 안았다. 구부정한 등을 부드럽게 어루만지며 그녀는 약속했다.

"걱정 마세요, 할머니. 이제는 그런 것 내지 않아도 축복 아래 아들을 묻을 수 있을 거예요."

"무슨 소리 하는 거요, 색시?"

"정말이에요, 할머니. 자, 가요. 오늘 돌아가기로 한 시간까지 조금 남았으니까 제가 아드님의 장례식을 집행해 드릴게요."

"처자가 어떻게."

휘네인은 조용히 성표를 내밀었다. 부끄러우면서도 기뻤다. 눈멀고 귀먹고 어리석은 주제에 너무 큰 은혜를 누려왔지만 그래도 이제 이 할머니에게 해줄 수 있는 게 있었다.

"저도 사제거든요."

그것도 보통의 성표와는 다른 특별한 성표를 지니고 다니는 신성사제.

"아… 아가씨가. 하지만 저는 돈이……."

반짝이는 성표를 본 노파가 바로 고개를 숙였다.

"괜찮아요. 아드님이 축복 아래 잠드는 걸로 할머니가 편히 웃게 된다면 그걸로 충분합니다. 가요, 할머니."

정말로 넘치도록 충분했다.

노파는 어쩔 줄 모르고 허리를 굽신거렸다. 사제인 줄도 모르고 그리 악다구니를 써댔으니. 하지만 돈을 안 받고도 아들 장례식을 해준다니 정말 고마운 사제였다.

"고맙습니다. 정말 고맙습니다."

"자, 어서 가요."

일련의 벌어지는 과정을 본 사람들이 기대 반 두려움 반으로 서로를 바라보았다. 정말로 저 여자가 사제일까? 사제답게 훌륭한 옷을 입지도 않았는데? 거기다가 돈을 안 받고 장례식에 축복을 해준다니 그런 법도 있나?

소문은 순식간에 퍼져 빈민가의 수많은 이들이 둘의 뒤를 따랐다.

허름하다 못해 집이라고 불러주기도 미안한 나무와 흙이 이어져 만든 그 무엇 안에 노파의 아들은 누워 있었다. 온통 고생한 흔적만 남아 고통스러워하다 죽어간 그 얼굴을 보며 휘네인은 조용히 무릎 꿇었다. 그녀는 사내의 이마에 입을 맞추었다.

조심스럽게 아기를 사내의 옆에 내려놓고 휘네인은 기도를 시작했다.

"여신의 이름 아래, 그분의 뜻을 말하는 나 여기서 그대를 축복합니다."

"저게 뭐 하는 거래?"

"그러게?"

장례식을 한다더니 이상한 행동을 하는 휘네인을 보며 사람들은 의아해했다. 돈도 안 받고 해준다더니 저거 가짜 아냐?

"나 저거 본 적 있어요! 전에 저쪽 거리 높은 분 장례식 몰래 봤을 때 사제님이 저렇게 했어요!"

나름대로 똑똑하다고 하는 꼬마 루크가 자랑스럽게 외쳤다.

"뭐야? 에크가 무슨 높은 사람이야?"

"그러게."

역시 저 여자 엉터리 아냐? 사람들의 눈에 의혹이 넘쳤다. 하지만 엉터리라도 사제라면. 거기다가 공짜로 해준다는데.

사람들이 뭐라고 수군거리든 말든 휘네인은 경건하게 죽은 이의 얼굴을 쓸어내렸다. 그녀는 성표를 들어 사내의 가슴에 얹었다.

드러난 성표를 보며 사람들의 수군거림은 다소 줄어들었다. 어쨌든 성표는 있다. 그럼 다소 엉터리라도 사제였다. 가슴에 성표를 얹다니 저건 또 못 보는 방법이긴 했지만 말이다.

"당신을 축복합니다. 거룩하고 고귀한 이여. 여신의 축복 아래 태어나 고난의 삶을 견디며 그 영혼을 단련하였으니 이제 휴식의 때가 찾아와 그대 축복 아래 돌아갑니다. 비록 이 헤어짐이 남겨진 이들에게 슬픔이긴 하나 여신의 뜻 아래 이루어졌음을 아나니, 모두 그대를 위해 축가를 부를 것입니다. 평안히 쉬소서. 천사들이 그대의 영혼을 인도할지니 나 이제 그대가 여신의 품에서 영생과 구원을 얻게 될 것을 믿으며 기도합니다. 축복받으소서. 나의… 형제여."

휘네인의 눈가에 다시 한 번 눈물이 맺혔다. 왜 좀 더 일찍 이들을 찾아보지 못했을까. 그 아름다운 성도가 사실은 얼마나 여신과 유리된 곳이었던가.

'뭐가 저렇게 길어?

그냥 이자는 여신의 축복 아래 묻힐 것이다라고 한마디 하면서 성수 몇 번 뿌려주는 게 장례식 아니었나?

“야, 루크. 저것도 높은 사람에게 하는 식이냐?”

“어, 네. 원래 그럴 때는 길어요. 그런데.”

“그런데 뭐?”

“아니에요.”

자세히 보니까 저 성표 좀 이상했다. 저건 이곳 신전의 사제들이 쓰는 성표와 달랐다.

‘가짜인가? 아냐. 가짜라면 오히려 진짜처럼 만들지 왜 다르게 만들겠어. 하지만 저렇게 다른 건.’

들어봤다. 높은 사제들은 성표 바깥의 동그라미가 더 많다고. 하지만 색깔까지 다르다는 것은.

‘나… 나 들은 적 있어! 저건 추기경이야! 추기경의 성표야.’

루크는 이를 딱딱 마주쳤다. 어른들은 바보다. 다들 공짜 장례식에만 눈이 팔려 진짜 중요한 걸 놓치고 있다. 저 여자 그냥 사제가 아니다. 추기경이다. 하지만 추기경은 할아버지다. 결국 저 여자는……

“여신의 빛으로 그대가 남기고 간 이 육신을 씻나니, 이제 어떠한 어둠의 힘도 감히 그대의 평안을 침범하지 못할 것입니다.”

휘네인의 손에서 은은한 빛이 어리며 남자의 육신을 감쌌다. 고통으로 일그러져 있던 얼굴이 조금씩 미소로 바뀌었다.

“오오?”

“빛… 빛이다!”

“저건 높은 사제만 한다는 거 아닌가?”

‘바보들. 저걸 보고서야 알다니.’

노파는 이제 기절할 듯이 놀라 무릎 꿇었다.

“사… 사제님, 제 아들에게 이런 것까지.”

“그저 마땅히 받아야 할 것을 너무 늦게 해드렸을 뿐입니다. 할머니, 일어서세요. 이제 아드님을 그만 보내 드려야지요.”

“사제님. 흑. 흑.”

악다구니만 남은 듯한 노파의 얼굴에서 눈물이 마구 떨어졌다. 휘네인은 그런 노파의 눈물을 부드럽게 닦아주었다. 그 광경을 보던 사람들 중 하나가 그대로 뛰어나와 휘네인 앞에 엎드렸다.

“사제님! 제 아들놈이 태어난 지 세 달이 넘었는데 아직 세례를 못 받았습니다. 부디 제 아들놈도 축복을.”

“알겠습니다.”

어찌 거절할 수 있으랴. 휘네인은 고개를 끄덕였다. 그걸 본 다른 이들이 또 뛰어나왔다.

“사제님, 제 아들놈은 벌써 일 년이 다 되어가는데 못 받았습니다. 몸이 약해 언제 죽을지 모르는데 그전에 세례라도.”

“물론이지요.”

“사제님, 저는.”

“사제님, 저는!”

구경꾼들은 어느새 태도를 돌변해서 서로 밀치며 휘네인 앞으로 나오려 했다.

그때 켈스가 앞으로 나섰다.

“모두 물러서!”

“뭐야, 네… 녀석은?”

눈깔을 치켜뜨려던 자가 휘네인을 의식했는지 말끝을 조금 낮췄다.

“켈스, 나서지 말아요.”

“하지만 아가씨.”

휘네인은 평소답지 않은 공손한 어투로 물었다.

"제가 위험해 보이나요?"

"그렇지는 않지만."

"그럼 물러나 있어요."

"네."

켈스는 고개를 흔들며 물러섰다. 정말 알 수 없는 여자였다. 곱게만 자라서 그런가? 참 눈물도 많고 별난 사제였다.

그녀는 찬찬히 둘러싼 사람들 전부와 눈을 맞추며 고개를 한 바퀴 돌렸다. 그 분위기에 모두가 압도되어 조용해졌다.

"여러분, 미안해요. 제가 오늘은 시간이 더 없어서 처음 말하신 두 분만 해드릴게요. 하지만 내일 꼭 돌아올 테니까, 기다려 줘요. 그때는 다른 분도 데리고 와서 전부 다 밀렸던 축복을 받게 해드릴 테니까 조급해하지 말고 기다려 줘요. 알겠죠?"

"사제님, 하지만……."

"약속할게요. 네?"

"알겠습니다."

사제가, 그것도 빛도 만드는 사제가 말하는데 어떡하겠는가. 사람들은 순순히 고개 끄덕였다. 잽싸게 튀어나온 두 명이 부러웠지만 내일 또 온다니까. 내일은 반드시 일찍 일어나서, 아니, 밤을 새서라도 사제가 오자마자 들러붙어야겠다고 그들은 결심했다.

언제 또 이런 사제를 본단 말인가.

"걱정 마세요. 앞으로는 모두 다 이런 일로 눈물 흘리지 않게 되실 테니까. 자, 처음 나오신 분, 집이 어디시죠? 안내해 주세요."

"알겠습니다."

꼭 돌아오겠노라 약속하고 휘네인은 다시 진지로 돌아갔다. 그녀는
바로 카피부터 만났다.

"카피, 당신이 한 얘기 생각해 보았어요."

"결론은?"

"십일조를 제외한 모든 강제적 헌금을 폐지하겠어요."

"알겠다."

카피가 무뚝뚝하게 고개를 끄덕이자 휘네인은 책상을 양팔로 짚으
며 얼굴을 카피 앞에 들이밀었다.

"십일조는 왜 놔두냐고 안 물어봐요?"

"알 필요가 없으니까. 물어봐 줘야 하나?"

'도대체 이 인간은 호기심이란 게 있는 거야, 없는 거야.'

어떨 때 보면 엄청 이것저것 다 알아놓으려고 하는 것 같더니.

"하아. 일단 그건 교리상 성경에도 네가 얻는 모든 것은 여신께서
주신 것이니, 그 감사의 표시로 가장 좋은 것을 골라 그 10분의 1을 여
신께 공물로 바칠지어다. 이런 구절이 있으니까요."

"알았다."

관심없어도 들어주는 척하는 매너라고는 정말 눈곱만큼도 없는 남
자였다.

"아직 할 말 안 끝났어요."

"해라."

"듣고 있어요?"

"물론."

그럼 대체 왜 지도나 들여다보고 있는데? 정말이지 남은 여신께 기

도 올라가며 감격에 벅차 내린 결단인데 이건 완전 무슨 주방장 오늘 메뉴 결정해 온 정도로 취급하고 있으니.

"저기요, 카피? 그렇게 십일조로 교단에 모인 돈 가지고 저 본격적으로 두 가지 일을 해보려 해요."

"무슨 일인가?"

드디어 카피가 고개를 들어 휘네인과 시선을 마주쳤다. 휘네인은 승리의 미소를 지었다.

"가난해서 굶주린 이들에게 양식을, 아픈 이들에게 치료를 신전에서 그냥 제공하는 거예요. 어때요?"

"옛날 천계가 써먹던 방법이군."

아뮤니엘 이전 에프티온이 다스리며 자신의 선대와 싸우던 그때의 천계가 활용했던 전략이었다.

"옛날 천계가 뭐요?"

"아니, 그냥 평가일 뿐이다. 나쁘지 않은 방법이다. 이미 그 효용성이 입증되었지. 나는 채택하지 않았지만, 인간 사이에 활용하는 건 좋겠지. 그렇게 하자."

"그럼 구체적으로 어떻게 할지 논의해 줄 거죠?"

"그러지. 하기로 한 이상 최대의 효과를 거두어야 할 테니까."

최소의 비용으로 최대의 성과를.

"고마워요."

가엾은 이들에게 조금이라도 더 많은 도움이 되기를.

미묘하게 엇갈린, 그러나 대강은 일치하는 목적을 가지고 둘은 밤새도록 이야기했다. 그 성과는 다음날 드러났다.

　에테인 대공을 비롯해 엘리자나 여왕과 휴르안 8세까지 마법을 통해 불러놓고서 휘네인은 종이를 내밀었다.

　"어제 밤새워 만든 거예요. 초안인데 한번 읽어들 봐주시겠어요?"

　"흠?"

　세 명이 일단은 조용히 글을 읽어 내려갔다.

　나 신성사제 휘네인 아네시스 자애로운 사랑의 여신 아뮤니엘의 이름 아래 고합니다. 지금의 교단은 여신의 본래 뜻을 잊어버리고 잘못된 일을 행하고 있으니……. 이에 그 첫째가 이단 사냥이라는 이름 하에…….

　그저 교단에 대한 반박문인가 하며 편하게 읽어가던 셋의 눈이 밑에 내려가서 커졌다.

　그 다섯째가 마땅히 여신의 축복 아래 태어난 아이들을 거룩히 여겨 영접하지 아니하고 돈이 없다 하여 멸시함이니…….

　교단이 거두는 중요 세금에 대해서 줄줄이 논박한 원고를 보며 천하의 엘리자나 여왕조차 안색이 변했다. 세상 물정 모르는 순박한 여자로만 보았던 휘네인이 이런 초강수를 들고 나올 거라고는 상상도 하지 못했다.

　"예하께서는 정말로 이 교단의 세들을 폐지할 생각이신가요?"

　"네. 그렇습니다."

　"그 결과는 충분히 생각해 보셨을 테지요."

　"물론입니다. 바라는 바입니다."

이로써 가난한 이들도 축복을 받을 수 있을 것이다.

"그렇군요."

엘리자나 여왕은 미소 지었다. 그들로서는 밑질 것 없는 일이었다. 아니, 대단히 환영할 일이었다. 교단을 둘로 쪼갠 후 자신들의 지지 없이는 버티기 힘들 신성사제 쪽 교단을 좌지우지한다라 계획을 세웠지만 이 정도는 아니었다.

'재정의 반이 날아가면 교단의 힘도 그만큼 약화되기 마련.'

스스로 알아서 발톱을 뽑아주는 격 아닌가. 이것은 교황 하나 갈아치우고 말고 하는 것과는 차원이 다른 일이었다. 영구적으로 교단이 왕가들보다 약하게 만드는 일이었으니 먼저 이쪽에서 말 꺼내기 힘들었을 뿐 먼저 해준다는데야.

다만 한 가지 문제라면.

"이렇게 되면 대다수 사제들의 지지를 얻는 일은 거의 불가능해질 것입니다. 괜찮을지요?"

꾸준한 공작을 통해 이쪽에 붙는 사제들을 만든다라는 당초 계획을 완전 수정해야 했다.

"진정으로 여신의 뜻을 살피는 분들이라면 오히려 더 반기실 것이라 자신합니다."

휘네인은 온화하게 미소 지었다. 셋은 고개를 끄덕였다. 과연 신성사제는 존경할 만한 인물이었지만 세상 물정을 몰랐다.

"신성사제 예하의 뜻이 그렇다면 따르겠어요. 이 초안은 제가 신하들을 시켜 좀 더 깔끔하게 다듬겠습니다."

"그래 주시면 고맙겠어요. 그럼 전 이만 약속이 있어 먼저 실례할게요."

“약속이라 하시면?”

“제 손길이 필요한 형제자매 분들과 다시 만나기로 했거든요. 그
럼.”

휘네인은 웃으면서 인사하고 사뿐하게 걸어나왔다. 기분이 무척 상
쾌했다.

‘어서 가야지. 다들 기다리실 거야.’

휘네인의 뒷모습을 쫓던 셋의 눈길이 그때까지 말없이 있던 카피를
향했다.

“경의 작품인가요?”

“난 유도했을 뿐 결정한 건 그녀다.”

“멋진 한 수였어요. 하지만 이 초안의 수정은 네프티알 내전이 종료
될 때까지는 기다려 주셔야 할 거 같군요.”

에테인 대공가가 대승을 거두지 못한다면 발표하지 못할 내용이었다.

“서둘러 작업하는 게 좋을 거다.”

“오호호호. 늦었지만 수도를 점령하신 걸 축하드려요. 국왕군이 현
재 동쪽 엘데리안으로 집결 중이라지요? 그레흐 고원을 서둘러 점령하
러 가셔야겠군요.”

“그럴 예정이다. 나도 다음에 보도록 하지.”

카피도 자리에서 일어섰다.

돈 안 받고 축복을 베풀어주는 여자 사제의 정체가 사실은 휘네인
아네시스다라는 소문은 순식간에 퍼졌다. 대공이 손쓴 결과였다.

그리고 동시에 휘네인에게 찾아오는 이들의 발이 끊겼다.

“아무도 안 오네요.”

서로 해달라고 다투던 이들이 모습 하나 보이지 않자 휘네인은 쓸쓸하게 웃었다.

"그게 아무래도 높은 분이시니 부담돼서."

켈스의 말에 휘네인은 고개 저었다.

"저도 바보는 아니에요. 무지하긴 했지만."

같은 땅 아래 이런 곳이 있다는 것도 모르고 살았으니까.

"교황청의 보복이 두려운 거겠죠?"

"어쩌겠습니까. 아가씨, 도로 돌아가실까요? 이렇게 거리에 서 있어 봐야 다들 두려워해서 근처에도 안 오려 하는데."

"역시 성급했던 걸까요? 만에 하나 우리가 진다면 제가 돕겠다고 한 사람들이 오히려 이단 사냥의 표적이 될 텐데."

머리가 생각하기 전에 가슴이 먼저 움직여 버렸다. 카피가 옆에 있었다면 생각 좀 하고 행동하라 했을지도.

'아니면 잘하고 있다고 격려해 줬으려나?

"흥. 걱정할 것 없다. 우리는 이길 테고 그러고 나면 벌 떼같이 몰려올 거다."

돈 없어 못 받은 자는 물론이요, 눈도장 찍기 위해 유력한 자가 한 수 더 떠 우르르 몰려오리라.

"카피를 절대적으로 믿네."

휘네인은 코웃음 치는 로이를 보며 빙긋 웃었다.

"당연하지. 그분은 왕 중의 왕. 내가 괜히 주인으로 택한 게 아니다."

"호호. 그래? 카피를 따르는 거야 은혜 갚음이라고 해도 그렇게 절대적으로 신뢰할 수 있는 건 부럽구나."

정작 더 믿어야 할 나는 이리도 불안한데.

"은혜 갚음만은 아니다!"

로이가 순간 날카로운 목소리로 부정했다.

"로이?"

로이도 실수했다고 느꼈는지 다시 안색을 고쳤다.

"흥! 여신의 말은 뭐든 옳다고 믿는 주제에 그분의 위대함이 제대로 보일 리 없지."

아뮤니엘 따위와 비교할 수 없는 지배자가 카피틀리온인데. 그렇지 않다면 아무리 은혜 갚음이라 해도 자신이 그를 섬기기를 택하진 않았을 거다. 명색이 천계의 12별 중 하나를 이은 자신이.

"어머, 그건 믿고 말고의 문제가 아닌걸. 사실이 그러하니까. 그나저나 어쩔 수 없나. 카피의 싸움이 끝나야만 이 사람들도 겁먹지 않고 내게 다가올 수 있는 거겠지."

휘네인은 씩씩하게 웃었다. 거부당해도 괜찮다. 애초에 도움이라는 건 상대방을 배려하지 않으면 안 되는 거니까. 조금 가슴이 아픈 건 자신 속에 버리지 못한 못된 자존심 때문일 거다.

'하지만 교단이 이런 식으로 보이고 있었을 줄이야.'

교단이 여신께 이끌어주는 친근한 선생이 아니라 흠이 잡히면 죽이려 드는 무서운 지배자로 인식되고 있다는 것이 성좌에서는 안 보이는 걸까.

싸우는 건 싫지만, 지금의 교단은 정말 많은 게 잘못되었다. 여신께서 자신에게 성물을 내려 이것을 바꾸라 신탁하신 이유를 알 수 있었다.

"으음. 하지만 이렇게 나왔는데 맥없이 돌아가는 것도 싫은데."

"저들은 네 도움을 거절했다. 그런데도 신경 쓴다면 주제넘은 참견 아닌가?"

따콩.

휘네인이 자신의 머리를 가볍게 쥐어박자 로이가 얼굴을 붉히며 흥분했다.

"무슨 짓이냐, 여자!"

"그 말은 이럴 때 쓰라고 있는 게 아니네요. 꼬맹아, 남을 배려하지 않고 돕는 건 자기만족에 불과하게 될 수 있지만, 그걸 외면하는 데 대한 핑계로 삼아서는 안 된다고."

"성경에 그런 말도 있던가?"

아직도 일개 인간 여자에게 자신이 쥐어박혔다는 사실이 분한 로이에게 휘네인은 짓궂게 웃었다.

"아니. 이건 사실 내 스승님이 해주신 말이야. 지금은 만나기 힘들게 되어버렸지만. 어쨌든 그 말의 뜻은 알 거 같아. 저들이 사실은 도움을 필요로 하는 걸."

휘네인의 머리 위로 햇살이 쏟아졌다.

"그러니까 지금부터 찾아보자고. 저 사람들을 정말 제대로 도울 수 있는 방법을."

"제멋대로군."

"어머, 이제 알았어?"

휘네인은 종이에 숫자를 썼다가 벅벅 지웠다가 다시 썼다.

"아무리 해도 이것밖에 안 나오네. 교단은 부자인 줄만 알았는데 그렇지도 않나? 하아. 하지만 이걸로 제대로 된 요리를 만들 수 있을까?"

"나눗셈을 제대로 하는군. 의외다."

로이의 칭찬 아닌 칭찬에 휘네인이 인상을 썼다.

"뭐야. 그럼 내가 그런 것도 못할 줄 알았어?"

"겉보기만이라면."

"으. 너."

휘네인은 한마디 하려다가 인상을 폈다.

'참자, 참아. 한 살이라도 나이 많은 내가 참아야지. 저런 애랑 싸워서 뭐 해.'

그녀는 그만 종이를 놓았다. 역시 아무리 계산해도 답은 하나였다.

"켈스 씨, 요리사 아무나 한 분 불러줄래요?"

"에, 어쩐 일로."

"이 예산으로 어느 정도 요리를 할 수 있는지 궁금해서요."

"알겠습니다."

잠시 뒤 불려온 요리사가 휘네인의 질문에 쩔쩔맸다.

"그러니까 이 돈으로 한 사람이 맛있게 먹을 수 있으면서 영양도 있는 요리를 만들어야 한다는 말씀입니까?"

"네. 거기다가 덧붙여서 재료도 흔하게 구할 수 있어야 해요. 한두 명 먹이려는 게 아니니까."

"저… 그건."

요리사는 대답을 못하고 쩔쩔맸다. 명색이 대신성사제의 질문인데 딱 잘라 안 된다고 할 수도 없고, 그렇다고 지시 사항을 이행한다는 것도 불가능했다.

"안 될까요?"

"송구스럽지만 아무래도 무리가 있습니다."

“물고기에게 하늘을 날아보라 하는 건 억지다.”

“나도 그런 건 알아.”

휘네인은 로이를 한 번 팍 노려보다가 다시 한숨을 내쉬며 고개 돌렸다.

“그럼 일단 이 금액으로 구매 가능한 재료들 목록만 좀 만들어주세요.”

“알겠습니다.”

“그걸로 뭐 하게? 설마 직접 만들어보겠다는 어리석은 생각을 하는 건 아니겠지?”

휘네인이 움찔했다.

“뭐… 뭐가 어때서 그래? 나도 요리 정도는 할 수 있다고.”

“네가?”

옆에 서 있던 요리사는 순간 휘네인의 몸에서 불길이 인다고 착각을 느꼈다.

“당장 리스트 뽑아 가져와 주세요.”

“네, 예하.”

그는 재빨리 대답하고 도망쳤다.

“오호호. 로이, 너. 두고 봐.”

“훗. 얼마든지. 네가 제대로 된 걸 만들어내면 인정해 주지.”

로이가 비웃음을 날리고 밖으로 나간 지 10초 뒤 켈스는 조용히 다가가 물었다.

“저, 아가씨. 정말로 요리하실 겁니까?”

“……”

“예하?”

휘네인이 허둥지둥거리며 돌아서 켈스의 손을 잡았다.

"켈스, 어떡하죠?"

"네?"

"요리까지 할 생각은 없었다고요. 사실 해본 적도 없는데 무슨 요리를."

"아니, 저."

"저 녀석 말하는 게 하도 얄미워서 홧김에 큰소리는 쳤지만 전문 요리사도 못한다는 걸 제가 어떻게 해요."

"……."

이번에는 켈스가 할 말이 없어졌다.

"그럼 지금이라도 그만두시는 게."

"그건 싫어요. 도망치는 거 같잖아요."

휘네인은 두 주먹을 불끈 쥐었다.

"역시 도전해 봐야겠어. 의외로 초보자가 뭣 모르고 이것저것 하다 보면 기적적으로 기막힌 게 나올지도 모르잖아요?"

"아니, 저."

아무리 여신의 축복을 받은 신성사제라도 그건 무리라고 생각하는데.

하지만 켈스는 진실을 말할 용기가 없었다.

"누구에게나 자존심이란 게 있잖아요? 아무리 지금 형편이 어려워서 신전에서 제공하는 무료식을 배급받게 되었다고 해도 맛없는 걸 주면 기분 나쁠 거야."

그런 거 안 따질, 아니, 못 따질 인간도 엄청 많은데.

하지만 역시 켈스는 겁이 많았다.

"밑져야 본전이니까 한번 해보자고요. 잘되면 로이 녀석 코를 납작하게 만들어줄 수 있잖아요. 켈스 씨도 그 녀석 콧대 높다고 싫어했죠?"

"아, 네."

난 아무래도 상관없는데.

"좋아요. 그럼 지금부터 시작이니까 켈스 씨도 도와줘요."

제발 누가 좀 나를 이 여자에게서 도와줘!

카피의 막사 안으로 로이가 들어왔다.

"그녀는 어쩌고 있나?"

지도를 잠시 밀어놓고 카피가 묻자 로이가 공손하게 대답했다.

"빈민 생활 개선에 대한 사전 작업에 착수했습니다. 현재 식량 배급과 관련한 예산을 짜는 중입니다. 전투에만 승리한다면 즉시 시작할 작정인 듯합니다."

"진행 정도는?"

"투입하는 시간에 비해서는 느립니다."

"효율은 떨어지겠지. 하지만 투입량이 많을 테니 산출량이 적진 않겠군."

"그렇긴 합니다."

"좋아. 그걸로 충분하다. 그녀는 뜻대로 하도록 놔둬라."

카피가 다시 지도를 끌어당겼다. 로이가 그런 카피의 옆에서 한참이나 묵묵히 서 있다가 결심한 듯 입을 열었다.

"폐하."

"여기서는 그 호칭을 쓰지 말라고 지시했었다."

"죄송합니다, 마스터. 하지만 한 가지 올릴 말씀이 있습니다."

"해보아라."

"제8물질계의 내분 조장은 물론 가치있는 일입니다. 하오나 이쯤에서 마스터께서는 손을 빼시는 편이 낫지 않겠습니까?"

굳이 카피틀리온이 직접 나서지 않더라도 이 정도 일을 해낼 역량을 지닌 고위 마족은 얼마든지 있다.

"지금쯤이면 천계에서도 눈치챘을 것입니다. 어차피 조약이 깨진 지금 어떤 식으로 개입할지 모릅니다. 다시금 생각해도 마스터께서 위험에 처하시면서까지 할 일이 아닙니다."

아무리 본체가 여신의 봉인 아래 갇혀 있다지만 그래도 명색이 마황의 그림자다.

"그렇겠지."

카피는 의외로 순순히 로이의 간언에 고개를 끄덕였다.

"하오면 지금이라도 다른 마족에게 이 일을 맡게 하심이."

"아니. 이 일은 계속한다."

"마스터?"

"보고 싶은 것이 있다. 그렇게만 알고 있어라."

모호하기 그지없는 카피의 말이었지만 그 순간 로이의 머릿속에 한 가지가 번개처럼 떠올랐다.

"설마 폐하께서 진정으로 쫓고 계신 것은!"

로이엘의 목소리가 높아짐과 반대로 카피틀리온의 목소리는 차갑게 내려앉았다.

"거기까지. 짐작해 낸 것은 네 능력이니 탓하지 않겠지만 입 밖에 내는 것은 허락하지 않겠다."

로이는 한 발 뒤로 물러서서 허리를 숙였다.

"네, 마스터."

"네 임무는 그녀를 보호하는 것이다."

"명을 받듭니다."

로이는 주먹을 꽉 쥔 채 물러났다. 카피틀리온이 설마 그걸 생각하고 있을 줄이야.

'하지만……'

왜 하필 자신을 데리고서 그 일을. 아니, 무작정 카피틀리온을 찾아온 것은 자신이지만, 그건 어쩔 수가 없었다. 마황에게 충성을 맹세했지만 아직도 그의 날개는 순백색이었다.

'폐하, 만약에 정말 기대하신 것을 찾아내신다면 그 다음에는 어쩔 생각이십니까.'

그보다 자신은 무엇을 해야 하는 건가. 이건 어쩌면 자신에 대한 시험도 포함하는 일이었던가.

"어머, 로이! 잘 돌아왔어. 이것 한번 먹어볼래?"

힘없이 걷고 있는 로이의 앞으로 갑자기 휘네인이 나타나 불쑥 접시를 내밀었다.

"뭔가, 이건?"

"신전이 제공하는 주 메뉴가 될 스튜지. 내가 손수 끓여봤는데 맛이 어때?"

로이는 잠깐 눈을 가늘게 뜨고 한 인간에 의해 스튜라고 불려지고 있는 정체불명의 액체를 탐사했다. 시각과 후각만을 바탕으로 기존의 지식을 탐사해 미각을 혹사시키지 않고도 그는 액체를 판별했다.

"사양한다."

"아니, 일단 먹어보고 맛을 평가해 달라니까."

"용도가 고문용이라면 조금만 더 노력하면 되겠다."

"뭐, 뭐야!"

휘네인이 인상을 팍 구겼다.

"먹어보지도 않고 어떻게 알아! 이렇게 보여도 내가 얼마나 궁리해서 이것저것 넣어 만든 건데. 얼마나 영양을 신경 썼는지 알아? 이거 한 그릇이면 한 끼 식사가 될 수 있도록 재료를 얼마나 따진 건데."

"그렇게 자신있으면 먼저 스스로 먹어보지 그러나."

"그… 그건."

휘네인이 뭔가 찔린 듯 웃음으로 얼버무렸다.

"호호. 내가 직접 먹으면 객관적인 평가가 안 되니까 말야."

"최소한의 참고는 되겠지."

"얄밉게 말하긴. 좋아, 먹어보지 뭐."

휘네인은 스튜를 한 모금 먹고 잠시 이상야릇한 표정을 오가며 삼킨 후 결론을 내렸다.

"맛도 좀 신경 쓰긴 해야겠다."

"힘들게 깨닫는군."

"시끄럿! 다시 만들 거야!"

휘네인이 소리 질러 로이의 입을 다물게 하고는 다시 냄비와 도마가 어지럽게 널린 요리대 쪽으로 돌아섰다. 그 옆에는 초췌한 얼굴의 켈스가 쓰러져 있었다.

"대체 무슨 일이 있었던 거냐?"

로이의 질문에 켈스가 실로 힘겹게 대답했다.

"아가씨의 신작들 평가를……."

'과연 스스로 맛보는 걸 주저한 이유를 알겠군.'

실패가 거듭되다 보면 냉혹한 진실을 마주하기 두려운 법이다.

포기하지 않고 새로운 재료를 가지고 실험을—결코 요리가 아니라— 행하는 휘네인을 보며 로이는 결론 내렸다.

'아무래도 이번만큼은 폐하가 잘못 고르신 거야.'

너무 걱정하지 않아도 괜찮을 거다. 그렇게 지내다 보면 자신의 날개도 언젠가는 검은색이 되겠지.

카피틀리온은 지도를 말았다. 곧이어 벌어질 전투에 대한 머릿속 가상 모의 실험은 끝났다. 이제는 더 큰 문제에 대해 생각해야 할 차례였다.

로이엘은 딱 적절한 타이밍에 눈치챘다.

'여기까지는 순조로운가.'

계획에서 엇나가는 것 없는 진행. 하지만 그건 아뮤니엘 쪽도 마찬가지다. 서로가 이 정도까지는 계산에 넣고 일을 벌였다. 어느 쪽이 더 강하고 치밀했는가가 갈리는 건 마지막 순간이다.

'슬슬 천계의 진군이 한계에 부딪쳐 가겠지.'

결국 아뮤니엘은 직접 나설 수밖에 없다. 승부가 갈리는 것은 그때. 여신의 힘은 어느 정도인가.

'나보다 강한 것만은 확실하지.'

여신의 수하들이 오기 전 1:1 싸움에서 져 버렸다. 역대 최약의 마황인 자신이 이길 거라고는 생각 안 했지만 정말로 신경 쓰이는 건.

'분명히 어둠의 힘까지 다루었다.'

최초의 계획에 계산되지 않은 오류가 있다. 어떻게 수정할 것인가.

‘데이터가 너무 부족하군.’

결국 결론은 언제나 그렇듯 지금 하고 있는 바부터 최선을 다한다밖에 나오지 않는다. 최선을 다한 끝에 패배라는 건 전혀 반갑지 않은 결과지만.

‘일단 이 전투부터 이겨놓고 더 생각해야겠군.’

시간 끌 일도 아니다. 그는 에테인 대공을 불렀다.

“작전 수립이 완료되었느냐?”

“전장은 여기 에스리츠.”

“잘 골랐구나.”

대공은 고개 끄덕였다.

“지금부터 간다면 국왕군이 오기 전에 고원을 점령할 수 있을 거다. 그걸 기점으로 방어선을 편다면 수적 열세도 어느 정도 극복할 수 있겠지.”

믿고 맡긴다 했지만 내심 불안했는데 다행히 아주 엉터리는 아니었다.

“아니. 고원은 비워둔다.”

“뭐?”

“고원은 비워둔다고 했다.”

“그게 무슨 소리냐? 에스리츠를 전선으로 삼는다면 고원은 공방의 요체다! 높은 곳에서 낮은 곳을 공격하는 것이 마법, 활 양쪽 모두의 명중률이 높으며 하다못해 근접전이라 해도 위에서 내려오는 쪽이 유리한 건 상식. 그걸 비워둔다니 적이 점령하게 내버려 두자는 소리냐?”

이건 상식적으로 말이 안 된다. 전술의 기본만 배운 기사라 해도 고원의 중요성을 바로 알아볼 텐데. 하물며 후계자로서 수업을 받은 녀석이.

"그렇다."

하지만 카피는 실로 냉정하게 잘라 대답했다.

"무슨 생각인 거냐! 설명하지 못한다면 네게 지휘권을 맡기겠다는 말도 취소하겠다."

카피가 천천히 대공과 시선을 마주했다. 순간 대공은 오싹함을 느꼈다. 이건 두 번째다. 그때 전체 회의에서 한 번, 그리고 이번. 아들이 인간이 아닌 다른 존재로 느껴진다. 소드 마스터인 자신이 무력하게 느껴질 정도의 압도적인 위압감. 있을 수 없는 일이다. 상대가 교황일지라도 고개는 숙일지언정 이렇게 압도당하지는 않는데.

"지금부터 설명해 주지."

탁.

무언가 옥죄고 있던 끈이 풀려났다. 대공은 숨을 몰아쉬었다. 카피가 지도를 펼치고는 조각들을 놓았다. 전투가 시작되고 이후 전개 과정이 그의 손아래에서 물 흐르듯 펼쳐졌다.

조각들이 움직이고 움직인다. 돌고 물리고 먹히고.

'이… 이건!'

"이해했나?"

"어떻게 이런 생각을……."

"미진한 점에 대해 지적할 것이 있으면 말해보라."

대공은 고개 저었다. 자신이 적을 지휘했어도 완벽하게 먹혀들었으리라.

'프레이라 해도 별수없을 거다.'

이번 전투 자신들이 이긴다. 아니, 앞으로 있을 수많은 전투도 그리

될지 모른다. 성녀가 선택한 용사는 진정 무서운 자였다.

"반대가 없다면 이대로 수행하겠다."

카피의 차가운 목소리 속에서 에테인 대공은 프레이 대공의 최후를 느꼈다.

*   *   *

에테인 대공군은 예상대로 에스리츠를 전선으로 삼았다. 동시에 예상과 달리 수도를 뺏겼음에도 분열되지 않는 국왕군을 보며 대공이 초조해하고 있다는 첩보도 전달되었다.

국왕과 프레이 대공은 웃으면서 다른 고위 귀족들과 함께 작전 회의를 했다.

"어리석은 자들. 무조건 허를 찌르기만 하면 최고인 줄 아는가."

"후후. 놔두시지요. 궁지에 몰린 자가 어떻게든 상황을 반전해 보려고 발악하는 것 아니겠습니까."

"한 가지 문제라면 아군의 집결이 늦어져서 요충지를 빼앗겼다는 것이오. 적은 틀림없이 고원을 중심으로 방어선을 펼 터, 고지대에서 쏟아지는 마법에 그대로 노출되는 것은 달가운 일은 결코 아니오."

"후후. 그 점에 대해서라면 교황청에서 보내준 비장의 패가 있소."

프레이 대공이 웃었다.

"비장의 패라 하시면?"

"다크 윙즈."

"오오, 그들이 왔단 말입니까?"

역시 교황청. 교단의 편에 선 것은 정말 잘한 일이라고 서로들 고개를 끄덕였다.

"하면 그들은 어디에 있습니까?"

"나도 모르오. 정체는 알려 하지 말라 하였으니. 다만 확실한 건 그들 중 가장 뛰어난 네 명이 아군에 합류해 있고 전투가 시작되면 힘을 드러낼 것이라는 거요."

"과연."

귀족들은 고개를 끄덕였다. 어디서 어떻게 도와줄지 모르니 전술적 활용에는 다소 제한이 걸리지만 그래도 교황청 정예다.

"어느 정도의 능력입니까?"

"소드 마스터도 한 명 섞여 있으니 기대해도 좋다고 하였소."

"오오."

네프티알을 통틀어도 넷, 아니, 이제 카플레스를 포함해 다섯밖에 없는 것이 소드 마스터일진대 한 명이 추가된다는 건 엄청났다.

작전을 한참 논의 중인 가운데 척후병의 보고가 들어왔다. 고원은 아직 비어 있다. 반란군은 현재 고원까지 가지 않은 채 중간에 멈춰 서서 진지를 설치하고 쉬고 있다.

"뭐라? 지금 그 보고 확실한가?"

프레이 대공이 자리에서 벌떡 일어났다.

"분명합니다."

"그럼 이럴 때가 아니군! 으하하하! 애송이가 지휘권을 잡았다더니 그곳의 중요도도 모르고 있나 보군. 회의는 잠시 뒤로 미루고 일단 군대를 움직입시다."

"알겠습니다."

다급히 회의를 멈추고 진군을 명하면서 프레이 대공은 문득 의문이

들었다.

애송이야 그렇다 치고 에테인 대공은 나름대로 노장이다. '고원' 의 중요성을 정말 몰랐을까? 아직도 비워두었다는 건.

'하지만 어떤 생각이라 해도 역시 거긴 공방의 요처다. 차지하고 보는 게 정석이야.'

국왕군이 움직였다는 보고를 받은 대공군도 움직일 준비를 했다.

카피는 휘네인을 불러놓고 빛의 검을 꺼냈다.

"이건 그대가 가져가는 편이 좋겠군."

"네? 전 검을 다룰 줄 몰라요. 당연히 당신이 써야죠."

"물론 그대가 검으로서 활용하라는 것은 아니다. 그대가 가져갈 것은 이거다."

그리 말하고서 카피는 손에 오라를 맺었다. 카피가 뭘 하려나 싶어 휘네인은 의아하게 지켜봤다. 강철도 단번에 잘라내는 오라를 맺은 손으로 카피가 신검의 손잡이를 연이어 내려쳤다.

'……?

그 행동의 의미를 휘네인이 미처 깨닫기도 전에 손잡이에 금이 갔다.

'설마! 설마!'

카피가 또다시 내려치자 마침내 자루가 산산이 조각나 땅에 떨어지고 빛으로 된 날이 사라졌다.

"무… 무슨 짓이에요!"

휘네인이 깜짝 놀라 소리쳤다. 신검도 물건이니까 부서질 수도 있겠지만 그걸 인간의 손으로 깨먹다니. 이런 건 대서사시에서 마왕의 필

살일격을 받아내고서야 부서지는 것이지 동네 대장장이가 깨먹을 물건이 아니잖은가!

상식이라는 게 조금만 있어도 감히 이런 짓은 못할 텐데. 정말 상상을 초월한 일만 골라 벌이는 남자였다.

‘이 일을 어쩌지?

기껏 여신의 뜻에 따라 성물을 찾았는데, 그걸 부숴 버리다니. 이걸 대체 어찌 수습해야 하나. 당장 수리할 이부터 찾아야 하나? 하지만 신검도 수리 가능한가? 대체 누가 수리하지? 어딘가에 전설의 대장간이라도 있으려나?

혼란 상태에 빠진 휘네인과 대조적으로 카피는 침착하게 자루 안에 들어 있던 코어를 꺼냈다.

“받아라.”

카피가 던져 주는 작은 물체를 휘네인은 엉겁결에 받아 들었다.

“이건… 성표인가요?”

재질은 처음 보는 것 같지만 그 모양새는 분명 성표였다.

“성표라면 전 교단에서 받은 게 이미 있는데요.”

“그건 좀 더 특별한 거다.”

빛의 검 에테르 블레이드의 핵이라 할 세라픽 시스템이 탑재된 홀리 스톤이니까.

“이거 나 주려고 부순 거예요?”

“그렇다.”

“……”

휘네인은 잠시간 침묵했다. 상황으로 봐서 이게 성물의 진짜 핵심인 모양이었다. 그러니까 완전히 다 부숴먹은 거라고는 할 수 없겠지만.

그래도 그렇지.

"그럴 거면 그냥 검재로 내가 써도 되잖아요."

"검날 생성 시스템과 연계된 채로는 제 출력이 안 나온다."

"그럼 그냥 꺼내지 그랬어요."

"시간과 비용이 너무 든다. 그럴 여유가 없다."

머리가 지끈거린다. 그렇다 해도 성물인데. 신화와 역사가 함께하는 거룩한 물건인데. 성전에서만 꺼내 쓰고 평소에는 유리 상자에 곱게 담아 각종 마법진 속에서 엄중히 보관하며 멀리서 지켜보고 기도만 올려야 할 그런 물건인데.

'필요하다고 깨부순다니.'

무슨 말을 더 하랴. 휘네인은 한숨 한 번 크게 내쉬고 성표를 받아 들었다. 지금 와서 화낸다고 조각이 도로 붙을 것도 아닌 다음에야 이거라도 잘 간수할밖에.

"알았어요. 당신이 주는 선물이라 생각하고 받을게요."

아무리 박살났다 해도 성물의 잔해란 생각에 휘네인은 조각을 주섬 주섬 주웠다.

'여신이여. 부디 이 남자를 용서해 주십시오. 그리고 옆에서 보고서도 미처 막지 못한 저의 죄도 사해주시옵소서.'

그 옆에서 카피가 여전히 무심한 어조로 말을 이었다.

"지금부터 전투가 벌어질 건데 그대가 우익을 맡아주었으면 한다. 우익이 무너지지 않고 버티는 게 이번 전투의 핵심이다. 적의 공세가 집중될 터 그대의 신성 마법이 필요하다."

전부 다 주워 모은 휘네인은 자세를 바로잡고 대답했다.

"제가 못해낸다면 우리가 지는 건가요?"

"그렇게 되겠지."

그리고 자신들이 진다면 그 다음에는 교황이 뜻대로 하겠지. 그건 안 된다. 몇 번이나 각오를 다졌다.

"알겠어요. 버텨낼게요."

"너라면 높은 확률로 해낼 수 있을 거다."

"그거 믿겠다는 말이죠? 고마워요."

휘네인은 빙긋 웃으며 카피에게 작별했다. 이제 전장에 나갈 차례였다. 이렇게 수많은 사람들이 서로 죽이려 드는 싸움은 처음이었다.

'괜찮아. 잘해낼 수 있어.'

해내기로 결심했는걸.

양군이 부딪치고 서로 간에 공격이 오고 갔다.

전황은 당초 예상대로 대공군 쪽이 밀리기 시작했다. 수가 적은 데다가 지형상의 이점까지 뺏겼으니 당연한 결과였다.

가장 먼저 무너진 건 우익이었다. 국왕군은 신이 나서 추격을 개시했다.

뒤이어 중군과 좌익도 서서히 밀려나자 국왕군은 그대로 밀어붙이기 시작했다.

"좋아. 이대로 끝내 버린다. 핫하하. 전군 계속 진격하라!"

국왕이 신이 나서 외치는 가운데 프레이 대공은 작은 불안감을 느꼈다.

"국왕 폐하, 언덕에 이만 정도의 군대는 놔두는 게 어떨지요?"

"무슨 말인가! 이대로 적이 물러나 농성을 시작하면 골치 아프지 않은가. 밖에 끌어냈을 때 완벽하게 패주시켜야지!"

하긴 그 말이 맞긴 맞다. 무엇보다 이 정도로 유리한 상황이라면 차라리 확실하게 밀어붙이는 편이 나을지도.

"하면 마법사단은 언덕에 남겨 포격을 계속하게 하고 나머지를 우익에 좀 더 집중하는 게 좋겠습니다."

"약한 쪽부터 먼저 격파하자는 거지? 좋네. 나도 그리 생각하네."

교황청에서 온 사자들도 그쪽을 노릴 것이다. 그들까지 가세한다면 우익은 확실히 무너질 터 저쪽이 패주하는 상황에서 이쪽의 진형이 흐트러지는 건 크게 걱정할 건 못 되리라.

대공과 국왕까지 합류하여 국왕군은 내달렸다. 자연스럽게 중앙 언덕에서 거리가 벌어지면서 지원 마법 공격은 끊겼다.

"꽤나 끌어냈나."

전황 보고를 받으며 카피는 고개를 끄덕였다. 여기까지는 순조로웠다. 적을 원하는 대로 끌어냈다. 남은 건 옆과 뒤를 들이쳐서 무너뜨리기. 문제는 총공세를 퍼붓는 적을 그때까지 버텨내냐는 것이다. 특히 미끼 역할이 된 우익이 중요했다.

그때 수적 열세에도 그럭저럭 분전하던 대공군의 우익이 한순간에 술렁였다. 빛나는 검이 막아서는 병사들을 일도양단했다. 불꽃이 내리치며 터졌다.

"보고드립니다! 소드 마스터로 추정되는 이와 그 일행이 우익에 출현했습니다!"

"다크 윙즈인가."

그래서 죽여 버려야 한다고 한 건데. 이제 휘네인 자신이 과거에 저지른 실수에 대해 책임져야 할 때였다.

"우익이 무너지면 작전은 실패다. 급히 증원군을 파견해야 하지 않겠느냐?"

"좌익이나 중앙에서 군을 빼내면 그쪽이 부실해진다. 그리고 우익은 무너지지 않는다."

지금 구원군을 파견할 여유는 없었다. 나머지 군대가 맡은 역할을 유기적으로 해내지 않는다면 격파당하는 건 이쪽이었다.

"하지만 저 소드 마스터의 출현은 예상에 없지 않았느냐."

"있었다. 그래서 휘네인을 거기 뇌둔 거고. 신경 쓰지 말고 그대의 임무를 완수해라."

"…알았다."

대공은 물러섰다. 여기까지 와서 믿어보지 않을 수도 없다. 성녀가 그 이름에 걸맞는 위용을 보이길 바랄밖에. 하지만 신성력은 높을지 몰라도 실전 경험은 결코 많지 않을 텐데 괜찮을 것인가.

'이제 와 다른 수도 없겠지만.'

대공은 정예 기사단을 이끌고 전쟁터를 크게 우회했다. 그에 맞추어서 숨어 있던 마법사단도 조금씩 움직였다. 들킬 우려가 있어서 중간에 연락해서 변경하는 것도 불가능한 움직임이었다.

강력한 몇 명의 공격에 의해 병사들이 순식간에 죽어나갔다. 휘네인은 다급히 앞으로 나섰다. 이대로 있다가는 병사들이 다 죽는다. 적이 노리는 핵심은 자신이니까, 정면 승부를 한다면 희생을 줄일 수 있었다.

"여기 신성사제 휘네인 아네시스가 있어요! 그대도 뛰어난 검사라면 일반 병졸을 죽이지 말고 나와 승부해요."

"그거 듣던 중 반가운 소리네. 너 하나만 잡으면 우익이 무너진다
이거지?"
검사와 휘네인의 시선이 마주쳤다.
"당신들은……."
아는 얼굴이었다. 알렉스라고 스스로를 소개했던 다크 윙즈의 젊은
검사.
"은혜를 원수로 갚는다 같은 말은 하지 말라고. 네가 날 살려준 것
보다야 여신께 입은 은혜가 훨씬 더 크잖아?"

"지금 살려두면 후환이 될 텐데."

어째서 인정하기 싫은 카피의 말들은 이토록이나 잘 들어맞는 걸까.
"당신은 속고 있어요. 여신의 뜻은 더 이상 지금의 교단에 있지 않
아요. 지금의 교단이 하는 바는 차라리 마족에 가까워요."
"그 정도 말에 넘어갈 거라면 처음부터 여길 오지 않았겠지."
휘네인은 성표를 꽉 잡았다. 여기서 물러서면 모두 죽는다. 전쟁터
에 나설 때 이 정도는 각오하지 않았는가.
"그렇다면… 나도 힘으로 당신들을 막겠어요."
"해보시지."
"다들 비켜서세요. 말려들면 위험합니다."
넓은 전장의 가운데에 순식간에 넷만이 마주한 작은 예외 지대가 생
겼다. 휘네인은 심호흡을 하며 성표를 쥐었다. 3:1. 상대는 소드 마스
터에다가 녹록치 않은 수준의 마법사와 성직자. 공수 양면의 균형도
좋고 허점도 없는 조합.

‘이길 수 있을까?

알렉스의 검에 빛나는 오라가 맺힌다. 유르피나의 지팡이의 마석이 타오른다. 세일덴의 해머도 신성력을 내뿜는다.

‘아니. 이겨야 해.’

자기가 부른 사태다. 이번만큼은 망설이거나 상처 입히지 않게 싸우자는 식으로 할 상황이 아니다. 카피도 말했다.

“너라면 해낼 거라고 믿는다.”

이 싸움의 결과에 따라 앞으로 교단이 그분의 참된 뜻을 따를지, 아니면 거룩한 이름을 팔아 학살과 타락을 행할지가 결정된다.

‘여신이여. 힘을 주소서.’

휘네인은 크게 외쳤다.

“어둠을 파하라. 빛의 힘이여. 홀리 블라스트!”

수십 개의 광구가 생겨나며 사방으로 어지럽게 날며 내리 꽂혔다.

“홀리 쉴드.”

“마나 배리어.”

다섯 개씩을 맞은 둘이 방어막을 펼치고도 한 발씩 밀렸다.

“제법이잖아?”

그리고 나머지 22개가 노린 알렉스는 피하고 쳐내면서 역으로 휘네인에게 뛰어들었다.

‘빨라!’

피할 수 있는 건 다 피해 버리고 동시에 막아서는 건 쳐내서 뚫는다. 이게 소드 마스터?

"홀리 쉴드!"

기기기긱.

검기와 신성의 장막이 부딪친 자리에서 한층 더 강한 빛이 났다.

"지원할게! 파이어 버드(Fire Bird)!"

"블레스(Bless)."

"좋았어!"

세일덴의 지원을 받은 알렉스의 검이 한층 더 강한 힘으로 압박해 들어오고 동시에 유르피나의 불새까지 가세하는 순간 휘네인도 성표를 앞으로 뻗었다.

"그렇게 간단히는 안 돼요! 스타 라이트 익스플로전(Star Light Explosion)!"

콰앙!

방어막이 변형되며 그대로 폭발했다.

"잡았나?"

"서툴군."

폭발이 걷히는 순간 알렉스가 다시 뛰어들며 참격을 가했다. 지원용 주문을 외우며 유르피나는 미소 지었다. 들었던 것에 비해서는 저 사제 강하지만 서툴다. 폭발하는 순간 알렉스는 이미 물러서며 몸을 보호했는데 그 정도로 방심하다니. 창졸지간에 방어해 보려 하겠지만 그 정도는 이 해제 주문으로 약화를.

'저건?

심장을 노리고 들어가는 알렉스의 검 앞에 내밀어진 휘네인의 성표 주위로 원을 이루고 도는 신성 문자를 유르피나는 빠르게 읽고 판단했다.

오만의 날개로 하늘로 솟아오른 자여. 그 힘 다할 때 지상으로 추락할지 어다.

헤븐즈 하이니스(Heaven's Highness).

"알렉스! 물러서!"

안 돼. 말이 늦었다.

검격이 휘네인의 옷 위를 찔러 들어가는 순간 알렉스는 뒤로 물러섰다. 그의 흉갑 부근이 살짝 깨져 나갔다.

"좀 이상하더라니. 만만찮군."

"소드 마스터란 강하군요."

검격이 반사된다는 걸 느끼자마자 도로 거두다니. 그렇게나 빠른 검이었는데.

"알렉스, 괜찮아?"

"아, 살짝 긁힌 정도야. 하지만 이거 계속 이런 식은 아니지?"

"무한정 쓸 수는 없겠지만, 타이밍 승부야."

"이거이거, 실전 경험은 전무하다 들었는데 방심하다 큰코다치겠는데."

서로 한발 떨어져서 다시 대치한 넷 사이로 팽팽한 긴장감이 흘렀다. 휘네인의 성표 위로 땀방울들이 미끄러졌다.

'괜찮아. 할 수 있을 거야.'

처음으로 제대로 싸워보는 거지만, 소드 마스터란 존재는 어지간한 주문은 안 먹히는 자이지만 그래도 여기는 내가 싸워야 할 곳이니까. 나 때문에 다른 자들이 죽어나가게 할 수는 없으니까.

"홀리 블라스트."

다시 휘네인의 주위로 떠오른 광구가 이번에는 떨어진 둘만을 노리고 연타로 나갔다.

'일단 이걸로 견제하고.'

알렉스의 검은 홀리 쉴드로 막고.

'조금 많이 힘들지만.'

홀리 블라스트가 끝나고 여유가 생기는 순간.

"스타 라이트 익스플로전(Star Light Explosion)."

처음에도 안 당한 수법에 두 번째 당할까 보냐. '스' 자가 나오는 순간 알렉스는 몸을 보호할 준비를 했다. 뒤이어 폭발이 일어났다.

휘네인의 주변이 아니라 쏟아지는 광구를 다 막아내고 다음 주문을 준비하려던 둘에게.

콰앙!

'이런!'

생각보다 본능적 판단이 빠르다. 두 동료가 당하는 순간 상황을 파악한 알렉스는 그대로 휘네인을 재공격했다. 약해진 방어막을 뚫고 그의 검이 어깨뼈를 부쉈다. 외피. 근육. 뼈. 다시 근육. 어깨뼈를 넘어 첫 번째 가슴뼈까지.

'이대로 양단한다.'

휘네인도 이를 악물고 다시 신성력을 끌어냈다. 빛이 다시금 일어나며 그녀의 몸에 멋대로 침투한 이물질을 밀어냈다.

치열한 힘겨루기. 검기 쪽이 조금만 우세해지면 이런 연약한 몸쯤은 그대로 조각나리라. 알렉스가 근력까지 있는 힘껏 쥐어짜 내며 눌러왔다. 휘네인은 눈을 질끈 감고 정신을 집중했다.

"질 수는… 없어요!"

타앙.

방어막이 복구되며 알렉스는 한 걸음 뒤로 밀려났다.

"하아! 하아!"

"제길."

알렉스가 섣부르게 다시 덤비지 않고 자세를 바로 했다.

'강하다. 이 여자. 방심 안 하는 정도가 아니라.'

자기들 쪽에서 최선을 다해야 한다. 싸우는 방식은 서투를지 몰라도 기본적인 응용력은 있다. 무엇보다 그걸 메우고도 남는 어마어마한 신성력. 이중 주문을 쓸 수 있다는 건 알았지만 설마 하니 자신의 공격을 막아내면서 저 둘까지 날릴 줄이야.

힘으로 밀어도 저 방어막은 못 깬다. 인정해야 했다. 그렇다면 자신이 우위에 있는 것은……

보통 사람은 눈으로 잡기 힘든 속도로 알렉스는 움직였다. 근력과 속도에서 나오는 충격. 거기에다가 검 자체의 강도와 검기를 합친 공격을 가하고 상대가 반응하기 전에 물러선다.

파칭. 파칭.

방어막에 몇 번인지도 모르게 강한 공격이 들어왔다 나간다.

'안 보여.'

휘네인은 숨을 한 번 몰아쉬었다. 앞에서 찔렀나 싶으면 뒤에서 베고 어느새 옆에서 또 두들긴다. 아직은 강한 방어막으로 무작정 버티긴 하지만 이런 식의 교환은 계속 못한다. 순수하게 신성력만으로 막는 자신 쪽의 소모가 크다.

'일단 잡자.'

"거룩한 상징 여기에 드리우니. 지상에 속한 자들이여. 굴종하라!"

엠블럼 오브 험블(Emblem of Humble)."

"큭?"

휘네인의 머리 위로 '겸손' 의 미덕을 드리우는 상징이 떠오르자 알렉스는 그대로 땅바닥에 박혔다.

'제길, 이거 중력장도 아닌 것이.'

유르피나의 중력장 정도는 힘으로 이겨냈는데.

"이어서. 악!"

공격 주문을 외우려던 휘네인은 날아온 검기에 직격당했다. 순간적인 방어막이 아니었다면 위험했을 일격이었다.

"날 잡아놓고 공격 주문까지 외게? 그렇게는 안 되지."

바닥에 엎드린 상태에서도 고개만은 든 알렉스의 검에도 오라가 이글거렸다. 방어를 풀기만 하면 그대로 또 일격을 쏘아주겠다는 의지가 확연했다.

속박과 방어, 속박과 공격, 두 가지까지는 가능하지만 속박, 방어, 공격 셋은 무리다. 휘네인은 미련없이 엠블럼 오브 험블을 풀었다.

알렉스가 그대로 땅에서 튕겨 일어나며 다시 공격을 가했다.

'어쩌지? 빨리 생각해 내야 해.'

어지간한 건 피해 버린다. 약간은 명중하더라도 그 정도는 저쪽의 방어력을 뚫지 못한다. 그럼 광범위 공격?

'샤이닝 포스? 안 돼. 다 말려들 거야. 그전에 기다려 주지도 않을 거고.'

그건 그녀로서도 전력을 다해야 하니까. 그렇다면 중간 단계로서 쓸 만한 건.

'없어!'

소드 마스터가 어느 정도로 강한지 미리 알아뒀으면 좋았을걸. 자신할 수 있는 주문이 하나도 없다. 아마도 남은 기회는 기껏해야 두 번에서 세 번.

'어쩌지?

이럴 줄 알았으면 공격 주문도 다양하게 익혀둘걸. 아니, 그랬다면 방어나 치유에 이 정도로 능해질 시간은 없었겠지만.

[정말 곤란하면 기도해 봐라. 그게 네 특기 아닌가.]

'여신이여. 힘을 주소서. 여기서 모두를 지킬 지혜를 내려주소서.'

눈을 감고 기도한다. 결국 모든 주문은 여신께서 내리는 것. 신성력이란 그분의 권능을 비추는 거울일 뿐.

떠오른다. 한 번도 배운 적 없는 주문이지만 마음속에서 떠오른다.

'나 이 주문 알고 있어?'

아니면 누가 알려주고 있나? 의문에 대한 답은 없다. 다만 카피가 준 성표가 신비하게 반짝인다. 그리고 저 너머에서 온 '말씀'을 받들어 휘네인은 옮겼다.

"모든 것을 뜻대로 이루게 하는 그분의 위대한 말씀의 조각을 나 받들어 여기서 말하니 태초에 빛이 어둠을 비추어 부정한 사이에서 정한 것을 끌어내었으니 이제 여기도 정한 것 앞에 그렇지 않은 것이 사그라지리라. 홀리 워드―퓨리파이(Holy Word―Purify)!"

휘네인의 입에서 그 자체로 힘을 지닌 '성어'가 터져 나왔다. 인간의 발음 기관으로는 결코 정확히 발언할 수 없는 단어. Pu―a. 그 의미는 정결히 하다.

"크악!"

'검기'는 어둠의 힘은 아니지만 순수한 신성의 본질은 아니다. 절대적인 하늘의 높음 앞에서 모든 것이 잡스럽다. 인간의 육신은 신의 영광 앞에 마주 설 수 없다.

터져 나오는 힘의 파동 앞에 존재 자체를 부정당하며 알렉스는 나가 떨어졌다. 그나마 한 가닥 생명을 부지해 준 건 그의 힘이 아니라 그의 마음.

"하아. 하아."

카피는 전황을 보고받았다.

"우익. 그대로 견디고 있습니다."

"좋아. 잘해주었군. 이제 결정타를 날린다. 중군. 고원을 탈환하라!"

고원은 요지이지만 한껏 적군이 몰려나온 지금, 소수의 마법사단을 제외하면 허술해져 있다. 에테인 대공이 손수 지휘하는 정예 기사단에 나머지 병력이 보조해서 밀어붙인다면 무너지는 건 금방이다.

"적이 몰려옵니다."

"뭣이 어떻게? 적은 아군의 맹격을 받아 패주 중인 게 아닌가?"

"그… 그것이. 억."

중앙 마법사단에 보고하던 척후병의 등에 화살이 꽂혔다. 승부는 순식간에 밀렸다.

"제2군. 우회해서 우익을 치고 있는 적의 좌익의 측면을 공격하라. 마법사단. 좌익에 집중 포격."

되찾은 고원을 바탕으로 카피의 다음 지시가 이어졌다.

고원 위를 점령한 에테인 대공군의 마법사들이 아낌없이 마법을 퍼부었다.

"이… 이런! 고원을 재탈환해라!"

"폐하, 좌익이 무너지고 있습니다. 방어하는 마법사들이 너무 부족합니다."

"그전에 고원을 재탈환하면 된다."

"완강하게 몰려오는군. 우익 제3, 4, 5대. 뒤로 빠지며 적의 중군의 덜미를 문다. 중군 제4, 5대. 북쪽으로 크게 우회해 협공하라."

비슷한 숫자일 때 포위당한 쪽과 포위한 쪽의 전력 차이는 크다. 유리한 지형을 점령한 채 마법의 지원을 제대로 받는 쪽과 차이가 컸다. 기세가 무너진 군대가 지휘관의 통제를 벗어나 제멋대로 흩어졌다.

"완전히 걸렸군."

프레이 대공은 이를 갈았다. 차라리 처음부터 고원을 적이 차지했다면 멀찍이 대치하며 소모전으로 갔을 텐데. 지금은 완벽하게 분열된 채 상대방에게 먹잇감이 되어버렸다. 무엇보다 뼈아픈 건 마법사단의 궤멸이었다.

'이대로는 안 된다.'

저쪽은 고원에서 마법을 날리는데 이쪽은 맞대응조차 안 된다. 병력은 분열되어 있고 제각기 포위당한 상황. 시간이 지나면 피해는 압도적으로 커질 뿐이다.

"폐하, 방법이 없습니다. 일단 후퇴하시지요."

"하지만 어찌."

콰앙!

불덩어리 하나가 바로 옆에 떨어져 폭발했다. 프레이 대공이 황급히 그 앞을 막았다.

"폐하!"

"알겠소."

눈앞에 튀는 파편을 보고 왕은 순순히 고개를 끄덕였다. 잘못하다가는 자기도 죽는다는 사실에 비로소 공포를 느꼈다.

"철군한다!"

남쪽으로 분단된 군대는 포기하고 프레이 대공은 북쪽의 군대만을 끌고 가기로 했다. 어차피 남쪽은 대다수가 모여든 연합군. 이쯤 전세가 기울었으면 항복하는 자도 부지기수일 터였다.

북동쪽으로 후퇴하며 프레이 대공은 고개를 저었다.

"기막히군. 언덕을 비워둔 게 함정이었다니."

"하지만 그런 공방의 요처를 어떻게 차지하지 않을 수 있단 말이오."

초췌한 얼굴로 율스겐 백작이 대답했다.

"큭큭. 우리 같은 범인과 천재의 차이겠지. 여신이 선택했든 악마가 선택했든 정말로 특별한 존재가 휘네인 신성사제의 옆에 있긴 있나 보오."

프레이 대공은 힘없이 웃었다. 완패였다. 이제 본성으로 도망가 항전하는 수밖에 없었지만 그 끝이 보였다. 다른 귀족들은 앞 다투어 에테인 대공가에 붙을 테고 프레이 가는 고독하게 항전을 벌이다가 멸망할 것이다.

'아들 녀석들은 프렌즈로 망명시켜야겠군.'

율스겐 백작도 머지않아 비슷한 길을 택하게 될 것이다. 이미 반쯤 포위망에 걸려든 북군인들 얼마나 탈출할 수 있을까. 머리 위로 불덩어리가 또 지나갔다.

"끝났군."

사방에 피와 살이 튀는 가운데 체스 한 판 두었다는 듯 카피는 담담히 선언했다. 대공은 그 옆에서 전율하며 패주하는 적을 보았다. 처음부터 끝까지, 단 한 치도 카피의 작전은 엇나가지 않았다. 마치 각본에 따라 연극이라도 한 것처럼 상대방은 그대로 말려주고 그대로 패배했다.

"패잔병을 추적해 처리하고 오겠다. 적 좌익은 거의 항복했으니 우군도 끌고 가서 적을 협공하겠다."

"좋다. 하지만 너무 깊이 추적하지는 마라."

"역습을 우려해서냐? 그거라면 걱정하지 마라."

그래도 명색이 네프티알 제일 무인이다. 과거형이 되긴 하겠지만 그런 실수를 저지를 만큼 늙진 않았다.

"아니. 너무 많이 죽이지 마라는 거다."

"그 말뜻은… 알겠다."

에테인 대공은 말을 돌렸다. 항복이라. 과연 저 프레이 대공이 패배했다고 그렇게 할까 의문은 들지만, 지금 상황에서 명령을 거부할 수야 없었다.

에스리츠 전투. 국왕군은 대패했다. 총 병력 10만 중 3만이 항복, 2만이 사상, 2만 이상이 흩어지고 무사히 퇴각한 건 3할도 채 되지 않았다.

그에 반해 당초 병력의 열세였던 에테인 대공 측의 손실은 1만이 되지 않았다. 네프티알의 내전은 그걸로 사실상 끝났다.

Chapter 5
성녀의 이름

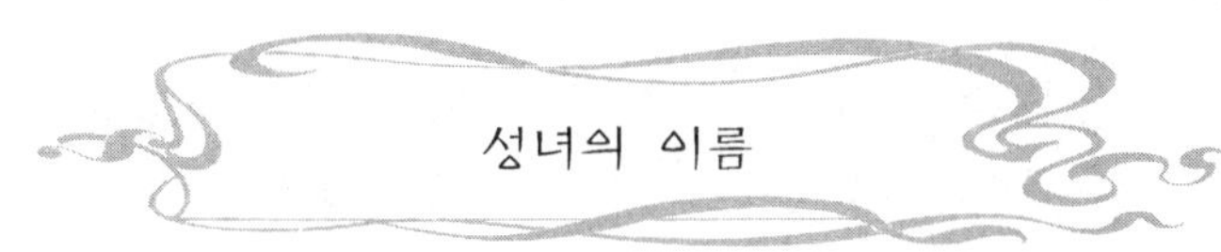

성녀의 이름

좌우익과 중군이 하나로 합류했다. 카피를 찾은 휘네인은 한가운데 모여서 묶여 있는 이들을 보았다.

"카피, 이들은……."

"포로다."

"포로……."

휘네인은 입술을 질끈 깨물었다. 이건 외면해서는 안 되는 장면이다. 지치고 황폐한 얼굴들. 그 사이에 쓰러져 있는 상처 입은 자들. 이 싸움 자체를 막지 못했을 때 이런 결과는 예견되어 있었다.

"카피, 이들의 처분 제게 맡겨주지 않겠어요?"

"어쩔 생각인가?"

"부상병은 치료해 주고 나머지 이들은 무장을 해제한 후 먹이고 쉬게 해주려고 해요. 저기… 죽이거나 그러지 않을 거죠?"

"어차피 영주들이 줄줄이 항복해 올 상황에서 죽이는 건 어리석은 일이지. 그대 뜻대로 해라. 부상자들의 분류를 도와주지."

"고마워요."

늘 무뚝뚝한 얼굴이지만 결국 카피는 자신의 부탁을 늘 들어준다. 휘네인은 살짝 미소 지은 후 주위 장교들에게 명령했다.

"일단 부상자들부터 한곳에 모으고 그렇지 않은 이들은 묵고 씻을 곳을 마련해 줘요."

"알겠습니다. 예하, 그리고 포로들은."

"포로들에 대해 지시한 거예요."

"네?"

장교가 당황했다.

"예하, 포로들의 부상까지 신경 쓰실 필요는……."

"무슨 소릴 하는 거예요. 다 같은 사람이잖아요?"

"하지만……."

"싸움은 끝났어요. 이미 죽은 이는 어찌할 수 없겠지만 저들은 무사히 고향에 돌아가게 할 거예요. 그러니 당장 움직여요."

"네, 예하."

포로라 해도 같은 네프티알의 국민이다. 항복한 이상 심한 처우가 나오지 않을 거라고야 예상했지만 이건 조금 파격이다. 하지만 사령관인 카플레스 경도 승인한 이상 장교들은 순순히 명령에 따랐다.

카피가 휘네인의 옆에서 지휘를 도왔다.

"부상병은 3등급으로 분류하라. 가벼운 부상자는 왼편에, 중간은 가운데에, 위급한 자들은 가장 오른쪽에 모아라."

아군 적군 가릴 것 없이 부상자들이 모였다. 너른 벌판이 급히 세워진 임시 막사들과 환자들로 꽉 찼다.

"잘 나눠진 것 같군. 치유사들은 가운데에 집중 투입한다. 의료병은 2/3는 가운데에, 1/3은 경상자들의 응급 처치를 행하라."

"카피? 지시가 잘못되었어요. 위독한 사람들부터 돌봐야죠."

휘네인은 사소한 오류를 정정하려 했다.

"위독한 자들은 포기한다."

하지만 카피는 그게 오류가 아님을 분명히 했다.

"뭐라고요? 무슨 말을 하는 거예요. 포기라니. 죽게 내버려 두자는 거예요?"

"그렇다."

일말의 흔들림도 없이 카피는 오른편에 모인 이들의 사망을 선고했다. 휘네인의 꽉 쥔 주먹이 부르르 떨렸다.

"지금 그걸 말이라고 해요! 손 내밀면 구해줄 수 있는 이들을 죽게 놔둔다고요?"

"그렇다."

짝!

휘네인은 그만 자기도 모르게 카피의 뺨을 때렸다. 어떻게 이런 말을 할 수 있는 거지. 어떻게.

"이유가 뭐죠? 아니, 어떤 이유가 있다 해도 말도 안 돼요, 그건!"

뺨을 맞았음에도 카피의 눈에 분노는 어리지 않았다. 오히려 미묘하게 드러난 감정은 당황감이었다.

"이유라니. 당연한 것 아닌가. 한정된 치유사들로 최대 다수를 구하려면 일인당 치유력을 많이 필요로 하는 자들을 포기해야 하지 않은가."

이런 명백한 이유가 있는데 왜 그대가 화내는지 전혀 이해하지 못하겠다는 느낌이 그에게서 그대로 배어 나왔다. 휘네인은 한순간 등골이 서늘해졌다. 카피의 말은… 틀리진 않다. 하지만 어째서 이토록 차가운 진실을 그는 아무렇지도 않게 들이대는 걸까.

아니, 이건 진실이 아니다. 정답이 아니다. 인정할 수 없다. 그녀는 그렇게 배우지 않았다.

"그럴 수는 없어요! 다 소중한 생명이라고요!"

"물론 회복된 후에 특별한 전력 차는 없겠지. 그러니까 최대 다수를 구하는 방향으로 하자는 거다."

"그런 게… 아니에요. 그런 게 아니라고요. 다 구해야 해요."

"그럴 만한 치유사가 확보되어 있지 않다."

"그건……."

"솔직히 그대가 왜 화내는지 이해가 되지 않는군. 한 명이라도 더 구하려는 이유는 다르지만 목적 자체는 일치하지 않나?"

휘네인은 고개를 돌렸다. 카피의 말이 맞다. 그도 그 나름대로 내린 최선의 결론인 거다. 관여하지 않으면서 모두를 구해야 한다고 말만 하는 건 얼마나 쉬운가. 어려운 건 필요한 순간 행동하는 거다.

그럼 그냥 저대로 다 죽게 내버려 두어야 할까? 자신은 여신이 아니고, 아니, 여신조차도 미족의 방해 때문에 모두를 구하지는 못할진대 어쩔 수 없는 건 어쩔 수 없는 거겠지.

"하지만 역시 그렇게 순순히 포기하긴 싫어."

휘네인은 다시 기세를 되찾아 획 돌아섰다.

"내가 할 거예요!"

그래. 내가 해야 돼. 카피의 말은 차가운 진실이어서 논리로 이길 수 없어. 그렇다면 그건 따뜻한 진리로 품을 수밖에. 구할 수 없다가 그의 진실이라면 구해야 한다는 내가 아는 진리.

여신이여. 자비를.

휘네인은 부상병들의 가운데로 걸어갔다. 카피가 그녀를 말렸다.

"무슨 생각 하는 건가. 방금 전까지 전투를 치른 그대에게 그런 힘은 없다."

"난 사제라고요."

휘네인은 카피가 준 성표를 꽉 잡았다. 차가운 말을 하는 남자가 준 성표는 이상하게 따듯했다.

'일일이 돌아보려 하다가는 늦을 거야.'

심하게 피를 흘리는 자들도 많다.

'할 수 있을까?'

다크 윙즈와 싸우고 그 뒤의 싸움 속에서도 사람들을 보호한다고 엄청 지쳤는데. 카피의 지적은 틀리지 않았다.

'아냐. 할 수 있어. 아니, 해야 해.'

손 놓고 있다가는 정말로 사람들이 죽어버릴 테니까. 능력이 안 되니 죽게 놔두자. 그건 틀린 건 아니지만 잘못되었다. 사제로서 그녀가 배운 바는. 당장 눈앞에서 죽어가는 이를 위해서 일단 최선을 다하라. 그리고 여신의 자비를 기도하라.

"바람이여 들으라. 대지여 들으라. 나 이제 여기서 여신의 자애를 노래하리라. 모든 인간은 그분의 품 아래에서 평등하게 태어난 거룩한 존재일지니. 그분은 모두를 감싸 구하시고 이끄신다. 하니 나 이제 그분의 치유하는 힘을 받아 너희에게 주나니, 그대들 실어 나르라. 각자에게 각자가 필요한 만큼의 생명을 부여하여 누구 하나 빠짐없이 삶으로 돌아오게 하라. 생추어리 오브 이퀄 힐링(Sanctuary of Equal

Healing)."

성표를 중심으로 반경 10m에 달하는 마법진이 나타났다. 이중의 원으로 된 마법진은 하나는 허공에 하나는 대지에 있었다. 허공의 마법진에서는 밝은 녹색의 빛 알갱이들이 솟아나 사방으로 날았다. 대지의 마법진에서는 따뜻한 붉은 빛이 물결치듯 퍼졌다.

생명력이 약해진 곳부터 채워 나가는 광역 치유 결계가 발동했다. 위급한 환자들이 조금씩 혈색이 돌아왔다. 위급하지 않았기에 그 대상이 아닌 이들조차 그 아름다운 광경에 넋을 잃었다.

이런 강력한 치유의 이적은 본 적이 없다. 이것이 말로만 듣던 성녀의 힘인가.

'조금만 더……'

다리가 후들후들 떨리고 땀이 마구 솟아났지만 휘네인은 버텼다. 다른 누군가의 생명을 채워주고 있다는 느낌이 왔다. 그리고 아직 그 최저선이 모자라다는 것도.

"그만둬라! 이 이상은 무리다. 네가 위험하다. 이런 일반 병사 다수보다 너 하나가 훨씬 중요함을 모르는가."

다급히 외치는 카피를 보며 휘네인은 빙긋 웃었다.

'그 말은 고마워요. 하지만 아니에요. 다 중요해요. 누구에게나 각자의 삶이 있는걸요.'

"전부 구하려다가는 아무도 구하지 못한다."

'그래요, 카피. 나도 당신이 틀렸다고는 생각하지 않아요. 아니, 누구도 당신을 비난하지는 않겠죠. 하지만 난 그래도 바라는 거예요.'

그러니 여신이여. 간절히 바라건대 제 몸이 바스러지도록 기도하나니, 기적을. 저들 모두를 치유할 힘을.

'할 수 있어!'

꺼져 가던 마법진의 빛이 다시 한순간 확 일어났다. 휘네인의 옷이 마구 펄럭이고 성표가 저절로 떠올라 뱅글 돌았다. 그곳에 있던 병사들은 모두 다 한순간 그녀의 품에 안긴 듯한 착각을 느꼈다. 생명의 축복이 바람에 실려 날리고 대지에서 뿜어지며 기적을 노래했다.

"하아… 하아. 해냈다."

휘네인은 그 자리에서 풀썩 쓰러졌다. 지쳤다. 생명의 위기에서 간당간당하는 자들을 붙잡는 것만으로도 힘을 다 써버렸다.

"다행이야……."

가슴이 마구 옥죄어오는 게 아무래도 좀 무리한 거 같지만 이 정도쯤이야.

"휘네인!"

카피, 지금 소리치는 건가? 입은 크게 벌린 거 같은데 왜 소리는 작게 들릴까. 일단 잠시만 눈을 감자. 역시 무리이긴 무리였다.

"곤란하군."

다 끝난 전투의 뒤에 이런 사고를 칠 줄이야. 카피는 쓰러지는 휘네인을 바로 안아 들고서 재빠르게 움직였다. 막사 하나를 잡은 그는 아무도 접근하지 말 것을 지시하고 휘네인을 눕혔다.

그는 휘네인의 맥을 짚었다. 그의 눈에 이채가 돌았다.

'이건 생각보다는 가볍다?'

적어도 몇 군데 정도는 망가졌으리라 예상했다. 아니, 반동으로 죽는다 해도 각오해야 할 사태였는데, 의외로 멀쩡했다. 이 정도면 극심한 탈진 수준이었다.

'그녀의 신성력이 이 정도였나?'

아니다. 분명 지난 시간 관찰한 바로는 이 정도가 되지 않았다. 그렇다는 건.

'그 순간 한 단계 더 강해진 건가.'

감탄할 만한 일이다.

'그래. 빛의 존재들은 가끔 이러지.'

짧은 한순간에 놀랍게 성장하는 이들이 이전에도 종종 있었다. 그 예측 불허의 성장은 많은 사전 준비를 무효로 돌리고는 했다. 그걸 눈앞에서 보게 될 줄이야.

'좋은 관찰이었군.'

한참 뒤에 휘네인은 정신을 차렸다.

"카피? 당신이에요?"

"그렇다."

무뚝뚝한 얼굴. 하지만 틀림없이 내내 지켜보고 있었겠지.

"부상병들은……."

"이제 괜찮다. 바로 낫지는 않았지만 다들 생명의 고비는 넘겼다."

"하아. 해냈네요."

휘네인은 미소 지었다. 뿌듯하다. 몸은 여전히 녹초지만 기분만은 좋다.

"저기 카피……."

"왜 그러나?"

"아까 때려서 미안해요."

사실은 당신도 한 명이라도 더 구해보려 한 건데. 그렇게 결정하면서 당신도 무척이나 가슴 아팠을 텐데. 감싸줘야 할 사제인 자신이 카피에게는 왜 화를 냈던 걸까.

"그거라면 괜찮다. 애초에 네 신성력을 잘못 파악해서 귀중한 병력을 유실할 뻔했던 내 판단 착오가 원인이었으니까."

뭔가 미묘하게 핀트가 엇나간 거 같지만 사과를 받아준 거겠지? 휘네인은 그렇게 이해하기로 했다.

"저… 조금 걷고 올게요. 환자들 상태도 제 눈으로 보고 싶고. 누워만 있기보다 바깥바람을 쐬는 게 나을 거 같아요."

"알았다. 같이 가지."

"아뇨. 혼자서 머리 식히고 싶어요."

안심하고 쓰러져 버렸지만 실제 결과는 눈으로 확인해야 한다. 당장 추가적인 조치가 필요한 사람들이 있을지도 모른다. 하지만 그들에게 뭔가 하려고 했다가는 카피가 보나마나 말릴 테니까.

"알겠다. 그렇게 해라."

그는 어둠 속에 눈짓했다. 로이가 붙을 테니 위험은 없을 것이다.

"고마워요."

휘네인은 밖으로 나왔다. 밤공기가 상쾌했다. 그녀는 부상병을 모아 둔 막사 사이를 걸었다.

'응?'

어둠 속에서 사람 하나가 조용히 움직였다. 제대로 된 옷과 검. 아무리 봐도 일반 병사가 아니라 기사급이었다. 부상을 입은 것 같지도 않고 의료병도 아닐진대 왜 온 걸까. 그것도 검을 빼 든 기세가 흉흉했다. 마치 누군가를 죽이려는 듯이.

막 한 막사 안으로 들어가는 기사를 휘네인은 뒤따라가 불렀다.

"당신 지금 뭐 하는 거예요?"

기사가 당황하며 돌아섰다. 무언가에 정신을 팔고 있었음이 분명했다.

“예하 아니십니까. 이 깊은 밤에 어쩌신 일로.”

“그대야말로 누구죠?”

“크레스라고 합니다.”

“지금 뭐 하는 거예요? 부상병동에서 칼을 왜 빼 들고 있지요?”

“못 본 척해주십시오, 예하. 한 명에게만 복수하겠습니다.”

기사가 정중하게 고개 숙였다. 절도있는 또한 굳은 결심이 드러나는 동작.

“복수라니. 무슨 말 하는 거죠?”

자기가 비키면 이자는 바로 행동에 들어갈 것임을 휘네인은 직감했다.

“사적인 일입니다. 부디 눈감아주십시오.”

“무슨 일인지부터 말해요.”

휘네인이 조금도 양보할 기색을 보이지 않자 기사가 대답했다.

“제 동생을 죽인 녀석에게 복수하고자 합니다.”

“그만둬요.”

“물론 기사로서 결투를 통해 함이 떳떳한 건 압니다. 하지만 상대는 소드 마스터. 이런 식이 아니면 어찌할 수가 없습니다. 부디 눈감아주십시오.”

“소드 마스터라면 알렉스?”

“그렇습니다. 예하께서는 모르시겠지만 저는 두 분이 나누는 말씀도 들었습니다. 그자는 한 번 생명의 은혜도 저버린 듯하더군요. 그런 배신자를 감싸주실 필요가 있습니까?”

“안 돼요. 돌아가요.”

이게 전쟁의 상처다. 몸만이 아니라 마음에까지 상처가 남는다. 피로 시작되는 악순환의 고리. 막지 않으면 안 된다. 휘네인은 꼿꼿이 섰다.

"그자에게 하나뿐인 동생이 죽었습니다. 예하, 부디 바라건대."

"어느 쪽도 원해서 서로 죽였던 건 아니잖아요!"

"……."

"죽고 죽이고 전쟁이란 이런 거라고 각오하고 있었지만, 계속해서 서로를 미워할 필요는 없잖아요. 다 같은 여신의 자식들인데. 싸울 수밖에 없었겠지만 끝난 이후까지 증오를 품진 말아줘요."

서로가 죽은 원한을 청산하기 시작한다면 싸움은 끝이 없다. 막아야 한다. 그러려고 살려낸 게 아니다.

"그러면… 그러면 엘버트는 어떻게 되는 겁니까. 저자 손에 죽은 제 동생은?"

하지만 기사의 외침도 간절했다.

"……."

휘네인은 눈물이 났다. 어떻게 대답해야 하지? 이 기사도 엄청나게 가슴 아파하고 있는데. 소중한 이를 잃은 이에게 그 대상을 용서하라고 하는 건 또 다른 폭력 아닌가?

"비켜주십시오, 예하. 명령 불복종죄는 나중에 받겠습니다. 하지만 이 녀석만큼은……."

어떡하지? 어떻게 말리지? 하지만 이대로 가면, 이대로 가면…….

"제발 그만둬요."

휘네인은 검을 빼 든 크레스를 그대로 뒤에서 껴안으며 막았다.

"지금 저 사람을 죽이면 또 다른 당신이 어디선가 눈물 흘리게 될 거예요."

"제길. 그딴 걸 제가 알게 뭡니까! 엘버트가 죽었단 말입니다!"

크레스가 그대로 휘네인을 뿌리쳤다.

"안 돼요!"

다시 앞을 막아선 휘네인에게 크레스가 낮게 말했다.

"비켜주십시오."

"그럼 저부터 죽여요."

왜 그런 생각이 떠올랐을까. 아니, 제대로 생각하고 한 말은 아니었다. 어쩌면 순간적인 죄책감에서 되는대로 내뱉은 말. 그래도 거짓은 없었다.

"예하, 그런 게 가능할 리 없잖습니까."

"제 잘못이에요. 애초에 당신들이 서로 검을 겨누게 된 전쟁 자체가 제가 있음으로써 벌어진 거잖아요. 그러니까 또 다른 증오를 만들지 말고 저부터 벌해요."

휘네인은 자신의 가슴을 가리켰다. 이런 일 벌어지게 해서는 안 된다. 전쟁터도 아닌 곳에서 증오만으로 검을 빼 들게 해서는 안 된다. 알렉스가 아니라 이 기사의 영혼을 위해서.

"하지만 엘버트는… 엘버트는……."

"미안해요. 제가 죽였어요. 저 남자에게 기회를 주겠다며 처음에 살려 보낸 것도 저예요."

"크흑……."

검을 떨어뜨리고 무릎 꿇은 크레스를 휘네인은 조용히 감쌌다.

'이 전쟁 그만두지 않으면 이런 이를 몇 명이나 더 만들게 되는 거지.'

차라리 모든 것을 교황의 뜻대로 하게 놔두었어야 하는 걸까.

"무슨 일이냐! 앗? 예하? 대체 이게……."

마침내 병사들이 몰려왔다. 휘네인은 조용히 손을 저었다.

"별일 아니에요. 그냥 돌아가세요."

"하지만."

"명령입니다. 아무것도 못 본 걸로 하고 돌아가세요."

"네, 예하."

병사들이 물러가고 크레스도 울음을 그쳤다. 그는 다시 자리에서 일어나 고개 숙였다.

"명령 불복종을 용서해 주신 점 감사드립니다."

"아뇨. 크레스 경에게는 정말 소중한 동생이었겠지요. 또 다른 죽음이 보기 싫다는 제 생각만 했다고 비난해도 할 말 없어요."

이런 걸 위선이라 하는 걸까.

"보통은 적 포로의 죽음에 마음 아파하지 않습니다."

적을 위하는 자신의 마음을 위해서와 적을 위해서 어느 쪽이냐고 묻지 않아도 알 수 있었다.

"난……."

"예하, 하나만 묻겠습니다. 엘버트의 이 죽음 가치있는 것이겠지요?"

"…네. 반드시 그렇게 만들겠어요."

"그러면 되었습니다. 그냥 그런 기사 하나가 있었다고 기억만 해주십시오. 당신 같은 분이 받은 신탁을 위한 성전이었다면 기사로서 명예로운 최후겠지요."

크레스가 미소 지었다. 쓸쓸하지만 공허하지는 않은 미소였다.

"명예로운 최후라니, 그런 건."

"후. 따지고 보면 제가 베어 죽인 적병도 백이 넘는데 저만 괴로운 척했군요."

"아니에요. 당신들로 하여금 살인하게 한 것도 결국 전부."

"여신께서도 태초에 우리를 위해 마족과 싸우셨지요. 결국 정말 나쁜 건 그 뜻에 대항하는 자들이겠지요."

크레스가 갑자기 무릎을 꿇고는 휘네인의 손등에 키스했다. 충성의 맹세.

"크레스 경?"

"물러가겠습니다."

"네."

크레스가 사라지고 중환자실은 다시 조용해졌다. 휘네인은 갑자기 다리 힘이 풀려 그 자리에 주저앉았다. 그녀는 성표를 꼭 잡았다.

이제야, 이제야 진실로 알 수 있었다.

'이것이 내가 짊어져야 할 무게.'

후회하는가? 아니다. 그건 아니다. 막지 않았다면 또 다른 자들이 눈물 흘렸으리라. 모두가 다 좋은 행복한 세계는 교황이 잘못된 일을 힘으로 시행하려 할 때 이미 불가능했다. 여신의 신탁은 떨어졌다. 성검은 세상에 모습을 드러냈다.

다만 기억해야 할 것은.

'여신이시여. 이 모든 영혼을 감싸주소서.'

뚝.

뒤늦게 또 눈물이 한 방울 떨어진다.

"정말로… 감싸주소서."

"대단하군."

"당신?"

화들짝 놀라 휘네인은 일어섰다. 침대에서 일어나 앉아 있는 건 알렉스였다.

"생사의 고비는 넘겼다지만 그래도 아직 정신이 돌아올 정도는 아닐 텐데."

홀리 워드—퓨리파이로 날려 버렸는데.

"소드 마스터의 회복력은 네가 생각하는 것 이상이니까."

"그럼……."

"이제 어쩔 건가? 다시 말하지만 항복은 거부한다. 명예롭게 죽여라."

"그러지 않겠다면 어쩔 거죠?"

"왜, 놓아주려고? 그럼 교단에 돌아가 다시 한 번 너와 싸우겠지. 다음번에는 혼자 덤비진 않겠지만."

알렉스의 말에 휘네인은 손을 꼭 쥐었다.

"그렇다면… 그렇다면……."

몇 차례 심호흡을 하고서 그녀는 선언했다.

"그전에 제가 당신을 죽이겠어요. 당신을… 군법 회의로 넘겨 사형을 내리라고 하겠어요."

알렉스가 불쌍하다고 해서 그 손에 다른 이가 죽어나가게 할 수는 없으니까. 어쩔 수 없다. 모두가 사는 길이 정녕 없다면… 그래도 왜 가슴 아플까.

"어쩔 수 없군."

알렉스는 어깨를 으쓱했다. 역시 처음 만날 때부터 느꼈지만 이상한 여자다. 자신이 옳다고 믿는다면 내가 이단이라는 건데 이단을 죽이는

데도 저토록이나 망설이다니. 다크 윙즈는 그러지 않는데.

"항복하지. 부하로서 일하진 않겠다. 하지만 교단에 돌아가지도 않고 정말로 여신의 뜻이 네게 있는지 먼저 지켜보겠다. 이 정도면 되나?"

"아……."

휘네인은 알렉스의 손을 잡았다. 미처 마르지 않았던 눈물이 다시 한 방울 떨어졌다.

"고마워요. 고마워요."

"쳇."

알렉스는 고개 돌렸다. 정말로 성녀 아니면 마녀가 틀림없다. 이렇게나 매혹적이라니.

"카피."

"왜 그러나?"

"전에… 다크 윙즈들을 처음 만났을 때 당신이 그랬잖아요? 살려 보내준다면 나중에 힘들 거라고."

"그랬지."

"결국 당신 말대로 그들이 돌아와서 이번 전투에 많은 사람이 죽었어요. 그때 제가 실수한 걸까요?"

카피에게서 바로 대답이 돌아오지 않자 휘네인은 혼자 씁쓸하게 웃으며 말을 이었다.

"모르겠어요. 알렉스 씨가 마음을 바꿔서 죽이지 않아도 된 건 분명 기뻐요. 그렇지만 그 때문에 사람들이 죽은 건 분명 슬픈 일이고, 다음 전투에서 또 다른 알렉스 씨를 만난다면 싸워야만 할 텐데, 그렇지만 죽일 수밖에 없는 상대라 해서 죽어도 좋은 건 아니잖아요."

휘네인은 카피를 올려다보았다. 일견 무표정한 거 같지만 곤혹스러워하고 있다는 걸 느낄 수 있었다.

"미안해요. 곤란하게 할 생각은 없었는데."

스스로 고뇌하고 스스로 답을 내야 할 문제인데.

"확실히 의외이긴 하다. 난 네가 지난번에 내린 결론이 더 정확했다고 감탄하고 있었는데 정작 본인은 고민하고 있다니 예상외였다."

"네?"

"알렉스를 회유하는 데 성공해서 앞으로 얻을 이득이 이번 전투의 피해보다 훨씬 가치가 크다."

앞으로 몇 번이고 더 전투가 있을 테니 말이다.

"그건……."

"단순히 계산해도 그에 의해 앞으로 줄어들 아군의 희생은 그가 오늘 죽인 자의 몇 배일 터. 난 네 판단이 내 판단보다 더 멀리 내다본 것이었다고 인정한다."

카피의 말에 휘네인은 힘이 쭉 빠졌다. 어깨 위에 올려져 있던 무언가가 조금은 가벼워졌다.

"하아. 그렇게 말해줘서 고마워요. 이번만큼은 생명을 숫자로 세지 말라는 반박도 못하겠네요."

"숫자로 세는 게 가장 좋은 방법이라고 보는데."

아니면 문자로 세기라도 한단 말인가?

"안 웃겨요."

휘네인은 카피의 가슴을 가볍게 때렸다.

"저 이만 가볼게요. 부상자들이 많아서 다 봐주려면 시간이 없어요."

"부상 병력의 회복은 중요한 일이다. 하지만 그들보다 네가 더 중요한 전력이다. 잊지 마라."

"고마워요. 무리는 안 할게요."

생긋 웃으며 나가는 휘네인의 뒷모습을 보며 카피는 고개를 끄덕였다. 빛이 네 차례에 걸쳐 어둠을 이긴 걸 우연으로 돌린다면 억지다. 일견 어리석어 보이는 방법일지라도 거기에는 미처 계산하지 않은 요소가 있다.

부상 병력의 보존도, 다크 윙즈의 회유도 그의 식으로라면 일어날 수 없는 일이었다.

'이게 빛의 저력인가. 무시할 순 없겠지.'

그렇다고 질 수는 없는 일이지만.

"예하와 얘기하고 있었더냐?"

에테인 대공이 문을 열고 들어오자 카피는 가볍게 고개를 끄덕였다.

"포로가 된 다크 윙즈의 회유 작업에 대한 평가를 나누었다."

"프레이 대공과의 협상 결과를 가져왔다."

"어떻게 나오던가?"

"일단은 거절당했다."

"일단은이라. 나쁜 조건은 아니었을 텐데."

에테인 대공가의 왕위 승계를 인정하고 일정 부분의 영지를 포기하는 조건으로 프레이 대공가의 존속을 허락한다라는 것이 카피가 처음 보낸 협상안이었다.

"분명히 좋은 조건이지. 끝까지 저항한다면 대공가는 멸망할 테니까. 물론 자식을 타국으로 망명시켜 복귀하는 걸 노려볼 수도 있겠지만 그건 교황군이 대승을 거두지 않는 한 많이 힘들다는 걸 그도 모르진 않을 테고."

"거절의 사유는? 항복해서 2인자가 되느니 도박을 하겠다는 건가?"

"아니. 이리저리 말을 돌리지만 결국 속내는 우리 측을 믿을 수 없다라는 것인 듯하더구나."

어느 쪽도 불확실하기는 마찬가지라면 차라리 재기를 노리며 도박을 하겠다. 에테인 대공이 짚은 프레이 대공의 마음은 그것이었다.

"믿을 수 없다라."

"어찌하겠느냐? 이대로 조여서 함락시킬 거면 빠르게 병력을 움직이는 게 좋겠다. 시일을 끌면 괜한 분란의 소지만 생긴다. 자칫 프렌즈의 원군이라도 합류하게 되면 일이 이상해진다."

"이스파나가 있으니 프렌즈가 쉽게 움직이진 못하겠지만 분명 그 전개는 곤란하지."

"하면 병사 이동을 시작하겠느냐?"

"그렇게 하지. 진군은 맡기겠다."

"이리될 줄 알았으면 차라리 그때 더 강하게 추격할 걸 그랬구나."

뭐 아무리 잘난 아들이라 해도 작은 실수쯤은 있을 수 있지. 이 정도야 자기가 커버해 줄 수 있다.

"아니, 진군은 시위용일 뿐이다. 프레이 대공에게는 휘네인을 사자로 보낸다."

"예하를? 그건 안 된다."

"어째서 말인가?"

"어째서라니. 너무 위험하지 않느냐. 예하는 반교황군의 상징이다. 그런 분을 적진에 사자로 보내다니, 프레이 대공이 딴마음이라도 먹으면 우리는 구심점을 잃어버린다."

"인정한다. 하지만 저쪽의 항복을 받아내려면 가장 적합한 사자는 그녀다."

"예하는 복잡한 정치 외교적인 문제에 대해 미숙하시다. 사자로서 적합할 리도 없다."

"미숙하니까 적합한 거다."

"난 반대다. 밀어버리면 되는 잔당의 항복을 받아보겠다고 예하를 위험에 빠뜨리다니. 그건 안 될 말이다."

"그렇다면 그녀에게 물어보고 결정하지. 당사자가 하기 싫다면 어쩔 수 없는 일이니."

"그건……."

에테인 대공은 머릿속이 복잡해졌다. 적진 한가운데 직접 사자로 가다니, 상식적으로는 절대 승낙하지 않을 일이지만.

'설마? 아니, 하지만 그녀라면. 아니, 아무리 그래도.'

휘네인이 지금껏 보여준 게 연출이었는가. 아니면 정말로 세상 물정 모르는 것인가를 확인할 기회기는 했다. 하지만 그런 걸 확인해 무엇 한단 말인가.

"하겠어요."

불려와 설명을 들은 휘네인은 1초도 생각하지 않고 대답했다. 당황한 건 대공 쪽이었다.

"예하, 프레이 대공가가 아무리 타격을 입었다 해도 네프티알 최대 명문가의 하나입니다. 호위 병력 몇을 데려가는 정도로는 무사 귀환을 장담할 수 없습니다."

아니, 그보다는 거의 사망이라는 쪽을 장담할 수 있었다.

"그렇지만 지금 저를 죽이면 자신들도 무사하지 못할 거라는 건 프레이 대공도 알잖아요?"

"하오나 궁지에 몰린 자는……."

"그 궁지에서 구해주기 위해서 제가 가는 거잖아요?"

"예하."

"제가 프레이 대공을 설득하면 적어도 네프티알에서는 더 이상 싸울 필요가 없잖아요?"

휘네인은 방긋 웃었다. 생각이 없는 것 같기도 하고 생사에 대한 두려움을 다 털어버린 것 같기도 한 그 웃음에 대공은 정말로 당황했다.

'진짜였던가!'

성검이 진짜인 것을 보고서도 온전히 믿지는 않았는데.

"그래요. 이 싸움 피할 수만은 없다는 거 알지만 그래도 정말 가능하면 한 명도 안 죽었으면 좋겠어요. 진심을 가지고 얘기하면……."

휘네인은 가볍게 한숨 쉬었다. 꼭 통한다고는 할 수 없겠지. 교황에게는 적어도 실패했으니까.

"어쨌든 그 정도 위험이라면 감수하고 싶어요. 프레이 대공께 제가 직접 가겠다고 전해주세요."

"막을 수 없겠군요, 예하."

"이해해 주세요. 바보 같은 고집까지는 안 피우겠지만 이 정도라면 해야 한다고 생각해요. 프레이 대공가를 힘으로 함락시킨다면 또 수많은 사람들이 죽을 텐데."

저 크레스 씨도 죽게 될지 모른다. 형제가 다 내전에서 죽는다면 그 부모들은 얼마나 슬플까.

"알겠습니다. 호위병을 선출해 보겠습니다."

“아뇨. 선출하지 마세요.”

“예하?”

“만에 하나, 그러니까 만에 하나 프레이 대공께서 정말로 우려하는 일을 하기로 마음먹는다면 몇 명의 호위병은 그저 함께 죽을 뿐이잖아요?”

“하지만 그렇다고 혼자서 가시게 할 수는.”

“그러니까 혼자서 가야죠.”

그렇게 말하는 휘네인의 목소리는 무척 부드럽고 잔잔해서 마치 새가 지저귀는 것 같았다. 하지만 대공은 이 신성사제의 고집을 절대 꺾을 수 없겠구나라고 느꼈다.

“알겠습니다, 예하. 하지만 대공과 별개로 어리석은 자의 습격에 대비할 정도는.”

“제가 그렇게 약해 보여요?”

“아니, 물론 예하의 신성력을 의심하는 것은 아니나 최근 연이은 사용으로 지쳐 계시기도 하고…….”

“로이를 붙이지. 만일의 경우에 녀석이라면 혼자 탈출 정도는 해낼 거다. 그 정도는 받아주겠지?”

카피가 끼어들자 휘네인은 고개를 끄덕였다.

“로이라면… 알겠어요. 그럼 전 조금 더 부상자들을 돌보고 있을게요. 준비가 되면 불러주세요.”

“알았다.”

“허 참…….”

휘네인이 들어올 때보다 더 가벼운 발걸음으로 나가자 대공은 고개 저었다.

“네 뜻대로 되었구나.”

“관련 준비 정도는 일임해도 되겠지?”

“물론이다. 이왕 이렇게 된 거 백성들 사이에서도 소문을 쫙 퍼뜨려 주지. 민심 수습 효과 하나는 확실하겠군.”

하다못해 프레이 대공이 거절하더라도 휘네인이 무사히 돌아오기만 한다면 연출로서 가치는 충분했다.

병동을 한참 돌고 있는 휘네인의 곁으로 한 사내가 다가왔다. 그는 약간 위태로운 듯하면서도 꼿꼿한 자세를 하고 있었다.

“아, 알렉스 씨? 벌써 자리에서 일어나신 거예요? 좀 더 누워서 쉬시지.”

“몸을 적당히 움직여 주는 편이 나한테는 회복이 더 빨라.”

“그렇군요. 아, 잠시만요. 일단 이분 치료 중이라.”

휘네인이 고름을 닦아내고 붕대를 다시 감자 치료받던 병사가 결국 눈물을 흘렸다.

“흑… 성녀시여.”

알렉스는 뒤에서 그 광경을 말없이 지켜보았다.

“다 되었어요. 자아, 이대로만 가면 말끔하게 나을 거예요. 나중에 여력이 되면 흉터도 마법으로 지워 드릴게요. 일단은 좀 참아주세요.”

다시 다음 환자로 옮겨가는 휘네인에게 알렉스가 물었다.

“왜 그렇게 하지?”

“뭘 말이에요?”

“각종 치유 마법을 쓴 걸로 네 역할은 충분히 한 것 아닌가? 이런 하찮은 일은 위생병에게 맡겨도 되잖아?”

"하찮다니요. 말조심해요."

휘네인이 살짝 인상 쓰자 알렉스가 움찔거리며 뒤로 물러섰다.

"효과 면에서는 솔직히 작잖아."

"그건 그렇지만. 이런 조치라도 하면 좀 더 도움이 되는걸요."

"그 조금 때문에?"

"흥. 나도 앉아서 쉬느니 움직이는 편이 신성력 회복이 더 잘돼서 그런 거예요."

휘네인은 알렉스를 무시해 버리고 다음 병사의 상처를 소독하고 약초를 갈아 붙였다. 그런 휘네인을 물끄러미 바라보는 알렉스의 옆으로 유르피나가 다가와 뒤에서 껴안았다.

"반했어?"

알렉스가 펄쩍 뛰었다.

"누… 누가!"

"아니면 그만이지 소리는 왜 지르고 그래."

"그냥 이단인지 아닌지 관찰하고 있는 것뿐이야."

"그래서 결론은?"

"아… 아직 안 내렸어."

"호호. 그렇구나."

유르피나는 입술을 삐죽거렸다. 알렉스가 다른 여자에게 반하는 건 싫은데. 하지만 저 여자 다르긴 하다.

'단순히 자기가 손수 아픈 이를 돌봤다라는 말을 퍼뜨리기 위한 거라면 저렇게 꼼꼼하게는 못해.'

"그… 그보다 마녀!"

알렉스가 휘네인을 그 호칭으로 부르자 한순간 병영 안의 공기가 싸

늘해지며 수많은 병사들의 노려보는 시선이 모였다. 욕이 터져 나오지
않은 건 순전히 소드 마스터라는 소문 때문이리라.

"그거 저보고 하신 말씀인가요? 알렉스 경?"

휘네인이 방긋 웃으며 돌아보자 알렉스의 얼굴은 새빨개졌다.

"아니. 그런 게 아니고, 너 프레이 대공을 설득하러 단신으로 간다
한 거 정말이냐?"

"아? 소문이 퍼졌어요? 네, 사실이에요. 대공을 설득해서 안전을 보
장할 테니 그만 항복하라고 권하려고요. 그럼 여기 있는 분들이 더 안
싸워도 되니까요."

병사들 사이로 일순간 술렁임이 퍼졌다. 성녀가 자신들을 위해 대공
을 설득하러 단신으로 간다고?

"조… 좋아! 그럼 나도 따라가겠다. 네가 어떻게 행동하는지 감시해
야 하니까. 이의없지?"

"어머. 위험할 텐데요?"

"난 안 위험해! 네가 가짜면 저쪽에 합류할 거니까."

"아, 그렇군요. 그럼 마음대로 하세요."

휘네인은 그렇게 대답한 후 다시 돌아서서 병사들 간호에 열중했다.

"흐음. 너."

수상쩍다는 듯 바라보는 유르피나를 보며 알렉스가 시선을 회피한
채 말했다.

"그러니까 난 저 여자 감시하고 올게."

"뭐가 올게야? 네가 간다면 나도 갈 거야. 이 적진에 우리만 남아 있
으라고?"

"그런가?"

“그렇고말고.”

확고하게 쐐기 박으며 유르피나는 휘네인을 곁눈질했다. 피부야 과로에 지치지만 않으면 자기도 좋다. 그리고 가슴은 자기가 더 크다. 그러니까 경외까지는 몰라도 그 이상 발전은 절대 용납 못한다.

‘이쪽도 ‘다크’ 속에 살아가는 자에게 있어 하나뿐인 낙이라고.’

“허… 직접 오시겠다?”

휘네인 아네시스의 친필로 쓰여진 편지를 보며 프레이 대공은 고뇌에 빠졌다. 이걸 어떻게 해석해야 하는가. 자신감의 발로? 그럴 수도 있다. 지금 자신들 쪽은 더 이상 교황청으로부터 전송을 받는 것도 안 되는 위기에 빠져 있다.

‘이걸 어찌 해석해야 하나.’

기회주의자들은 이미 다 저쪽으로 돌아선 지 오래, 외부 세력의 개입 없이 자체적으로 승리할 가능성은 이미 0가 된 지 오래다. 다만 아직 대륙 최강의 육군을 자랑하는 프렌즈가 있기에 어떻게든 버텨보자며 항전 의지를 불태웠지만 성녀가 직접 온다라.

“생각하고 말 것도 없습니다. 일단 항복한 다음의 처우란 뻔하지 않습니까? 이리저리 갈라놓은 다음에 각하를 숙청해 버릴 겁니다.”

“으음.”

“적이 이렇게 저자세로 나온다는 것은 상대의 힘도 약하다는 증거. 조금만 버티면 프렌즈의 육군이 올 것입니다.”

“애초에 성문을 닫고 들여주지를 말아야 합니다.”

“아니, 그보다는 다소 비겁하다는 소리는 듣겠지만 성녀를 이 기회에 암살하면 어떻겠습니까? 어차피 전쟁에서 이기고 나면 이단의 상징을 죽였다고 누가 비난하겠습니까?"

"옳습니다! 아직 저희 기사단은 건재합니다. 각하, 맡겨만 주신다면 그까짓 마녀쯤 일거에 처형하겠습니다."

앞 다투어 충성의 말을 쏟아내는 근위기사들을 보며 프레이 대공은 고민에 빠졌다. 암살이라. 궁지에 빠진 시점에서 유혹적인 수긴 했다.

'수행원은 세 다크 윙즈인가.'

보이지 않는 그림자 호위가 한둘쯤은 더 있다고 보고, 어느 정도의 전력이면 제거가 가능할까. 최고의 문제는 성녀 자신이다. 단신으로 다크 윙즈 셋을 무릎 꿇린 힘은 결코 얕볼 게 아니다. 자칫 탈출이라도 시킨다면 그보다 더한 망신도 없다.

'완벽한 함정을 판다면 어떻게든 해볼 수는 있겠지.'

어차피 앉아서 망하길 기다릴 바에야 주어진 기회를 노리는 게 낫지 않겠는가. 하지만 문제는 이쪽이 이런 생각을 할 걸 상대도 모를 리 없다는 건데. 결과적으로 자기보다 한 수 위였던 카플레스가 성녀를 보내온다는 자체가 찜찜했다. 너무 눈에 보이니까 오히려 숨겨진 한 수가 걱정된다.

"각하, 제 생각은 다릅니다. 생각해 보십시오. 성도 아뮤니엘린에서조차 탈출했던 그녀입니다. 저희의 포위망을 탈출할 술수를 준비하지 않고 방문하리라고는 생각되지 않습니다."

노기사 베르암 경이 신중론을 들고 나왔다.

"확실히… 그렇지."

떠들던 젊은 기사들도 입을 다물었다.

"아뢰옵기 황송하오나 성녀가 제시하는 조건만 괜찮다면 화의를 받아들이는 것도 괜찮으리라 생각합니다. 전쟁은 아직 많이 남았습니다.

이 시점에서 쉽사리 내부 분열을 일으킬 수 있는 숙청을 함부로 행하지는 못할 터, 앞으로 어떤 기회가 오게 될지 모르는 일 아니겠습니까?"

"흐음."

"가령 극단적인 예이지만 전쟁 중에 에테인 대공가는 전사. 그러나 승리 자체는 반교황군이 한다라면 그 과실을 우리가 거저 먹을 수도 있습니다."

"그건 좀 지나친 기대군. 하지만 자네가 말하는 바는 알겠네. 이렇게 하지. 함정은 판다. 내가 신호를 보내면 덮쳐라. 그러지 않는다면 가만히 있어라."

"알겠습니다."

'일단 만나봐서 손해 볼 건 없겠지.'

또 정말로 믿을 수만 있다면 항복도 고려 못해볼 조건은 아니다. 항전하다가 멸문하는 것보다야 나은 선택 아니겠는가. 프렌즈가 도와준다라는 것도 현재로서 가능성의 하나일 뿐이니까.

만나기로 한 이상 귀족의 체면이 있다. 없어진 형편이지만 최대한 차린 연회를 준비하고 프레이 대공은 휘네인 일행을 맞이했다.

"어서 오시지요, 신성사제 예하. 저의 성을 찾아주신 것에 진심으로 감사드립니다."

본래라면 여기서 여신의 은총 같은 말들이 들어가야 하지만 프레이 대공은 빼버렸다.

"저야말로 따뜻한 환대에 진심으로 감사드립니다, 대공 전하."

대공은 빠르게 휘네인 일행을 훑었다. 주빈 격인 신성사제, 그리고 시종으로 데려온 건.

'다른 시종은 아무도 없이 저 셋만인가.'

대체 무슨 말로 다크 윙즈를 꼬드긴 걸까. 대공은 심히 궁금해졌다.

'교단의 그림자로 평생을 살아가야 하는 이들이니, 밝은 세상의 부와 명예를 약속한 것인가.'

추정되는 건 그 정도다.

"일단 환영 연회를 준비했습니다. 가시지요."

"배려에 감사드립니다. 기꺼이 즐기겠습니다."

가벼운 만담들이 오가고 나서 대공은 본격적인 탐색전을 시작했다.

"그래, 어떤 말로 내게 항복을 설득하려 하시오?"

"항복이 아니라 평화를 말씀드리고자 합니다."

"평화라. 허, 이 전쟁을 불러일으킨 건 애초에 예하가 아니셨소?"

"그렇지요. 부정하지 않겠습니다."

휘네인이 슬프게 미소 지었다. 대공은 한순간 당황했다. 수많은 여자들을 상대해 왔고 그들이 흘리는 눈물 역시 몇 번이나 보았지만 이런 표정은 처음이었다.

'뭔가, 이건.'

"하지만 전 여전히 전쟁이 싫습니다. 어째서 다 같은 여신의 자식들끼리 서로 피 흘리며 싸워야 하는지 아직도 모르겠어요."

"허."

똑같은 말도 어떤 사람이 어떻게 하냐에 따라 무게가 다르다. 그리고 휘네인의 말에서 대공은 무게를 느꼈다. 완벽한 연기인가. 아니면 정말로 진심인가.

'이 신성사제'는 한차례의 전투에서 이긴 지금에조차 그걸 정말로 안타까워하는가. 승리라는 게 얼마나 달콤한 것인지 충분히 느꼈을 텐데.

"그래요. 알고 있어요. 애초에 이 전쟁 자체가 제가 없었더라면 일어나지 않았을 수도 있다는 것을. 그런 제가 싸움은 싫다고 하면 위선밖에 안 될지 모르지만."

휘네인이 대공을 똑바로 바라보았다. 간절한 시선. 부드러운 여성적 외모임에도 강한 의지가 드러났다.

"대공 전하, 제 말을 그저 같은 여신을 섬기는 한 인간의 호소라 생각하고 들어주세요. 아무도 안 다치고 아무도 안 죽는 건 분명 꿈일지 몰라요. 하지만 지금이라도 서로 화해한다면 한 명이라도 더 살 수 있어요."

"그건……"

휘네인이 프레이 대공의 손을 잡았다. 프레이 대공은 빼지 못했다.

"믿어주세요. 저희는 대공과 화해한 다음에 뒤로 다시 칼을 들이밀려는 그런 생각을 하고 있지 않습니다. 단지 정말로 이제라도 함께하고 싶은 것입니다."

둘러선 기사들의 동요를 프레이 대공은 느꼈다. 자신의 명을 따르기야 하겠지만 이미 상당수가 마음속에서 성녀를 믿어보고 싶어했다. 하기야 탓해 뭐 하랴. 닳디닳은 자신조차도 흔들리는데. 성녀가 이 정도로 호소력있는 여인이었던가.

"하나 묻겠소. 통신 마법을 통해 말만 할 수도 있었을 텐데 직접 온 이유는 무엇이오?"

"직접 만나야만 전달되는 마음이란 것도 있으니까요."

"내가 그대를 이 자리에서 암살할 수도 있다는 생각 안 해보셨소?"

"대공 전하를 믿었습니다. 오해가 있어 싸우기는 했어도 네프티알의 국민을 사랑하는 마음만은 같을 거라는 것을."

휘네인은 잔잔하게 웃었다. 프레이 대공은 말없이 그녀를 응시했다. 어색한 침묵의 시간. 둘러선 대공의 기사들은 신호를 기다렸다. 술잔이 떨어질 것인가. 말 것인가.

알렉스의 손도 검 손잡이로 옮겨갔다. 유르피나도 지팡이를 꽉 잡았다. 공기가 팽팽해졌다.

단지 휘네인만이 모든 것을 초월한 채 미소 지었다.

"항복하겠소."

"감사합니다."

"단 에테인 대공가에게가 아니라 성녀에게요. 성녀 쪽이 정통임을 인정하겠으나, 프레이 대공가의 지위 자체는 에테인 대공가와 대등하게 유지되어야 하오. 이 조건이 받아들여진다면 항복하겠소."

휘네인은 이제 환하게 웃었다.

"좋아요."

"허? 생각도 안 해보고 바로 받아들이는 거요? 에테인 대공가의 카플레스 경은 안 좋아할 텐데."

"아뇨. 생명을 살리는 일인걸요. 그도 틀림없이 기뻐해 줄 거예요."

프레이 대공은 쓴웃음을 지었다. 성녀는 진심이다. 진심으로 그녀는 대공가 간의 권력 다툼보다 병사들의 목숨이 더 중요하다고 생각한다. 어떻게 그런 걸 마음으로 믿고 실천으로 옮길 수 있을까.

아니면 정말로 여신의 가호가 그녀에게 있다는 말인가.

현실에 능숙한 교황과 무지한 성녀와의 싸움. 하지만 그 무지가 어쩌면 노련함 이상으로 무서운 무기일지도 모른다. 결국 자신도 믿어보게 만들었다.

"전쟁 배상금은 못 내오. 다만 그대에게 헌금을 하겠소. 그리고 영지도 못 줄이오. 이 조건을 다 에테인 대공가에 납득시킬 수 있소?"

프레이 대공의 말에 휘네인의 웃는 얼굴에 다른 감정이 섞였다. 내 친김이라지만 조금 지나쳤나? 하지만 본래 협상이란 건 이쪽의 요구를 최대한으로 내걸고 나서 양보해 가야.

"알겠어요. 카피를 그렇게 설득할게요."

"정말로… 카플레스 경이 이 조건을 납득할 거라고 생각하시오?"

프레이 대공이 이번에는 어이가 없었다. 이 성녀는 대체 어디까지 단순한 건가.

"카피의 아버님 쪽은 몰라도 카피라면 납득할 거예요. 오해가 있어 서로 싸웠지만 이제는 함께하는 거잖아요. 그런 이에게 심한 요구를 할 남자는 아니거든요."

인간의 선의같이 연약한 걸 믿는 건가. 그런 어리석음으로 잘도 여기까지…

아니, 그래서인가?

대공은 다시 손에서 검자루를 놓는 알렉스를 흘끗 보았다. 다크 윙즈에다가 자신까지. 이번 첫 전쟁에서 성녀는 정말 많이 주워 담았다.

"카피, 협상 성공했어요."

들뜬 얼굴로 수정구 너머로 말하는 휘네인에게 카피는 고개를 끄덕였다.

"수고했다."

"음, 조건은 카피 당신이 말해준 그대로가 되어버렸어요."

"그렇군. 충분하다."

카피가 정말 일말의 아쉬움도 내비치지 않아서 휘네인은 자신 쪽이 걱정되어 물었다.

"저기, 괜찮아요?"

"뭐가?"

"솔직히 저도 이제는 한편이 된 사람에게 심한 일은 하지 않는 게 좋다고 생각하지만 이럴 때 보통은 더 요구하거나 하지 않던가요?"

세상이 그렇게 되면 좋겠다는 것만으로 잘되지는 않는다는 정도는 휘네인도 알았다.

"그런 건 사소하다. 중요한 건 전체 전쟁이다. 이 조건이라면 프레이 대공도 협조적으로 군대를 움직이겠지."

"그건 최소한의 희생으로 전쟁을 이기기 위해서인가요?"

"그래."

"고마워요."

그 약속 그대로 잘 기억하는군요.

"그게 계약이니까."

거기다가 지금 프레이 대공을 상대한다고 쓸데없이 힘을 빼면 전쟁 자체를 패할지도 모른다.

객관적 전력이 약세인 건 이쪽이니까, 이쪽이 이긴다면 최소한의 희생이라 해도 엄청난 희생이 난다. 그걸 염두에 두고서 계약했는데 이행하지 못해서야 이중으로 곤란하다.

"아, 카피. 저 여기서 좀 더 머무르다가 갈게요. 이쪽 성에도 부상자가 엄청 많아요. 거기다가 우리 쪽에 비해서 조치도 덜 되어 있고……."

"알겠다. 그렇게 해라. 여기는 지금 있는 의료병만으로 어떻게든 해보지.”

“고마워요.”

연락이 끊기고 나자 곁에 있던 에테인 대공이 실로 떨떠름한 얼굴로 말했다.

“내전에서 패배하고도 영지 하나 안 잃다니, 프레이 대공이 흐뭇하겠군.”

겨우 함정에 몰아넣은 호랑이를 상처 하나 없이 풀어준 셈이었다. 협상 가는 성녀에게 양보 가능한 선이라고 일러주는 걸 들을 때부터 이런 결과를 예상하긴 했지만 말이다.

“모든 게 이전 그대로라니 너무 후하지 않느냐? 대공의 지위는 유지하더라도 세력은 좀 줄였어야 하는데.”

“상관없다. 어차피 이제 와서 대항하지는 못할 테니까.”

“그렇다고는 해도…….”

당장이야 그렇겠지만 장기적으로 보면 결국 우환이다. 아들 녀석이 통이 너무 컸다.

“이 전쟁에서 이기는 게 더 중요하다. 바로 프렌즈 북부를 압박해 들어갈 수 있게 되었으니 충분하다.”

“하다못해 기세를 탔을 때 뒤로 조금씩이라도…….”

“그럴 바에는 대놓고 요구하고 깨끗하게 매듭지었겠지. 이 안건은 끝난 걸로 하겠다. 그대도 불필요한 술수는 부리지 마라.”

“허허.”

대공은 고개를 절레절레 저었다. 새삼 자신이 늙었음이 실감났다. 하긴 괜찮을지도. 호랑이도 능력만 되면 조련하지 못할 게 무어랴.

“프렌즈는 어떻게 공략해 들어갈 거냐? 국왕군을 상대할 때처럼 쉽진 않을 거다. 전세가 기운다 해서 간단히 항복하지도 않을 것이다. 거기다가 교단도 이제는 본격적으로 지원에 나설 테고. 간단히는 무리다."

"방안은 서 있다."

"너를 못 믿는다는 건 아니다만 혹여나 한 번의 승리로 자만할까 걱정해서 그런 것이다. 프렌즈의 성은 튼튼하다. 또 에일랜드가 이스테리를 제대로 묶어놓지 못한다면 별동군에게 역으로 우리가 옆을 찔릴 가능성도 무시할 수 없다."

"그럴 일은 없을 거다. 에일랜드가 이스테리를 견제하는 게 아니라 무릎 꿇리게 할 테니까."

"뭐?"

"네 지적대로 프렌즈의 요새를 빠르게 함락시키는 건 무리지. 다음 승부는 바다다. 제해권을 장악하고 이스테리 해변을 공략한다. 휴르안 8세에게 연락해라."

"이스테리 해군은 세계 최강이다. 육전과 해전은 전혀 다른 법이고. 알고 있겠지?"

"에일랜드 해군과 그렇게 큰 차이도 아니더군. 그 정도 차이라면 내가 에일랜드를 지휘하는 이상."

펼쳐진 지도의 푸른 영역을 바라보며 카피는 단언했다.

"최강은 에일랜드의 해군이다."

"대단한 자신감이구나……."

"객관적인 사실일 뿐이다. 이미 켈스에게 지시하여 모든 준비는 마쳐 놓았다."

이런 말을 조금도 멋 부리지 않고 담담하게 말할 수 있는 것도 나름대로 대단한 것일 거다. 에테인 대공은 고개를 저었다.

“휴르안 8세에게 연락하마.”

카피가 수뇌부들 간에 연락하며 다음 전투를 준비하는 사이 휘네인은 프레이 대공 영지의 사람들을 완전히 사로잡았다. 어제의 적임에도 상관하지 않고 헌신적으로 간호해 주는 신성사제에게 민심이 돌아서는 데는 오래 걸리지 않았다.

타락한 것은 교단이다. 진정한 여신의 뜻은 성물과 함께 성녀에게 있다라는 소문이 힘을 얻어 사실이 되어갔다.

“허.”

멀리서 휘네인의 모습을 지켜보며 프레이 대공은 고개를 저었다. 그저 민심을 얻기 위한 소문이 필요한 거라면 저렇게까지 안 해도 될 텐데. 결국 진짜라는 건가.

거기다가 휘네인의 장담대로 카플레스 에테인은 너무나 순순히 그의 조건을 다 인정해 주었다. 이렇게 맥없이 물러나서 괜찮은가라고 자기 쪽에서 걱정이 들 정도였다.

휘네인을 좀 떨어진 곳에서 안 보는 척 보고 있는 알렉스에게로 프레이 대공은 다가갔다.

“실례되지 않는다면 경은 뭘 약속받았는지 물어도 되겠는가?”

“약속이라니, 그런 것 받은 것 없습니다.”

“허, 그럼 그냥 아무 조건도 없이 그녀와 함께 온 거란 말인가?”

“그런 셈이지요.”

“과연…….”

대공은 고개를 끄덕였다. 그러고 보면 성녀는 똑똑했다. 부상자들을 치료함으로써 아무런 도움 받지 못한 일반 백성들의 마음까지 사로잡아버렸다. 전쟁에 나가는 병사들의 사기에도 엄청난 영향이 있을 것이다.
'이제는 나도 저기에 걸어볼 수밖에 없겠지.'

부상병들이 모두 확실한 회복 기조로 들어선 후 휘네인은 열렬한 환호 속에 카피의 본대로 귀환했다. 전체의 전쟁에서 보면 프레이 대공이 넘어온 것은 한 단계일 뿐이건만 병사들은 그걸 성녀의 위대한 업적으로 받아들였다.

"수고했다."

마차에서 내려오는 그녀에게 손을 내밀며 카피가 말했다.

"고마워요. 사실 갈 때는 내가 잘해낼 수 있을까 걱정도 많이 했었는데 프레이 대공님이 생각했던 대로의 분이라서 다행이었어요."

둘은 막사 안으로 자리를 옮겨 얘기를 계속했다.

"사실 난 외교나 그런 건 잘 모르거든요. 하지만 그런 나니까 더 잘할 수 있을 거라는 당신 말이 힘이 되어주었어요. 믿어줘서 고마워요."

"특별히 믿은 건 아니다. 다만 지난 통계를 기반으로 판단했을 때 그대가 이번 일을 잘해낼 거라고 판단했을 뿐."

"그… 그런가요?"

그게 그거 같은데. 휘네인은 방긋 웃었다. 쑥스러워서 말을 돌리는 건가.

"사실 지금도 그렇게 된다는 결과만 파악하고 있을 뿐 과정은 이해하지 못하고 있다."

"네?"

"난 오랜 시간에 걸쳐 내가 한 말을 지킴으로써 신뢰를 구축했다. 자잘한 속임수로 얻는 이득보다 그 편이 더 중요했으니까. 하지만 넌 그런 지난 세월에 기반하지도 않고 어떻게 더 쉽게 믿음을 얻는 거지?"

휘네인은 눈을 껌벅였다. 이유는 모르겠지만 한순간 카피가 정말 멀게 느껴졌다. 하지만 곧이어 카피가 던진 질문 자체를 생각하느라 그녀는 그 느낌을 잊어버렸다.

"음. 그건⋯⋯."

잘 모르겠다. 자기가 남들보다 쉽게 믿음을 얻어냈나?

"역시 알 수 없는 건 타인을 끌어들이는 능력이다. 나를 따랐을 때의 이득과 따르지 않았을 때의 손해. 그 두 가지가 지배의 기본이지. 하지만 그걸 개의치 않는 인간들이 가끔 있다. 그리고 이번에 넌 그 유에 속하는 알렉스를 다뤄냈지. 나로서는 이해 불능이다."

그의 어둠 속에서 벌어지는 일들은 완벽하게 알고 있다. 그걸 바탕으로 지금까지 마계를 다스려 왔다. 하지만 그가 보지 못하는 빛 속에서는 대체 무슨 일이 벌어지는 걸까. 그걸 해명하지 못했기에 지난 천계와의 대전에서 마계는 언제나 뼈아픈 일격을 당해야 했다.

무엇이 승산없는 싸움에서 포기하지 않게 하는가. 항복할 시의 부귀영화를 약속했음에도 '용사' 란 자들은 왜 맞섰을까. 과거 행적으로 보아 불신해야 마땅한 자를 그들은 어떻게 믿을 수 있었을까. 그리고 어째서 그리하면 과거 행적과 달리 신용을 지키는 자들이 생기는가.

'예외' 로 밀어젖혀 버리기에는 빛은 너무 강력한 적이었다. 대체 그 어디에 어둠에 대항할 힘이 있는 거지?

"오호호. 카피, 그렇게 너무 칭찬해 주면 부끄럽잖아요. 전 그렇게 대단한 사람 아닌데."

웃음으로 얼버무리는 휘네인을 보며 카피는 지도를 펼쳤다. 간단히 알 수 있는 거라면 예전에 알았겠지.

"본 안건으로 넘어가겠다. 네프티알 내전을 빠르게 마무리 짓는 데 성공했지만 그사이 적군도 대응 체계를 갖추었다. 프렌즈는 군대를 둘로 나누어 각각 남북으로 방어선을 펼 태세고 이스테리는 에일랜드를 치기 위한 군대 집결을 완료했다."

"그렇게 되는 건가요."

"교단에서도 프렌즈는 본격적으로 지원해 줄 태세다. 그렇게 된다면 실질적인 육전은 밀고 당기기라고 봐야겠지. 어느 쪽도 어느 쪽을 압도할 병력이 못 된다."

네프티알과 이스파나가 손을 잡았다 해도 대륙 최강의 육군을 자랑하는 프렌즈를 교단이 전폭적으로 지원해 준다면 무게감은 비슷했다. 얼마든지 야전으로 맞붙을 수 있음에도 방어적으로 나오는 이유는 두 가지. 하나는 자신을 경계해서일 테고 다른 하나는 이스테리 쪽의 승리를 기다리기 때문일 것이다.

"이스테리 해군으로 에일랜드를 격파한 후 해상을 봉쇄하고 이스파나의 배후를 친다. 그 다음에 프렌즈 군이 본격적으로 움직여서 전쟁을 마무리. 이게 현 교황파의 전략이겠지."

"대응할 방법은 이미 있는 거지요?"

카피는 고개를 끄덕였다. 간단한 동작이지만 자신감이 확연히 드러났다.

"적은 아군의 현재 움직임만 보고는 우리가 지상전에 주력하면서 에일랜드는 방어에 치중할 거라고 판단할 거다. 우리는 그 허를 찌른다. 에일랜드 해군이 역으로 이스테리를 격파한 후 성도를 직접 공략한다. 그렇게 되면 교단은 성도 수비가 급해질 테고, 고립된 프렌즈를 남북으로 압박해 들어가면 이 전쟁 우리의 승리다."

같은 상황에서 서로 다른 전개를 꿈꾼다. 어느 쪽의 뜻대로 되는가는 실력 싸움.

"교단이 숨겨놓은 다른 패가 없다면 전쟁은 여기서 끝날 거다. 혹시 그에 대해 아는 것이 있나?"

"글쎄요? 다크 윙즈는 그래도 뜬소문이라고 생각하면서도 이름은 들어봤지만 다른 건 들은 적이 없어요."

"흑과 청의 추기경은?"

"음. 두 분은 속세와 담을 쌓고 은거하신 원로 중의 원로로서 수양이 깊으시다고만 들었어요. 저도 직접 모습을 뵌 적은 없어요."

"그런가."

휘네인의 정보는 그가 다른 이들에게 물어서 확인한 것과 일치했다.

'하지만 석연찮군.'

단지 은거한 원로라고 하기에는 지나칠 정도로 베일에 가려 있다. 애초에 그 이름만 나올 뿐 실체가 밝혀진 적이 없었다.

'다른 이들의 판단처럼 단순히 신성력이 높은 사제 둘일 뿐인가. 아니면……'

나쁠 건 없다. 이대로 자신이 최선을 다하면 전쟁은 너무 빨리 끝난다. 자기 쪽에서는 계약한 게 있는 이상 상대방에게 숨겨진 힘이 더 있는 건 반가운 일이다. 휘네인도 모르는 이상 그는 주어진 정보 안에서 최선의 방안을 행해주면 충분하다.

"좋아. 프렌즈의 북부 공방전에 합류해라. 실질적인 교전은 벌어지지 않은 채 장기 대치하게 되겠지만, 있어주길 바란다."

카피의 말에 휘네인은 성표를 잡았다. 또다시 전쟁이 이어진다. 또 사람들이 다치고 죽는다. 프레이 대공 쪽과 더 이상 싸우지 않아도 되는 걸 기뻐하기가 무섭게 새로운 싸움. 어디서부터 틀어진 걸까.

"카피, 나 한 번만 더 교황 성하와 얘기하면 안 될까요?"

"직접 만나는 것은 안 된다."

"그렇게까지는 안 바라요. 하지만 얘기만은 한 번 더 해보고 싶어요. 한 번 더 얘기한다면 이번에야말로 마음이 전해질지도 모르잖아요?"

그러면 이 무익한 싸움도 멈출 수 있다.

"가능성은 없다고 판단된다."

"하지만… 해보지 않으면 아주 작은 가능성조차 잡을 수 없잖아요."

"이야기해 보는 것 자체로 손해 볼 건 없겠지. 뜻대로 해라."

"고마워요."

휘네인은 기도했다. 자애로운 여신이시여. 부디 이제라도 성하께서 뜻을 돌리게 하소서.

*　　　*　　　*

알바트로 7세는 깊은 수심에 잠겨 밤을 지샜다. 이 난국을 어찌 타개할 것인가. 어찌하여야 이단의 무리들을 다 때려잡고 여신의 이름 아래 자기 밑으로 일치단결하게 할 것인가.

정의는 자신에게 있거늘 자기를 따르지 않는 무리가 왜 이리 많은가. 세상은 이단으로 정녕 넘쳐났다. 특히 휘네인 아네시스와 카플레스 드 에테인 이 둘은 악적 중의 악적이었다.

"거룩하신 여신이시여. 저 사악한 무리들을 모조리 다 쓸어버릴 힘과 지혜를 내려주소서. 일찍이 저 프레일에서 하셨듯이 이단의 성벽이 무너져 그들의 머리를 찧게 하옵시고 질병이 그 육신을 쇠약케 하옵시며 곡물은 열매를 맺지 않고 물은 독이 들게 하옵소서. 당신의 승리하심을 제가 믿사옵니다."

경건하게 기도를 마친 알바트로 7세에게 가르디엘이 소식을 들고 왔다.

"성하, 휘네인 아네시스가 마법을 통한 대담을 요청해 왔습니다. 어찌하겠습니까?"

"그 마녀가? 무슨 일이라는가?"

"평화 교섭을 하고 싶다고 합니다만."

"평화 교섭? 하! 이단의 무리와 무슨 평화란 말인가. 모조리 다 쓸어 담아 지옥불에 던져 버릴 것인데."

"하면 만나보지 않으시겠습니까?"

가르디엘도 이제 와서 권하거나 하진 못했다. 알바트로 7세가 의자 손잡이를 톡톡 치며 침묵했다.

"거절한다고 전하겠습니다."

"아니, 만나보도록 하지. 무슨 속셈인지 탐색의 기회는 될지 몰라."

밑져야 본전. 말을 나누는 데 손해 볼 건 없다.

"알겠습니다."

가르디엘이 수정구를 가져와 올려놓자 잠시 뒤 탁자를 사이에 두고 교황과 신성사제는 다시금 마주했다.

"성하, 오랜만이군요."

"하! 아직도 나를 그렇게 부르는가?"

예의를 차리는 휘네인에게 알바트로 7세는 코웃음 쳤다.

"어쨌든… 교황이시니까요."

"그래, 무슨 말을 하고 싶은 건가?"

"아시다시피 네프티알에서는 이제 싸움이 멎었어요."

알바트로 7세의 눈썹이 꿈틀했다.

"순간의 승리를 자랑하고 싶어 나를 보겠다 한 건가?"

"아니요. 수많은 슬픔을 낳은 이 싸움에 승자가 어디겠어요."

휘네인은 고개를 저었다. 자랑이라니. 죽은 병사들에게 뭐라고 사죄해야 할지도 모르겠는데.

"하! 그러면?"

"이 전쟁, 이제 그만두지 않으시겠어요? 네프티알만이 아니라 온 세계에 평화를 되찾아주고 싶어요."

"고작 나라 하나를 차지했다고 항복을 권하는가? 우습군."

"항복이 아니라 평화입니다."

휘네인은 지지 않고 대답했다.

"평화?"

"네. 꿈같은 소리를 하려고 온 건 아니에요. 세 나라에 대한 파문의 해제. 이단 사냥의 철회. 이 일에 대한 관련자들의 문책없음. 세 가지만 보장해 주신다면 빛의 검을 성하께 바치며 저는 무릎 꿇겠어요."

여전히 꿈같은 소리로 들릴 거라는 건 알지만, 그래도 만에 하나 이 진심이 이제라도 통한다면. 그렇다면!

"웃기지 마라! 마녀야! 그리하고서 나를 허수아비로 만들어 조종할 셈이냐!"

"아니에요! 단지 이 싸움이 지속되면 벌어질 죽음들을 막아보고자 하는 거예요."

어째서 이렇게까지 진실이 통하지 않는 거지. 어째서. 카피는 원래 그렇다라고 했지만 왜 그런 거지?

“이제 와 위선 떨지 마라, 마녀야. 애초에 내 명을 거부하고 교단을 분열시킨 것은 네년이 아니더냐.”

“모두 다 함께 틀린 길로 가는 게 단결인가요?”

“옳은 길이었다.”

“십계명도 외우지 못하세요?”

살인하지 말지어다.

“그 또한 여신이 명하신 바. 일찍이 여신께서도 우리를 해방하기 위해 마족을 죽이실 때 그들을 따르던 이들도 함께 죽이셨나니.”

나 이외의 존재를 따르지 말지어다.

“하루하루를 힘겹게 살아가는 이들이 성하의 눈에는 강대했던 이베르로 보였나요?”

“이단은 다 이단이다.”

어느 쪽도 자신의 믿음을 굽히지 않는다.

“그들은 여신을 부인하지 않았어요!”

“곧은 믿음을 버렸을 때 이미 이단인 것이다.”

뒤따르는 건 필연적인 충돌.

“사람을 구원하기 위해 믿음이 있는 거잖아요! 그럴진대 믿음이 없다고 사람을 죽이다니 앞뒤가 틀렸어요!”

여신께서는 모두를 가없이 사랑하시어 구원의 길을 내리셨으니.

“닥쳐라! 그런 이단들 때문에 낙원이 오지 않는 것이다!”

마족을 따르는 자 모두 지옥불에 내던져질지어다.

“여신은 생명을 사랑하셨는데 성하는 죽음만을 찾는군요.”

“사랑하기에 그들의 낙원행을 가로막는 이단들을 치우려는 것이다.”

“성하…….”

휘네인은 한숨을 내쉬며 고개를 잠깐 숙였다. 하지만 곧이어 고개를 똑바로 들고는 선언했다.

"탄생세와 결혼세, 사망세를 폐지하겠어요. 십일조로 거둔 돈은 신전을 치장하는 대신에 가난한 이들을 돌보는 데 사용할 겁니다."

"뭣… 뭣이라?"

"제가 그들에게 해줄 수 있는 건 이런 것뿐이니까."

후손이 보다 나은 세상에서 산다는 게 지금 죽어가는 이들에게 진정한 보상은 되지 못하겠지만, 위안이라도 된다면.

"네가 지금 교단을 멸망시키겠다는 것이냐!"

"바로 세우겠다는 것이에요, 성하. 좀 더 나은 길을 찾을 때까지."

휘네인은 성표를 꽉 쥐며 말했다.

"저 역시 최선을 다해 성하를 무너뜨리겠어요."

그래서 한 명이라도 덜 죽을 수 있다면. 여신이시여. 쓰러진 영혼들은 부디 하늘에서 보상받게 하소서.

"네년… 용서하지 않겠다!"

"저도……."

성하를 어떻게 용서해야 할지 모르겠다고 대답하려다가 휘네인은 입을 다물었다. 그녀는 고개를 저었다. 타고난 천성이 그 말을 가로막았다.

"그래도 성하의 영혼을 위해 기도하겠어요. 안녕히 계시길."

애초부터 파국이 예정되어 있던 회담은 완벽하게 끝나 버렸다. 교황이 통신용 수정구를 집어 던졌다.

"이… 이 사악한 년이… 교단의 미래를 팔아치워 버리려고."

알바트로 7세는 분노를 참지 못하고 손을 와들와들 떨었다.

"아무리 이단이라도 그렇지, 할 일이 있고 못할 일이 있지."

"성하, 고정하소서."

가르디엘이 안타깝게 말했다.

"지금 고정하게 되었는가! 이 사악한 년이 교단의 기반을 무너뜨리려 하고 있는데."

"하오나……."

"하오나고 뭐고. 뭐 탄생세에 결혼세, 사망세를 받아서는 아니 된다고?"

재정의 기반이자 세속에 가장 크게 영향력을 행사하며 간섭할 수 있는 빌미가 되어주는 것을 포기하라니, 이건 교단을 껍데기로 만들겠다는 것에 다름 아니었다.

"불충한 무리들과 어울려 교단에 반기를 든 것만 해도 백번 죽어 마땅한 죄이거늘, 성전 보수도 못하게 하려 드는구나."

수하들이 보든 말든 알바트로 7세의 진노는 가라앉을 줄을 몰랐다. 백번 양보해서 만약 휘네인 파가 승리한다면 굴욕을 참으며 순순히 퇴위할 수도 있었다. 지루하게 분열을 거듭하느니 차라리 새 교황 아래 통일되는 게 나았다. 이미 교단 외부 세력에 의해 교황이 갈렸다는 자체가 권위에 엄청나게 상처를 주겠지만 그래도 뿌리가 보존된다면 꽃은 다시 필 수도 있었다. 하지만 이번 휘네인의 발표는 교단을 해체시키겠다는 선언에 다름없었다.

'세상에 그 어떤 조직이 돈 없이 유지된단 말인가.'

성기사와 사제도 빵을 먹어야 산다. 으리으리한 신전은 유지비도 그만큼 엄청났다.

'용서 못한다. 절대로 용서 못해.'

결단코 그리되게 두지 않을 것이다.

"내 이 이단의 무리들을 씨를 말려 버리리라. 그리하여 다시는 누구도 여신께 도전하지 못하게 하리라."

"기필코 그리하실 수 있을 것입니다."

로사미어가 옆에서 찬동했다.

"두고 보아라. 내 네프티알을 되찾고 나면 에테인 대공가의 성을 밀어버리고 그 자리에 크나큰 여신의 신전을 세우리라."

"네프티알만이 아니라 이스파나와 에일랜드의 왕궁 자리에도 지으소서."

그 말에 알바트로 7세는 다소 진정하고서 고개를 끄덕였다. 그는 이제 조용히 다음 대처 방안을 생각했다. 빠른 승리까지는 가지 않더라도 최소한 국왕군의 토벌에 대공군의 저항으로 전개될 거라 예상한 네프티알이 순식간에 이단군 지배 하에 떨어진 건 실로 뼈아픈 타격이었다.

"동요는 어느 정도인가. 적지 않겠지?"

"송구스러우나……."

"말해보게."

"에텔린 왕국은 이미 돌아선 듯합니다. 유스티아 연맹도 계산을 다시 하는 듯하고."

네프티알―프렌즈―에일랜드를 잇는 삼각 무역으로 먹고사는 유스티아 연맹이 지금 상황에서 충실한 교단의 지지자로 남는다면 그거야말로 기적일 것이다.

"쯧. 장사꾼들에게 뭘 더 바라겠는가. 하늘의 영광보다 지상의 재물이나 소중히 여기는 무리들인데."

이 타락한 세상에서 교단의 위세를 다시금 드높이기 위해 평생을 다해 노력했건만 참으로 무망했다. 알바트로 7세의 미간에 주름이 마냥 늘어났다.

"그리고 실로 아뢰옵기 황공하오나 교단 내부에도 보이지 않는 동요가 심하게 퍼져 나가고 있사옵니다."

"대공회에 참가한 자들 중에서도 말인가?"

참가하지 않은 자들이야 애초에 배신자들이니 젖혀두었지만, 참가한 이들 중에서도라.

"네프티알의 패배가 크긴 크군."

"불행 중 다행인 것은 이번 마녀의 성명입니다. 그걸 들은 사제들은 일시 흔들리던 마음을 분명 굳게 다질 것입니다."

"그야 그렇겠지."

"성하, 심려치 마소서. 네프티알의 패배는 국왕군이 무능했기 때문일 뿐, 여전히 아군의 위세는 드높나이다. 신성 교황군을 움직인다면 그까짓 무리쯤 쓸어내 버리는 게 무엇이 어렵겠나이까."

"그렇지. 하나 객관적 전력만 본다면 국왕군도 그렇게 간단히 패배할 리가 없었다."

아니, 오히려 이겨 마땅했다. 문제는 지휘관의 능력인데, 에테인 대공가의 어린 녀석이 뛰어나다면 그 또한 전력으로 포함해서 셈해줘야 마땅했다.

어찌한다. 교황의 고뇌가 길어졌다.

"성하, 한 가지 방안이 있습니다."

"무엇인가?"

가르디엘의 입에서 먼저 말이 나오자 알바트로 7세가 반색했다.

"흑과 청을 불러들이소서."

"……!"

곁에 서 있던 로사미어가 가르디엘을 제정신이냐는 듯 바라보았다. 알바트로 7세도 이번만은 뒤통수를 맞았다는 듯 놀랐다.

"허. 자네 가르디엘 맞는가?"

"맞습니다, 성하."

"지금 그 말이 뭘 의미하는지 아는가? 네프티알의 함락이 아프다 하나 그 둘을 불러들이라니. 로사미어도 아니고 자네가 그리 청할 줄은 몰랐군."

놀리듯이 웃는 교황에게 가르디엘은 심각한 얼굴로 말했다.

"성하, 가볍게 여기실 일이 아닙니다. 겉으로 드러난 힘만 생각하지 마소서. 애초에 저 휘네인이 처음 성하께 반역하였을 때 누가 이리 크게 될 줄 알았나이까. 그녀의 뒤에는 필히 더 큰 악이 있음입니다."

"흐음."

알바트로 7세도 다시 정색하며 말을 들었다.

"확실히 승리하려면 작은 것에 구애될 수 없다는 것은 성하의 지론이 아니었습니까. 흑과 청을 다시 부르소서."

"…생각해 보겠네."

알바트로 7세조차 이번 청에는 쉽게 대답하지 못했다.

알현실에서 물러나오면서 로사미어가 의구심을 감추지 않으며 가르디엘에게 물었다.

"늘 나약한 소리만 하던 그대가 먼저 그 둘을 불러들이자고 하다니, 실로 놀랍소."

"방식이 다를 뿐, 나 또한 교단을 위하는 마음은 그대와 다를 바 없소."

"하나 늘 나약한 타협만 주장하던 그대 아니었소?"

"싸움을 피할 수 없다면… 차라리 확실하게 이길 뿐이오."

가르디엘은 돌아서서 멀어졌다. 교황은 좀 더 생각해 보겠지만 결국 자기 진언대로 하게 될 것이었다. 휘네인의 뒤에 그들이 있다면 추가적인 패배는 예정된 것이니까.

'휘네인.'

교황을 마주 보며 발칙한 말을 할 정도로 커버린 그의 제자 이름을 가르디엘은 조용히 읊조렸다.

"인간을 구원하기 위해 믿음이 있는 거잖아요."

"십일조로 거둔 돈은 신전을 치장하는 대신에 가난한 이를 돌보는 데 쓸 거예요."

'마치 마계가 아닌 에프티온의 유지가 네 뒤에 있는 듯하구나.'

그러나 어이 할 것인가. 아뮤니엘은 에프티온의 흔적 하나 남기지 말 것을 명했거늘.

"잘못된 길로 함께 가는 것도 단결이라 하나요?"

그것도 단결은 맞다. 결국 자신은 아뮤니엘을 따를 수밖에 없다.

'너무 오래 살았어. 허허.'

차라리 그때 같이 숙청되어 버렸어야 하는데.

흑과 청까지 불러들인다면 천계의 도움 없이도 이길 수 있겠지. 하지만 그건 영광없는 승리일 것인가. 아니면 그조차 되지 못하는 승리라 이름 지어진 패배일 것인가.

Chapter 6
바다의 사자

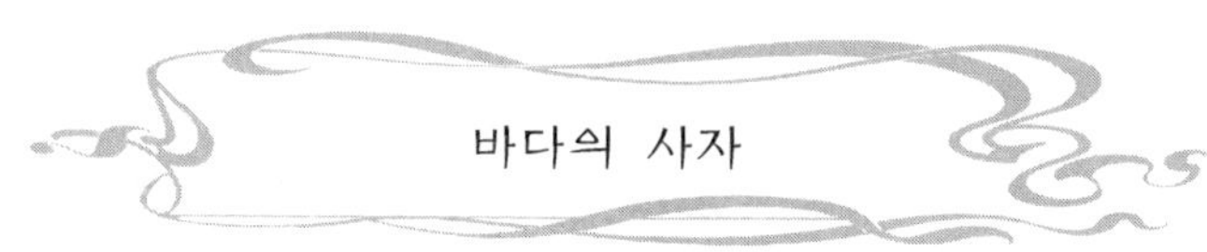

바다의 사자

다음날 지혜의 홀에서 교황 알바트로 7세는 측근 추기경들과 그에게 충실한 나라의 중요인물들을 모아놓고 작전 회의를 벌였다. 도발을 해오는 이단의 무리를 멸할 방안을 찾기 위함이었다.

"먼저 현재 수집된 정보에 따른 상황부터 재확인하겠습니다. 이스파나와 네프티알의 군대는 프렌즈의 각각 남쪽과 북쪽 국경선으로의 진격을 시작하였습니다. 한편 에일랜드 군은 이스테리의 상륙을 저지하기 위한 해안 방어선을 준비 중입니다."

"흠."

"당초 적이 방어적으로 나올 거라는 예측이 엇나간 나머지 네프티알이 완전히 적도에 손에 들어간 지금 육군에 있어서는 다소나마 적이 우위에 있음이 현실입니다. 그러나 바다는 다릅니다. 이스테리의 해군은 무적. 에일랜드와의 전력 차이는 확고합니다."

“자만과 방심은 곤란하겠지만 군함 수에서만도 차이나는 것은 사실이지.”

누가 뭐래도 지금까지 바다는 이스테리의 것이었다. 둘이 연합한다면 모를까 단독으로는 누구도 대항하지 못했다.

“적도들은 이 상황에서 에일랜드가 이스테리의 공세를 버티는 사이 프렌즈를 적극 공략하여 승기를 잡고자 하는 전략을 채택한 것으로 보입니다.”

다들 분석에 고개를 끄덕였다. 자신들이 적이라 해도 그렇게 했을 전략이었다. 약한 곳을 지키고 강한 곳을 이용해 제압한다. 병법의 기본 아니던가.

“이에 대해 우리가 택할 수 있는 것은 두 가지입니다.”

“두 가지라. 마저 설명해 보게.”

“첫째로 맞대응입니다. 프렌즈 혼자서는 네프티알과 이스파나에 밀린다는 것은 어디까지나 세 나라 간만 비교했을 때 이야기. 교단에서 전폭적으로 지지해 준다면 전력상 밀릴 게 없습니다. 진공해 들어오는 적군을 정면으로 제압해 버리면 이 전쟁은 그걸로 끝입니다.”

“두 번째는?”

“시간이 더 걸리지만 안전하게 가는 길입니다. 전력상 대등하다 하나 카플레스의 전술에 혹여나 휘말려 패배할 것을 대비, 프렌즈는 착실하게 방어만 합니다. 교단의 지원 하에서라면 프렌즈 요새가 무너질 가능성은 단연코 없다고 할 수 있습니다. 북부전선이 다소 불안하기는 하나 이스테리 지원군까지 함께한다면 틀림없습니다.”

“으음.”

알바트로 7세가 살짝 인상을 찌푸렸다. 토벌해야 할 이단을 상대로 방어를 한다는 게 성에 차지 않았다.

"그사이 이스테리 본대가 에일랜드를 격파합니다. 군이 상륙할 필요는 없습니다. 해상 진출만 봉쇄한 후 이스파나의 배후를 다시 칩니다. 이러면 전세는 역전됩니다. 네프티알 쪽을 견제하면서 이스파나를 쓰러뜨리고 마지막에 총력을 집중해 네프티알까지 무릎 꿇리면 시간은 걸려도 확실하게 아군이 승리합니다."

물론 바라는 대로 일이 진행되려면 중간의 전개 과정에서 멈추는 일이 없어야 하지만 말이다.

"다들 어떻게 생각하는가?"

알바트로 7세가 묻자 프렌즈의 태양왕 길베르가 대답했다.

"성하, 다소 시간이 걸릴지라도 확실한 승리를 잡을 수 있는 길이 낫다고 여겨집니다. 프렌즈 병사들의 용맹에 대해 자신은 하나 작은 위험이라도 무릅쓸 필요가 없지 않겠습니까?"

"제 생각도 그와 같습니다. 만에 하나 군대를 둘로 나누어 야전을 벌였다가 어느 한쪽에서만 패한다 해도 승기가 적에게 넘어가 버립니다. 네프티알의 적극적인 움직임을 보면 안달한 것은 오히려 적인 터, 응해줄 이유가 없습니다."

이스테리의 군사 전문가 파르프 후작도 거들었다.

"알겠네. 확실한 게 좋겠지. 보아하니 다들 생각이 비슷한 거 같은데 혹 다른 의견을 지닌 자 있나?"

교황의 확인에 아무도 대답하지 않았다.

"좋아. 그러면 두 번째 전략대로 하지. 교단은 프렌즈에 전폭적으로 지원해 주겠네. 이단의 무리가 아무리 애를 써봐야 결코 이길 수 없을 것일세."

"감사합니다, 성하."

"일차적인 회의는 이쯤 하지."

인사가 오간 후 차례대로 영상이 꺼지고 이제 교황과 두 추기경만 남았다. 그제야 가르디엘이 입을 열었다.

"성하, 좀 전에는 다른 귀가 있어 말을 못했습니다만 흑과 청은 부르지 않으실 것입니까?"

"순서대로 공략하면 얼마든지 승리할 수 있다지 않은가. 내가 생각해도 그 전략에 문제는 없어 보이네."

"하오나 생각만큼 각각의 전투가 쉽게 진행되지 않을 수도 있으며 시일을 끌면 어떤 변수가 발생할지 모릅니다. 흑과 청을 부른다면 지금 바로 네프티알과 이스파나를 각개격파하는 것도 무리가 아닙니다."

가르디엘의 말에 교황은 천천히 고개를 저었다.

"밤새 숙고해 보았으나, 이기고 난 후도 생각해야지. 그 둘을 불러 이긴다 치세. 그 다음 수습을 어찌하려 그러나?"

"그러나……."

"평범하게 이길 수 있다면 그러고 싶네. 내 뜻은 이미 정해졌네."

알바트로 7세가 확고하게 말했다.

"저도 성하의 판단이 옳다고 생각합니다. '금기'를 여는 것은 신중해야 합니다. 가르디엘 추기경이 너무 조급하다고 보입니다."

강경파로 공인된 로사미어까지 반대하고 나오자 가르디엘은 고개 숙였다.

"성하의 뜻대로 하십시오."

"결정된 것으로 하겠네."

　가르디엘은 속으로 한숨 쉬었다. 궁지에 몰려 결국 꺼내 들게 된다면 차라리 지금 꺼내는 게 그래도 피해가 적을 텐데. 어찌 이다지도 드러난 것만 보고 드러나지 않은 것은 보지 못하는가.

　성녀의 뒤에 마가 있다고 규정한 것은 교단이면서 정작 그 사실을 잊고 있는가. 아니면 인간 스스로의 힘을 과신하는가. 그것도 아니면… 그저 안타까울 뿐인 마지막 양심인가.

　하기야 그 둘을 불러 이기느니 차라리 깨끗이 지는 편이 나을 것이다. 교황이 마지막까지 그렇게 한다면 부르지 않는 것도 좋겠지만 최악의 경우가 자꾸만 떠오르는 건 기우로 그칠 거 같지 않았다.

＊　　　　＊　　　　＊

　"이자가 누굴 죽이려고 이런 보고를 올리나."

　제8물질계에서 올라온 보고를 대천사는 그대로 지워 버렸다. 분열의 배후에 마계의 음모가 스며 있는 것 같다니 위험천만한 추정이었다.

　여신은 전지전능하며 언제나 옳다. 그런 여신이 제8물질계의 내분을 지켜보라 하였는데 그 배후에 마계가 있었다? 여신이 틀린 게 되는데 그런 보고를 올렸다가 무사할 리 없다. 그 책임을 덮어쓰고 숙청당할 게 뻔했다.

　"보고 안 해도 됩니까?"

　"부서째로 숙청당하면 자네는 무사할 거 같나?"

　타는 속도 모르고 물어오는 하급 천사에게 그는 쏘아붙였다. 하급 천사가 쭈뼛거리며 대답했다.

　"하지만 나중에 물질계에서 인간 조달이 부족하다고 문책이 떨어지면.”

“쯧. 그건 그때 가서 대충 가상의 전사자 수를 만들면 돼. 서류상으로만 존재했으면 문제없다고.”

자기들끼리 싸우다 죽었는지 마족과 싸우다 죽었는지 지나고 나서 표날 게 뭔가.

“그렇군요.”

하급 천사는 새로운 노하우를 얻었다며 고개를 끄덕였다.

보고서는 그대로 증발했다. 여신의 뜻대로.

*　　　*　　　*

교황군과 반교황군이 정면충돌을 앞두고 숨 가쁘게 움직이는 가운데 ‘성녀’ 휘네인 아네시스는 폭탄선언을 내놓았다.

기존의 교단 체계를 완전히 뜯어고치는 각종 헌금의 폐지는 직접적으로 전쟁에 끼어들지 않는 일반 민중들을 술렁이게 했다. 그리고 자기 의지에 관계없이 끌려 나간 일반 병사들도.

성녀가 이기는 게 자기들에게는 더 좋은 것 아닌가라는 불순한 이야기들이 돌아다녔다. 물론 그걸 함부로 말하지는 못했지만 말이다.

에일랜드를 정벌하기 위해 친히 출항한 이스테리 국왕 유토 2세는 뱃전에 서서 바다를 바라보았다.

“핫하하. 에일랜드의 겁쟁이 휴르안 녀석 따위 우리 군대의 위용 앞에 감히 맞설 수나 있겠느냐.”

“분명 그러하오나 방심은 금물이옵니다, 폐하.”

해군 총사령관 파르프 후작의 간언에 유토 2세는 웃음 지었다.

“하하. 걱정 말게. 짐 또한 누구보다 병법에 대해 열심히 공부하였
나니. 이제 왕자 시절 익힌 것을 보여줄 차례로다.”

“네, 폐하.”

“그보다 그 마녀의 선언 내용 전해 들었나? 상당히 흥미롭더군.”

“확실히 흥미로운 내용입니다만…….”

“그래, 나쁠 건 없는 얘기지.”

교단이 듣는 곳에서야 감히 말할 수 없지만 그 제안대로라면 교단은
약화되고 왕가는 강화된다. 아니, 왕가만이 아니라 교단에 소속하지
않은 모든 인물이 다 좋아할 얘기였다. 고양이 목에 방울 달기와 같아
서 아무도 꿈꾸지 못했지만 이룰 수만 있다면 좋은 일. 그러나 꿈은 꿈
일 뿐.

“얄팍하게 인기를 얻어보려는 술수일 뿐입니다. 그보다 에일랜드를
제압하는 데 집중하셔야 할 듯합니다.”

“그야 그렇지.”

현실은 냉정하다. 교단의 이름 아래 에일랜드를 무릎 꿇리는 편이
훨씬 이득이다. 이번 전쟁이 예상대로 마무리되면 향후 2백 년은 프렌
즈와 이스테리의 양강 체제가 확고하리라.

‘나라고 정복왕이 되지 말란 법이 없지. 암.’

에일랜드를 무릎 꿇리는 사이 네프티알과 이스파나가 맹활약해 줘
서 프렌즈에게 최대한 많은 피해를 입히면 좋을 텐데 말이다.

“병사들의 동요는 없겠지?”

“전혀 없습니다, 폐하.”

사실은 있을지도 모르지만, 전장에 끌려 나온 이상 명령에 따라 싸
우고 죽을 뿐이다. 그들이 개인적으로 휘네인의 선언에 끌리는가 끌리

지 않는가는 중요한 문제가 아니다.

"인기를 얻어보려는 술책이었겠지만 제 발등 찍기로군. 흔들리던 교단만 일치단결하지 않았나."

"확실히 그렇습니다만……."

중간에서 흔들리던 다수 고위 사제들이 다시금 교단의 깃발로 돌아서는 계기가 되었다.

휘네인이 발견해 온 성물이 가짜라고 할 때만 해도 반신반의한 이들이 많았으나, 이제는 모두가 휘네인이야말로 마녀임을 확신했다.

"다만 일부 상인 연맹이나 소왕국들이 그쪽에 가 붙은 듯합니다."

"껄껄! 더 잘된 일 아닌가. 이번 전쟁이 마무리되면 그것들을 삼킬 명분이 생겼으니까. 자네도 해전에서 공을 세우면 영지 하나쯤 더 받아야지. 공작으로 올라서지 못할 것은 뭔가."

"황공하옵니다."

파르프 후작은 크게 허리 숙였다. 공작으로 승격이라. 탐나는 일이었지만 전쟁에서 이긴 후 이야기. 이스테리 해군의 막강함이야 스스로가 잘 알았지만 국왕의 경험 미숙만은 작은 불안 요소였다. 그렇다 해도 자신이 있는 이상 질 리는 없겠지만.

해류를 타고 이스테리의 해군은 죽죽 나아갔다.

거기에 맞서기 위해 에일랜드 또한 바쁘게 움직였다. 카피 역시 자신의 위치를 옮기기 위한 전송을 준비했다. 휘네인이 마중 나왔다.

"에일랜드로 가는 거군요."

"현장에 있지 않고서는 제대로 된 지휘는 무리니까."

"무사히 돌아와요."

"그럴 예정이다."

"카피, 저… 지금 이런 것 물어봐도 될지 모르지만 제가 했던 선언 전쟁에는 도움이 안 된 거 아닌가요?"

"왜 그렇게 생각하나?"

"말을 들었어요. 교단의 고위 사제 분들 중 어느 쪽 편을 들지 망설이고 있던 분들이 그 소식을 듣고 모두 확고하게 교단 편으로 돌아섰다고. 이 시점에서 그걸 발표한 건 실수일지도 모른다고 하더군요. 사실인가요?"

선언의 내용 자체에는 후회가 없다. 그건 불행한 사람들이 생기지 않게 하기 위해서 꼭 필요한 일이었다. 하지만 발표 방식이 너무 서툴렀던 건 아닐까? 잘못해서 전쟁에 악영향을 준 건 아닐까?

"확실히 그 부분에 있어서는 손해가 된 것은 사실이다. 하지만 그걸 진심으로 시행하고 싶었다면 지금이 기회다. 네 편이 된 교단 인원이 다수가 되면 그들 때문에 시행하기는 더 힘들어질 테니까. 그리고 잘된 점도 있다. 이로써 우리가 점령한 곳에서 민간 차원의 저항은 훨씬 약해질 것이다. 애초에 그걸 노리고 네게 권했던 것이니 불안해할 것 없다."

"그런가요."

언뜻 들으면 차갑고 계산적인 카피의 말이지만 그 안에 숨겨진 상냥함이 위안이 되어준다. 휘네인은 미소 지었다.

그래, 교단의 다른 분들도 지금 당장은 화를 내지만 시간이 지나면 이해해 줄 거야. 그분들은 일반 평민들의 상황을 잘 모르고서 화를 낸 것뿐일 거야. 스스로의 특권을 버리고 가난한 이들과 함께하자는 제안에 그 많은 사제들이 모두 다 화를 낸 건 충격이긴 했지만 아직 기가 꺾이진 않았다.

"고마워요, 카피. 저도 여기서 힘낼게요. 시간이 흐르면 틀림없이 알아주는 분도 나올 거라 믿어요."

"자신들의 권한에 직결된 문제라서 그렇게 간단하지는."

카피가 부정적인 전망을 내놓으려는 그때였다. 마도사 하나가 다가왔다.

"예하, 예하를 알현하고 싶다고 하는 이가 있습니다."

"저를요?"

"예. 직접 온 것은 아니고 원거리에서 통신으로 말을 걸어왔습니다만."

"통하게 해주세요. 일부러 찾아오신 손님이라면야 맞아드려야죠."

"알겠습니다."

마도사가 수정구를 앞에 놓자 영상이 떠올랐다. 나타난 이는 흰 수염이 길게 자랐지만 허리가 꼿꼿하고 눈이 맑은 마도사였다. 그리고 무엇보다…

"앙그리안님?"

휘네인도 아는 얼굴이었다. 교단에 소속되어 누구보다도 신성 마법의 연구와 발전에 지대한 공헌을 한 이 시대 최고의 마도사 중 일인. 추기경의 지위를 받을 수 있었음에도 사양하고 평범한 야인으로 머문 아크메이지. 하늘의 주시자 앙그리안.

"오랜만이오, 휘네인 양. 잘 지냈소이까."

"안녕하신지요. 저는 기도하며 여신의 인도하심 속에 나날을 보내고 있습니다. 앙그리안님께서는 잘 지내셨는지요."

그 이름에 모두의 시선이 한꺼번에 쏠렸다. 교단의 저력을 말할 때

빼놓을 수 없이 이름이 튀어나오는 아크메이지가 무슨 일로 이쪽에 개인적 연락을?

"허허. 이 늙은이는 간밤에 짐 싸 들고 야반도주해서 묵을 곳이 없다오."

"네?"

아크메이지가 야반도주라니? 이거 새로운 농담인가? 휘네인은 어떻게 웃어드려야 할지 난감했다.

"십일조로 거둔 돈으로 헐벗고 굶주린 이를 돕겠다는 선언을 들었소이다. 그래, 이 성도에서 도망쳐 나와 집 없는 늙은이에게도 모쪼록 자선을 베풀지 않겠소?"

"아, 저⋯ 그 말씀 뜻은⋯⋯."

"흘흘. 그래 준다면 이 늙은이도 미숙한 마법이나마 행하며 밥값은 하겠소."

"도와주신다는 건가요? 알아주시는 건가요?"

휘네인은 눈물이 팽그르르 돌았다. 모두 다 반대하는 건 아니었어. 비록 정식 사제는 아니지만 알아주는 교단 분도 있는 거야.

"지금 그쪽을 향해 가고 있소. 괜찮다면 전이하고 싶은데 받아주시겠소?"

"네. 지금 당장 준비해 달라고 부탁드릴게요. 잠시만 계세요!"

"기다리겠소. 다시 연락 주시오."

영상이 사라지자 휘네인은 방실방실 웃었다. 의식을 할 틈도 없이 마음이 너무 기뻐서 저절로 배어 나오는 웃음이었다. 그녀는 들떠서 카피에게 말했다.

"봤죠, 카피? 알아주었어요."

“위장 귀순일 수도 있다.”

“아닐 거예요. 그분은 강대한 마력을 가지고 높은 지위를 누릴 수 있었음에도 자신은 그저 세상을 조금 나은 곳으로 만들 수 있다면 족하다면서 봉사하셨던 분이세요. 교단에 투신하여 신성 마법의 발전을 도운 것도 순수한 마음에서 하신걸요. 이번에 저를 도와주신다고 한 것도 그런 마음이신 거예요.”

“그런가… 이익을 떠나 알아주는 이도 있다인가…….”

카피는 낮게 중얼거렸다. 조금은 수수께끼의 해답이 살짝 보인 것일지도.

“이건 확실히 좋은 일이죠?”

“그래. 파장이 크군.”

카피는 에테인 대공을 돌아보았다.

“새로 합류한 대마도사의 활용은 그대에게 맡기겠다. 북부전선 예상에 엇나가는 전개가 없을 거라 믿는다.”

“걱정 말거라.”

배웅하기 위해 옆에 서 있던 에테인 대공도 이 낭보에 웃음이 만면했다. 아크메이지 하나가 저쪽에서 사라지고 이쪽에 붙는다. 이건 대사건이었다.

‘과연 이상에 움직이는 자도 있다. 이것인가. 교단이 단결해 버린 것, 이 정도면 반은 상쇄일지도.’

현실의 논리로 살아가다 보니 이상이 지닌 매력을 과소평가해 버린 것인지도 모른다. 휘네인 아네시스 신성사제는 처음 기대 이상으로 강한 패가 되어갔다.

“그러면 나중에 보지. 바다를 정리하고 돌아오겠다.”

카피가 신호를 하자 양쪽의 마도사들이 복잡한 마법진을 가동시켰다. 전이 마법은 출발지와 목적지의 양쪽에서 동시에 마법을 발동시켜야 하는 데다가 그 식은 복잡하며 소모 마력도 크지만 그래도 네프티알도 에일랜드도 명색이 대국. 사람 몇 명 정도는 전이시킬 만큼의 마도사들은 있었다.

"어서 오시오, 카플레스 경. 기다렸소이다."

휴르안 8세가 실로 반갑게 맞이했다. 방어진을 짜기는 했지만 이스테리의 군대에 상당히 압박을 느끼고 있던 그로서 이 자신감 넘치는 젊은 천재는 든든한 원군이었다.

"해군 지휘권을 양도해 주시기로 한 결정 감사드립니다. 시간이 없으니 바로 작전 회의로 들어가도 되겠습니까?"

"그렇게 하시오. 소소한 이야기는 이긴 후에 해도 늦지 않으니."

장수들이 기다리고 있는 막사로 둘은 바로 자리를 옮겼다. 일대의 해도가 탁자 위에 펼쳐지고 현재 상황을 종합한 보고가 올라갔다.

"…그리해서 일단 경의 제안대로 적의 상륙 지점에 방어선을 구축하는 척했소."

"척만 한 것치고는 곳곳에 마력이 많이 느껴집니다."

카피의 지적에 휴르안 8세가 뜨끔했다. 사실은 카피가 장담과 달리 해전에서 패배할 경우를 대비, 이후 방어에 공을 많이 들였다.

"허허. 적을 기만하려면 그만큼 철저해야 하지 않겠소, 경."

"이렇게 무리해 가며 할 필요는 없는 일이라고 말해 드렸습니다만. 정작 본 해전에서 쓸 마력이 부족을 겪게 됩니다."

"하하. 경의 능력을 믿소."

수장으로서는 무책임하군. 얼버무리는 휴르안 8세를 보며 카피는 차갑게 평가를 내렸다. 자신은 엘크리크를 저런 식으로 부리지 않았다.

"함대는 내일자로 바로 출발하겠습니다. 첫 요격전은 이곳. 이스테리에서 에일랜드로 오는 길목인 네프렌 바다입니다."

"오! 거기라면 중간에 해류가 부딪치는 곳 아니오? 확실히 여차하면 도망치기 쉽겠구려."

추적하기 어려운 곳이라서 고른 전장이다. 하지만 카피는 설명한다고 시간 낭비하지 않기로 했다. 켈스가 어떤 마법을 가져왔는지 보고를 못 받은 것도 아닐 텐데 저리 나온다는 건 무능일 뿐이다.

*　　　　*　　　　*

"전방에 적입니다!"

양측 함대의 경계병들이 거의 동시에 서로를 발견하고 소리쳤다.

유토 2세는 흡족하게 웃으며 지휘봉을 잡았다.

"좋다! 그대로 전진하라. 사거리에 들어오면 마법을 퍼부으면서 접근한다."

수적으로 유리하다. 포격을 마주 주고받아 손해 볼 것 없고 접근해서 백병전이 벌어지면 에일랜드 군은 결코 이스테리 군의 상대가 아니다.

"진형은 현 상태를 유지한다."

좌익과 우익이 돌출되고 중앙이 보강된 학익진. 상대가 정중앙으로 들어와 포위되어 줄 정도로 바보는 아니겠지만 유동적으로 대응해 가면 충분하다. 유토 2세는 자신감에 차 있었고, 후작이 보기에도 운용에 문제는 없었다.

'실전 경험이 없으실 뿐 이론적인 부분은 충분히 배우셨으니까. 적이 이곳을 전장으로 고른 건 역시 가볍게 부딪쳐 본 후 도망치기 위함인가.'

그렇다면 안심이다. 다음 전투는 상륙 공방전. 쉬운 싸움은 아니겠으나 얼마든지 할 만한 싸움이다.

거리가 조금씩 좁혀지자 카피는 간단히 물었다.

"켈스, 마도사단은 준비되었나?"

"네. 물론입지요."

켈스는 어깨를 으쓱하며 신호했다. 카피의 명을 받고 이곳에 온 이후 그날 이후 '알게 된' 지식을 바탕으로 에일랜드 해군 대해전용 마법식을 개선했다. 성검을 찾은 그날 이후 확실히 자신은 변했다. 이곳의 마도사들이 경탄의 눈길로 바라볼 정도로 어려운 마법식들도 척척 풀어냈다.

카피가 기본 원리를 일러주긴 했지만 자신이 아니었다면 그 신 마법식들을 여기 마도사 전부에게 다루게 하는 건 불가능했을 것이다.

'마력이 없어서 문제지만 지식이라면 나도 대마도사란 말씀이지.'

정작 그런 자신도 알지는 못했던 원리를 카피는 어떻게 아는 건지는 조금 수수께끼지만 뭐 카피니까.

"좋아. 그럼 이제 쏜다."

옆에서 부지휘관 역을 맡은 다리안 백작이 카피의 신호를 받고 명령을 하달했다.

"전원 준비! 발사!"

에일랜드의 마도사들이 각기 지팡이를 들고 배에 준비된 마법진을 제어했다. 배 위로 불덩어리들이 생겨나 멀리 쏘아져 나갔다.

"에일랜드 놈들. 무슨 닿지도 않는 거리에서 위협 사격을 하는 건가."

해전에서 주로 사용되는 마법은 상호 거리에 따라 다르지만 일단은 파이어 볼. 이 거리까지는 날아오지도 않는다. 상식도 모르는 놈들을 유토 2세는 비웃었다.

쾅! 콰쾅! 쾅!

대마법 결계가 뚫린 몇몇 배가 불이 붙었다.

"말도 안 돼! 어떻게 이 거리에서 날아오는 거냐!"

대마도사 한 명쯤 있어서 인사치레를 날리는 것도 아니다. 이건 정규 마도사단이 전체적으로 퍼붓는 공세였다.

"이런 건 들어본 적 없다! 말도 안 되는 일이다!"

콰앙!

유토 2세의 항의는 무참하게 무시당했다. 앞에 섰던 한 척이 반파당해 기울었다.

"아무래도 신마법을 에일랜드 마도사단이 입수한 거 같습니다, 폐하."

파르프 후작이 냉철하게 현실을 지적했다.

"이 거리에서는 응사가 불가능합니다. 어떻게 하시겠습니까? 폐하?"

"달려들어 마주 쏘면 안 되겠느냐?"

"바람과 해류가 안 좋습니다. 저쪽이 거리를 유지하면서 공격할 경우 접근시까지 시간이 상당히 요구됩니다."

"그렇다고 후퇴하면 쫓아오면서 쏠 것 아니냐! 아니, 이곳이라면… 그렇군. 적이 소심한 게 우리에게는 다행이로군."

유토 2세는 이를 바득바득 갈았다. 오늘의 해전을 위해 얼마나 많은 진형을 연습하고 그 운용을 모의 훈련하였으며 각종 해전용 전술 교범을 숙독하였던가. 수십 번 수백 번 예행연습을 하고서 숙련된 역량을 보여주려 하였건만 사거리 차이가 나는 마법 공격이라니 그야말로 반칙이었다.

수를 겨루는 대신에 판을 통째로 엎어 집어던지는 공격 아닌가. 시합이라면 당장 퇴장시키려만 이건 전쟁이었다.

"일단 후퇴한다! 사거리 밖으로 후퇴하라!"

에일랜드 해군은 끈질기게 추적하며 마법을 쏟아 부었지만 이스테리 해군은 비교적 큰 피해 없이 전장을 이탈했다.

에일랜드 원 해군 사령관 다리안 백작이 카피의 곁에서 아쉬움에 입맛을 다셨다.

"조금 더 쫓을 수 있는 전장을 택했다면 좋았을 텐데 아쉽습니다. 모처럼 신마법도 손에 넣었는데."

비밀 병기란 건 한번 써먹을 때마다 효과가 크게 감소하는 법이었다.

"이쪽의 마력도 충분하지 않으니 무리다. 적이 포기하고 접근해서 전면전을 벌이면 이쪽 피해도 너무 클 테니 이쯤에서 놓아 보내준다."

애초에 어느 멍청이가 자기 지시를 멋대로 불이행하는 바람에 벌어진 일이다. 카피의 차가운 응대에 다리안 백작이 머쓱해했다.

"하하, 그렇지요. 우리 쪽의 상태를 적이 눈치채면 큰일이지요."

"그리고 예정된 다음 항로로 이동하라."

"예."

후퇴하여 전열을 재정비한 이스테리 군은 상대방의 신마법에 대한 대응책을 찾기 위해 고심했다.

"으, 분하도다! 우리는 왜 그와 같은 마법이 없단 말이냐! 대체 우리 마법사들은 그런 것 하나 개발해 내지 못하고 무얼 하고 있었단 말이냐!"

"황공하옵니다."

왕실 마도사 레베트 공작은 머리 숙였다. 그도 나름대로 하이 위자드의 소리를 듣는 몸이었지만 이런 마법은 지식에 없었다.

'나라면 고도로 제어해서 그 정도 거리까지 날릴 수 있긴 하지만.'

그런 식은 아니었다. 애초부터 술식이 달랐으리라. 파이어 슈터는 거리는 되지만 위력이 너무 딸린다. 파이어 볼은 위력은 되지만 거리가 안 나온다. 거기다가 한 척 한 척 집중 포격하여 방어 결계를 뚫은 그 정밀도라니.

"엥이, 이래서야 어찌 싸운단 말이냐! 접근해 보지도 못한 채 차례차례 가라앉았지 않느냐."

"송구스러우나 현 상황에서 최선은 접전이 벌어질 시 방어에 주력하며 빠르게 접근하는 것이라고밖에 할 수 없습니다."

"그래서 어떻게 이기느냐! 놈들이 치고 빠지면 당하는 건 우리 아니냐. 누굴 바보로 아느냐!"

전통적인 해전은 양쪽이 거리가 되면 마법을 주고받으면서 접근한 후 해병끼리 백병전을 벌여 배를 탈취하는 것이었다. 그런데 이런 치사한 신마법이라니. 아무리 이스테리 해군이 수적으로 우위라 해도 일방적으로 맞기만 해서야 배겨낼 재간이 없다.

"폐하의 지적이 옳습니다. 현 상태로는 넓은 바다의 해전으로 에일랜드 군을 상대하는 건 불가능합니다."

파르프 후작이 공손하게 대답했다. 백병전에 유리하게 거대화된 이스테리의 배로는 에일랜드 배와 기동성을 다툴 수도 없다. 양측의 사거리가 같을 때는 한 척당 화력과 숫자에서 우위에 있는 게 다소의 느림을 상쇄하고 남는 이점이었지만 지금은 치명적인 약점이 되었다. 아까도 전장이 다른 곳이었다면이라고 생각하니 식은땀이 흐른다.

"이리된 이상 방법은 하나뿐이다! 내륙에 곧바로 상륙한다. 육지에 올라서면 제갓 놈들이 어쩔 테냐."

조금의 손실을 입긴 했지만 그래도 이스테리 군은 많다. 내륙에 상륙해서 밀어붙이면 신마법의 효용쯤은 얼마든지 상쇄된다. 유토 2세의 결단에 파르프 후작은 다시 한 번 불안감을 느꼈다.

'분명히 폐하가 스스로 생각해 내지 않았다면 내가 그리 제안했을 일이다.'

하지만 네프티알 쪽은 어땠을까. 그쪽도 당연히 해야 할 것을 하다가 휘말려 패배했다고 들었다. 이런 식으로 허를 찔러 들어온 상대에게 자기들의 다음 수를 예측할 능력 정도 없을까?

자신은 생각도 못한 전술이 상대방에게 있다면이란 불안감이 드는 건 늙은 탓인가.

'후우. 하지만 어쩔 수가 없군.'

이 시점에서 상대가 우리가 상상 못한 기발한 전술로 우리를 패배시킬지도 모르니 그냥 본토로 돌아가 방어선을 칩시다라고 말하는 건 씨도 안 먹힐 소리였다.

"그렇다면 지금 당장 함대를 유라 항으로 이동시키겠습니다. 그곳에서 에일랜드 본토까지는 4시간 거리. 정비 후 출항하면 설령 중간에서 적을 만나더라도 돌파해서 상륙 가능합니다."

"그리하라."

"쉽지만은 않을 것입니다. 적도 상륙에 대비해서 방어 진영을 짜두었다는 보고가 들어와 있습니다."

"흥. 그까짓 에일랜드 놈들의 방어진 따위 돌파 못할 게 무엇이냐. 두고 보자, 이놈들. 육지에서 박살 내주겠다."

갑판에 서서 바람의 흐름을 살피고 있는 카피 옆으로 다리안 백작이 다가왔다.

"공의 예상대로입니다. 적들은 유라 항으로 집결 중이랍니다."

"그렇군."

"중간에 걸리더라도 강행 돌파해서 일단 상륙전으로 몰고 가겠다는 심산일 것입니다. 국왕 폐하께서 방어진을 철저히 짜놓으셨으니 얼마든지 막아낼 수야 있겠습니다만."

"지지는 않겠지만 이기지도 못하겠지. 소모전을 할 생각은 없다."

카피가 잘라 말하자 다리안 백작은 웃으며 고개를 끄덕였다. 물론 백작도 그럴 생각 없었다. 오자마자 카피가 극비리에 준비시킨 게 뭘 의미하는지 아는 이상 그건 그냥 해본 소리였다.

유라 항, 초조하게 방 안을 왔다 갔다 하는 유토 2세의 옆으로 파르프 후작이 다가왔다.

"폐하, 눈을 붙이십시오. 출발은 해가 뜬 후에 하겠습니다."

"병사들의 사기에는 이상없겠지?"

"전혀 영향받지 않았다고야 할 수 없겠습니다마는 문제없습니다. 오늘밤 푹 쉬고 나면 다시 용맹하게 싸울 것입니다."

"그럼 되었다. 후작 그대도 가서 쉬도록. 나는 조금 더 상륙 작전을 검토해 보겠다."

"그러면 저도 곁을 지키겠습니다. 허락해 주십시오."

"알았다. 그리하라."

유토 2세와 파르프 후작은 최종 작전을 다시 한 번 검토했다. 인간이 하는 일에 완벽이야 있을 수 없겠으나 눈에 띄는 문제점은 없었다. 착실하게만 나간다면 이길 것이다.

그때였다. 밖이 크게 소란스러워지며 경비병이 뛰어들었다.

"폐하! 기습입니다! 적이 불을 질러왔습니다."

"불이라니. 그게 무슨 소리냐? 기습이라고?"

유토 2세와 파르프 후작은 바로 뛰쳐나갔다. 정박한 함대에 불이 붙은 가운데 적이 무차별 공세를 해오고 있었다.

"화… 화공? 바보 같은……."

해전이란 원거리에서 마법을 주고받고 근거리에 들어가면 배와 배를 연결해서 해군이 건너가 백병전을 벌이는 것이다. 그런 것인데.

"다가와 불을 지를 때까지 경계병들은 무엇 하고 있었느냐!"

"야음을 틈타 검게 위장한 배에 기름 먹인 풀을 싣고서 돌진시켜 왔습니다. 그 바람에 미처 발견하지 못한 듯합니다."

"탐지 마법은!"

"저쪽도 방해 마법을 쓴 후 다가와서……."

"이, 이… 이런 몰상식한……."

작은 배를 어떻게 알고 준비해서… 아니, 처음부터 유라 항을 노리고 있었던가.

"이럴 틈이 없습니다, 폐하. 제게 지휘를 맡겨주소서."

파르프 후작이 다급히 말했다.

"좋다. 뜻대로 해라."

유토 2세가 고집 부리지 않고 백전노장에게 지휘권을 넘겼다. 파르프 후작은 다급히 부대를 나누어 일부는 불을 차단하게 하고 나머지는 적에게 대응하게 했다. 사방에 불이 붙은 데다가 기습이라 지휘 체계도 혼란스러웠지만 맥 놓고 당할 수는 없었다.

"과연 상식의 허를 찌르는 과감한 운용입니다. 옆에서 보며 많이 배웠습니다."

"상대의 상식에 맞춰 움직여 줄 이유는 없다."

다리안 백작의 공치사를 무시하고서 카피는 전황을 관찰했다.

"생각보다 잘 버티는군."

승기는 분명 이쪽에 있다. 하지만 위기에 몰렸음에도 불구하고 상대는 침착하게 대응하며 끈질기게 버텼다. 그 정신없는 와중에도 혼란을 수습하며 부대를 나누어 응전하고 화재를 진압해 가는 솜씨는 놀라웠다.

상황 반전까지는 아니더라도 초기 기습의 성과가 빠르게 사라지고 있음을 부인할 수 없었다.

"병사는 정예고 장수는 노련하다는 건가. 그렇다면 한 방 제대로 먹여줘야겠군. 켈스."

"네."

"있는 대로 다 써도 좋다. 저 지점을 중심으로 강한 일격을 날려라."

"알겠습니다."

켈스는 스크롤 북을 잡았다. 지금은 이게 얼마나 대단한 물건인지 여실히 알 수 있었다. 내재되어 있는 마력이 정말 엄청났다.

'엣헴. 그리고 이제 이 나도 이걸 단순히 사용하는 이상을 할 수 있단 말이지.'

스크롤 북 마지막 페이지에 들어 있는 '궁극'이라 할 마법이 있다. 이 많은 이 앞에서 이걸 쓰면 자기도 대마법사로 불리리라.

"제9장 10절 10편. 링크 스크롤 코어(Link Scroll Core)!"

마지막 페이지가 사라지고 뒤이어 켈스의 머리 위로 군함만 한 정이십면체 구조로 된 마법진이 나타났다. 뒤이어 켈스는 스크롤을 연이어 발동하지 않고 그냥 찢었다. 거의 책의 절반 가까이가 사라졌다.

마력을 품은 스크롤들이 마법진의 각 꼭지점에 가 박히며 겹쳤다. 스크롤이 원주문대로 발현하는 대신에 그 안에 깃든 마력만이 연동되어 거대한 마법진에 흘렀다.

그 자리에서 폭주해 버릴 듯이 강렬한 마력이 거칠게 마법진을 오가며 날뛰었다. 그 고삐를 잡아채며 켈스는 수인을 맺었다.

"강림하라. 크게 울리는 푸른 왕이여. 푸르디푸른 너는 압도적인 힘이다."

정이십면체가 돌아가며 거기서 뻗어 나온 빛이 하늘에 맺혔다. 붉게 물든 밤하늘에 거대한 원이 생겨났다.

"너는 패배를 모르며 나는 패배를 원치 않는다. 이제 내 힘 네게 부여하며 너를 부르니 이곳에 와라! 와서 네게 익숙한 바를 행하라!"

치직! 치직!

한계에 달한 힘이 마법진의 경계에 뇌전을 만들어냈다. 구름이 흩어지며 대기가 팽팽해졌다.

"우리의 앞을 막아서는 어리석은 자들에게 멸망을. 헤븐 크라이 언더 더 파워(Heaven Cry Under the Power)!"

콰앙!

힘이 풀려 나오며 폭주했다. 날카로운 하늘의 이빨이 대기를 할퀴며 아래로 쏟아졌다. 보면 눈멀어 버릴 정도로 강렬한 번개들의 작렬.

우르르 콰앙! 콰앙!

방어 마법진을 가볍게 찢어버리며 강대한 뇌격이 범위 안 군함을 침몰시켰다.

"저… 저건 위험합니다!"

기함을 수호하던 이스테리 왕실 마도사 레베트 공작이 하늘에 생겨난 마법진을 보며 비명에 가깝게 외쳤다.

"강철같이 굳건한 수호의 힘이여. 모든 것을 흘려내는 부드러운 보호의 힘이여. 이는 마음이자 의지이자 바람."

그는 땀을 뻘뻘 흘리며 혼신의 힘을 다해 마법을 외었다. 막이 생겨나 기함을 감싸자마자 눈부신 빛이 그 위를 뒤덮었다. 뒤이어 거대한 소리가 덮쳤다.

귀가 멍멍한 가운데 유토 2세는 눈을 떴다.

"대체 무슨 일이냐! 으핫?"

기함 주위의 바다가 깨끗했다. 같이 있던 수십 척의 군함이 불타는 파편만 남긴 채 사라졌다.

"이건 또 뭐냐!"

"저스티카는 아닙니다만, 그에 준합니다. 뭔지는 저도 모르옵니다, 폐하."

레베트 공작이 창백한 얼굴로 대답했다.

"폐하, 탈출해야 합니다. 이미 대세가 기울었습니다."

파르프 후작이 침통하게 고했다. 바깥쪽 함선은 포기하고 안쪽의 전열을 가다듬어 간신히 방어선을 갖추어가고 있었는데 이 일격에 완전 붕괴되어 버렸다. 이제 남은 건 불과 적의 협공에 무너지는 것뿐이었다.

"이대로 도망쳐야 한단 말이냐! 대 이스테리 군이 고작 에일랜드 놈들 따위에게 쫓겨 치욕의 패배를 당할 수 있단 말이냐!"

한 나라의 국왕답게 유토 2세는 자부심을 유지했다.

콰앙!

바로 집중 포격이 쏟아졌다. 힘을 다한 보호막을 뚫은 공격에 배가 폭발했다. 불붙은 나뭇조각이 사방으로 튀었다. 매캐한 연기를 실은 뜨거운 바람이 확 몰아쳤다. 유토 2세와 파르프 후작, 레베트 공작만이 간신히 보호막에 싸여 물 위에 떴다.

"뭐… 뭐 하느냐! 빨리 길을 열라!"

유토 2세는 과감하게 결단을 내렸다.

"수고했다."

카피의 칭찬에 켈스는 핼쑥한 얼굴로 고개를 숙였다. 아는 것과 행하는 건 별개 문제였다.

"감… 감사합……."

말을 끝맺지 못하고 켈스는 그대로 쓰러졌다.

"반동을 완전히 제어할 수준은 안 되나 보군."

스스로의 힘이 아니었으니 무리도 아니지만. 하지만 일단 마법은 무사히 나갔으니 상관없다.

"실로 대승을 경하드립니다."

다리안 백작의 칭송에 이어 휴르안 8세도 카피의 배로 건너오며 인사했다.

"과연 에스리츠 전투에서 보여준 그 솜씨 그대로요. 공, 실로 감탄했소."

휴르안 8세도 칭찬을 아끼지 않았다.

"이걸로 제해권은 그쪽의 것. 에일랜드에 한 약속 지켰다."

카피틀리온은 확인했다.

"물론이오. 하하하. 공의 놀라운 작전은 우리 에일랜드사에 길이 기록되며 네프티알과 에일랜드 간의 우호를 증명할 것이오."

휴르안 8세가 기분 좋게 웃었다. 불타는 전함과 죽어나가는 병사들. 그게 적의 것임에야 기쁘기 그지없었다.

"이제 남은 것은 적을 추격해서 궤멸하는 것. 마무리는 맡겨주십시오."

다리안 백작이 왕에게 무릎 꿇으며 청했다.

"카플레스 공, 여기까지 충분히 수고했으니 마무리 정도는 우리가 하겠소."

휴르안 8세는 카피를 보며 말했다. 신경 써주는 척 말하면서 공을 세울 기회를 앗는다. 조금 뻔뻔하긴 하지만 이 정도는 해야 그래도 이쪽 체면도 선다.

"좋을 대로 하시지요. 그럼 난 안에 들어가 있겠습니다."

사소한 건 아무래도 좋다. 카피는 켈스를 데리고 선실로 들어갔다.

잠시 뒤 켈스는 눈을 떴다. 선실 천장이 보이고 옆에 앉아 있는 카피가 보였다.

"네게도 약속한 게 있었지."

"네?"

눈 뜨자마자 생각지 못한 말을 하는 카피 때문에 켈스는 얼떨떨했다.

"오늘 일은 분명히 인정할 만한 공적이다. 원하는 보상이 있나?"

"아……."

보상이라. 정말로 바라는 보상이라면.

"나도 진짜 대마도사가 되면 최고로 좋겠습니다만. 헤헤. 그건 무리겠지요?"

평소에 바라볼 수도 없었던 귀족들이 네프티알에서 파견 온 대마도사 켈스 앞에 쩔쩔맬 때 얼마나 즐거웠던가. 하지만 그 모든 게 진짜가 아니라고 생각하면 언제 들통날까 불안할 뿐이다. 머릿속 지식과 스크롤 북만 가지고 행세하는 데는 한계가 있다.

"그냥 나중에 영지랑 작위 좀 주시면 거기서 잘 먹고 잘사는 게 꿈입니다요."

그걸 바라고 휘네인에게 붙었다. 하지만 지금 다시 보니 카피 쪽이 더 확실한 줄이었다. 보상을 말해보라니 이 기회에 확실히 매달리자! 그게 켈스의 본심이었다.

"두 번째는 전쟁이 끝나면 인간들에게서 받아낼 수 있을 거고, 첫 번째는 고려해 보지."

"네?"

"네가 지닌 마법적 지식과 기술은 가치있는 수준이다. 마력을 뒷받침해서 활용하는 것 생각해 보겠다."

켈스는 고개를 조아렸다.

"그, 그렇게만 된다면야 감사할 따름입니다요."

머릿속 지식이 '그런 일'을 할 수 있는 존재는 인간 중에 없다라는 걸 알려주었지만 켈스는 무시했다. 카피가 누구든 무슨 상관인가. 자기를 출세시켜 주면 그게 최고다.

"좋아. 빠르게 상태를 회복해라. 다시 마법을 써야 할 일이 있을 수 있다."

"네. 알겠습니다요."

〈2권 끝〉